世界文化名人经典文库

# 柔石：血在沸，心在烧

柔石◎著

哈尔滨出版社
HARBIN PUBLISHING HOUSE

**图书在版编目（CIP）数据**

柔石：血在沸，心在烧 / 柔石著 . — 哈尔滨：哈尔滨出版社，2020.12
ISBN 978-7-5484-5596-7

Ⅰ . ①柔… Ⅱ . ①柔… Ⅲ . ①中篇小说 – 小说集 – 中国 – 现代②短篇小说 – 小说集 – 中国 – 现代③诗集 – 中国 – 现代 Ⅳ . ① I246.7 ② I226

中国版本图书馆 CIP 数据核字（2020）第 203515 号

书　　名：**柔石：血在沸，心在烧**
ROUSHI：XUE ZAI FEI，XIN ZAI SHAO

作　　者：柔　石　著
责任编辑：赵宏佳　孙　迪
责任审校：李　战
特约编辑：李　路　唐婷婷
装帧设计：刘昌凤　秦　强

出版发行：哈尔滨出版社（Harbin Publishing House）
社　　址：哈尔滨市松北区世坤路 738 号 9 号楼　邮编：150028
经　　销：全国新华书店
印　　刷：三河市元兴印务有限公司
网　　址：www.hrbcbs.com　www.mifengniao.com
E-mail：hrbcbs@yeah.net
编辑版权热线：（0451）87900271　87900272
销售热线：（0451）87900202　87900203

开　　本：660mm × 960mm　1/16　印张：17.5　字数：214 千字
版　　次：2020 年 12 月第 1 版
印　　次：2020 年 12 月第 1 次印刷
书　　号：ISBN 978-7-5484-5596-7
定　　价：59.80 元

# 目录

## ▲作品·诗歌



## ▲作品·散文



## ▲作品·小说



## ▲后记·关于柔石

# 作品·诗歌

# 血在沸 |

## ——纪念一个在南京被杀的湖南小同志的死

血在沸，
心在烧，
在这恐怖的夜里，
他死了！

他死了！
在这白色恐怖的夜里——
我们的小同志，
枪杀的，
子弹丢进他的胸膛，
躺下了——小小的身子，
草地上，
流着一片鲜红的血！

国民党，
魔脸的刽子手。
狼的心，
狐狸的尾巴，

狗的鼻；
嗅到他了，
咬去他了，
吞下他了！

血在沸！
心在烧！
地球在震动！
火山在爆发！

帝国主义呀，
记住你们的末日！
大风在飞沙，
猛浪在卷石。
从工厂的烟囱里喷出火，
在犁锄上，土地溅出了血！
一切，你们的一切，
都在崩溃了，
都在收场了！

金钱，淫威，压迫，剥削，
还给他们吧！
大炮，飞机，毒瓦斯，电网，
你们快些布置吧！

这是最后的一幕，

在人类斗争的历史上。

血腥的历史，

枪和炮的历史，

地球震撼着的历史呀！

我们的小同志，

十六岁的人类的兄弟，

就牺牲在这一幕的历史上了！

——切断！号哭！恸心！

子弹穿过他的脑袋。

伴着他有五人，

排成一列的；

伴着他有五百人，

排成一队的；

伴着他有无数万人，

全世界无产阶级的队伍！

奋斗的队伍呀，

敢死的队伍！

血在沸，

心在烧，

我们小同志有铁的筋肉，

——如火的眼睛。

子弹向它们飞进去了！

他做了打靶者的靶子，

瞄准的黑点，

他被残杀而死了！

“起来！

饥寒交迫的奴隶！”

全国的工农劳苦群众呀！

一齐起来，

解放我们自己！

黄河的红水冲上两岸了，

苏维埃的旗帜，

在全国的山岭上飞！

伟大的革命，

伟大的斗争，

我们的小同志，

少年先锋队的队长，

就死在这里面了！

疯狂的夜，

白色恐怖的夜。

处处有狼的心，

狐狸的尾巴，

狗的鼻！

群山号叫了！
统治阶级，
你们的末日，
白衣，
白棺，
快些预备吧！
你们的坟墓，
工农群众，
早已亲手给你们掘好了！
挽歌被唱着：

“我们有锄，
我们有斧，
我们有热血，
我们有赤心！”

疯狂的夜，
白色恐怖的夜。
鼾卧的人们是——
豪绅，
买办，
资产阶级。

你们从此没有天明，

你们从此不能见晨星，

——“微笑你们自己的罢，

黑暗！在临死的时候！”

我们的小兄弟，

可敬可佩的 C.Y. 同志！

枪杀的，

你微笑而死去！

这是使命，

这是真理！

黑夜，

狂风，

迅雷，

暴雨，

——看，斗争的末日！

冲向前！

同志们！

我们要为死者复仇，

要为生者争得迅速的胜利！

血在沸，

心在烧，

我们十六岁的少年同志被残杀，

在这白色恐怖的夜里！

# 战！

尘沙驱散了天上的风云，
尘沙埋没了人间的花草；
太阳呀，呜咽在灰黯的山头，
孩子呀，向着古洞深林中奔跑！

陌巷与街衢，
遍是高冠大面者的蹄迹，
肃杀严刻的兵威，
利于三冬刺骨的飞雪！

真的男儿呀，醒来罢，
炸弹！手枪！
匕首！毒箭！
古今武器，罗列在面前。
天上的恶魔与神兵，
也齐来助人类战，
战！

火花如流电，

血泛如洪泉，

骨堆成了山，

肉腐成肥田。

未来子孙们的福荫之宅，

就筑在明月所清照的湖边。

呵！战！

剜心也不变！

砍首也不变！

只愿锦绣的山河，

还我锦绣的面！

呵！战！

努力冲锋，

战！

## 晨光

东方微现出他的笑窝了，

太阳如远征待发的壮士，

门前拴着晨风中高嘶的白马，

声音正激荡着壁上沉思的宝剑呀。

# 如是

一切淡薄而无味，只是，如一日在空想，忽然宇桌前牡丹的清香摄入我鼻中来，似唤醒我异样的感觉，因写是诗。

从窗口所窥见的天空，被风吹绉云了。

阳光隐约地，人间不知何处在勾留而眠呵！

只觉得一无所存在，——

飘忽，光漾，变幻，消沉。

空空然有一个我，也无所归依的，无所留恋的，无所亲昵的，更松散散地难于自主的。

只有如是，惟有如是，——

坐，默然地坐，

立，兀然地立，

走呀，无聊地牵动两脚轻轻地徘徊于泥尘之上。

虽有回忆，也埋葬了回忆于云山万里之外，

虽有希望，也禁錮了希望于烟花咫尺之间，

过去与将来，一块块皆做影子一般看待。

所谓现在的

乐土啊，早在脑中消灭了，消灭了！

连自己亲爱的父母，还有一个伊，也云雾一般的迷蒙，

迷蒙在仿仿拂拂的天边！此外，更一毛不有的空虚了，霎时间的，过去，过去了！

# 作品·散文

# 不安

去，不能倦了，心灰灰的，身懒懒的，说是一切吗？眼前是一切吗？花似非红色的，叶似非绿色的，存在的个个不是庐山真面目，只傲傲倨倨地在假扮。飘荡清风中，有一缕缕酸。

不闻有哈哈的笑声反闻有睡鼾的呓语，怪在人间吗？天寥阔而明明，地广漠而晦晦，怪在人间吗？老鸦蹲在屋角，默默而不歌，含泪小女倚在门前憨然而不语，眼前的世界，怕是梦中的世界吗？理想的人儿招呼我，到山穷水尽的所在。去，不能倦了！

心被请到天宫，慰问上帝的清愁；心被请到地府，解劝阎王的暴怒；山巅，水底，风尾，云端，游说了宇宙的遍用。但流浃着一身冷汗，只剩两支空空的白手！怀春少女的胸前，倚门娇妇的眼内，叱牛老农的犁边，弥陀老衲的钵上，都有挂着我馈赠的心之照相了。他们呼喊我做一个仅有伴侣，在一切忘怀的时候。但我去，不能倦了！

父亲远在想，母亲远在念——一个终年在外的儿子，不知消瘦到如何了！但有谁在流泪伤心呢？死了的老祖宗还在拭泪，一个可怜的孙子，已跌下深坑中匍匐而哭，终于不知何时可归来，到所要去的家乡。虎已在前啸了，狼已在后吼了，荆棘在他脚下撩拌住了。终于去，不能，倦了。

# 死神的翅膀好像在头上拍着

全不见有明月所吐露的清辉，星众也呼吸紧张地收敛起它们疲倦的两翅，朝阳沉在东方的大海中，曙光还没有吻着东山眉角的时候，到处都是些寒肃狰狞的恶象的结合。今夜呀，不能毁灭的今夜呀，叫我如何走，叫我如何渡过呀！

记得四周都是景色；山，聚翠的，水，扬波的，花草，娟好的，虫鸟，疼爱的。现在，齐成了魔鬼的俘虏，幽囚在铁门铁壁的地牢中！美的髓液被收吸尽了，代替着的不是骄横暴厉地蹲踞着，就是阴险谄媚地诱引着。不是无妻的恶棍，就是多夫的妓女，一个个骗人们到奴隶的死国。一个怯弱的孩子，没有两鳍和两翼，怎能渡过今夜呀！

阴霾哀声在低叫，黑熊的影子处处在蠢动，荆棘遍地蔓延着，行一步，即教人颠仆了。鹳鸟一声，正如狮子的狂吼，存在在昏蒙黝黯中的人呀，怎能渡过今夜呀！

神女，普济群黎的神女，难在想象中出现了；先知，也叫人无从相信了。使我颤怕之心之安宁，急迫之肺之平静网膜上印着是光明，鼓膜上震着是美声，灵魂时时能在空中长歌而欢舞，怕只有接受那——死神的翅膀好像在头上拍着。美丽而善翱翔的翅膀，可飞离人间而直冲九霄呀。

# 作品·小说

# 为奴隶的母亲

她的丈夫是一个皮贩，就是收集乡间各猎户的兽皮和牛皮，贩到大埠上出卖的人。但有时也兼做点农作，芒种的时节，便帮人家插秧，他能将每行插得非常直，假如有五人同在一个水田内，他们一定叫他站在第一个做标准，然而境况总是不佳，债是年年积起来了。他大约就因为境况的不佳，烟也吸了，酒也喝了，钱也赌起来了。这祥，竟使他变做一个非常凶狠而暴躁的男子，但也就更贫穷下去，连小小的移借，别人也不敢答应了。

在穷的结果的病以后，全身便变成枯黄色，脸孔黄的和小铜鼓一样，连眼白也黄了。别人说他是黄胆病，孩子们也就叫他“黄胖”了。有一天，他向他的妻说：

“再也没有办法了。这样下去，连小锅也都卖去了。我想，还是从你的身上设法罢。你跟着我挨饿，有什么办法呢？”

“我的身上？……”

他的妻坐在灶后，怀里抱着她的刚满五周岁的男小孩——孩子还在啜着奶，她讷讷地低声地问。

“你，是呀，”她的丈夫病后的无力的声音，“我已经将你出典了……”

“什么呀？”她的妻几乎昏去似的。

屋内是稍稍静寂了一息。他气喘着说：“三天前，王狼来坐讨了半天的债回去以后，我也跟着他去，走到九亩潭边，我很不想要做人了。但是坐在那株爬上去一纵身就可落在潭里的树下，想来想去，终没有力气跳了。猫头鹰在耳朵边不住地嘶，我的心被它叫寒起来，我只得回转身，但在路上，遇见了沈家婆，她问我，晚也晚了，在外做什么。我就告诉她，请她代我借一笔款，或向什么人家的小姐借些衣服或首饰去暂时当一当，免得王狼的狼一般的绿眼睛天天在家里闪烁。可是沈家婆向我笑道：

"'你还将妻养在家里做什么呢？你自己黄也黄到这个地步了。'

"我低着头站在她面前没有答，她又说：

"'儿子呢，你只有一个，舍不得。但妻——'

"我当时想：'莫非叫我卖去妻子么？'

"而她继续道：

"'但妻——虽然是结发的，穷了，也没有法。还养在家里做什么呢？'

"这样，她就直说出：'有一个秀才，因为没有儿子，年纪已五十岁了，想买一个妾；又因他的大妻不允许，只准他典一个，典三年或五年，叫我物色相当的女人：年纪约三十岁左右，养过两三个儿子的，人要沉默老实，又肯做事，还要对他的大妻肯低眉下首。这次是秀才娘子向我说的，假如条件合，肯出八十元或一百元的身价。我代她寻了好几天，总没有相当的女人。'她说：'现在碰到我，想起了你来，样样都对的。'当时问我的意见怎样，我一边掉了几滴泪，一边却被她催的答应她了。"

说到这里，他垂下头，声音很低弱，停止了。他的妻简直痴似的，话一句没有。又静寂了一息，他继续说："昨天，沈家婆到过秀才的家里，她说秀才很高兴，秀才娘子也喜欢，钱是一百元，年数呢，假如三年养不出儿子，是五年。沈家婆并将日子也拣定了——本月十八，五天后。今天，她写典契去了。"

这时，他的妻简直连腑脏都颤抖，吞吐着问："你为什么早不对我说？"

“昨天在你的面前旋了三个圈子，可是对你说不出。不过我仔细想，除出将你的身子设法外，再也没有办法了。”

“决定了么？”妇人战着牙齿问。

“只待典契写好。”

“倒霉的事情呀，我！——一点也没有别的方法了么？春宝的爸呀！”

春宝是她怀里的孩子的名字。

“倒霉，我也想到过，可是穷了，我们又不肯死，有什么办法？今年，我怕连插秧也不能插了。”

“你也想到过春宝么？春宝还只有五岁，没有娘，他怎么好呢？”

“我领他便了，本来是断了奶的孩子。”

他似乎渐渐发怒了。也就走出门外去了。她，却呜呜咽咽地哭起来。

这时，在她过去的回忆里，却想起恰恰一年前的事：那时她生下了一个女儿，她简直如死去一般地卧在床上。死还是整个的，她却肢体分作四碎与五裂。刚落地的女婴，在地上的干草堆上叫：“呱呀，呱呀，”声音很重的，手脚揪缩。脐带绕在她的身上，胎盘落在一边，她很想挣扎起来给她洗好，可是她的头昂起来，身子凝滞在床上。这样，她看见她的丈夫，这个凶狠的男子，红着脸，提了一桶沸水到女婴的旁边。她简单用了她一生的最后的力向他喊：“慢！慢……”但这个病前极凶狠的男子，没有一分钟商量的余地，也不答半句话，就将“呱呀，呱呀，”声音很重地在叫着的女儿，刚出世的新生命，用他的粗暴的两手捧起来，如屠户捧将杀的小羊一般，扑通，投下在沸水里了！除出沸水的溅声和皮肉吸收沸水的嘶声以外，女孩一声也不喊——她疑问地想，为什么也不重重地哭一声呢？竟这样不响地愿意冤枉死去么？啊！——她转念，那是因为她自己当时晕过去的缘故，她当时剜去了心一般地晕去了。

想到这里，似乎泪竟干涸了。“唉！苦命呀！”她低低地叹息了一声。这时春宝拔去了奶头，向他的母亲的脸上看，一边叫：

“妈妈！妈妈！”

在她将离别的前一晚，她拣了房子的最黑暗处坐着。一盏油灯点在灶前，萤火那么的光亮。她，手里抱着春宝，将她的头贴在他的头发上。她的思想似乎浮漂在极远，可是她自己捉摸不定远在那里。于是慢慢地跑回来，跑到眼前，跑到她的孩子的身上。她向她的孩子低声叫：“春宝，宝宝！”

“妈妈，”孩子含着奶头答。

“妈妈明天要去了……”

“唔，”孩子似不十分懂得，本能地将头钻进他母亲的胸膛。

“妈妈不回来了，三年内不能回来了！”

她擦一擦眼睛，孩子放松口子问：“妈妈哪里去呢？庙里么？”

“不是，三十里路外，一家姓李的。”

“我也去。”

“宝宝去不得的。”

“呃！”孩子反抗地，又吸着并不多的奶。

“你跟爸爸在家里，爸爸会照料宝宝的：同宝宝睡，也带宝宝玩，你听爸爸的话好了。过三年……”

她没有说完，孩子要哭似地说：“爸爸要打我的！”

“爸爸不再打你了，”同时用她的左手抚摸着孩子的右额，在这上，有他父亲在杀死他刚生下的妹妹后第三天，用锄柄敲他，肿起而又平复了的伤痕。

她似要还想对孩子说话，她的丈夫踏进门了。他走到她的面前，一只手放在袋里，掏取着什么，一边说：

“钱已经拿来七十元了。还有三十元要等你到了后十天付。”

停了一息说：“也答应轿子来接。”

又停了一息说：“也答应轿夫一早吃好早饭来。”

这样，他离开了她，又向门外走出去了。

这一晚，她和她的丈夫都没有吃晚饭。

第二天，春雨竟滴滴淅淅地落着。

轿是一早就到了。可是这妇人，她却一夜不曾睡。她先将春宝的几件破衣服都修补好；春将完了，夏将到了，可是她，连孩子冬天用的破烂棉袄都拿出来，移交给他的父亲——实在，他已经在床上睡去了。以后，她坐在他的旁边，想对他说几句话，可是长夜是迟延着过去，她的话一句也说不出。而且，她大着胆向他叫了几声，发了几个听不清楚的声音，声音在他的耳外，她也就睡下不说了。

等她朦朦胧胧地刚离开思索将要睡去，春宝又醒了，他就推叫他的母亲，要起来。以后当她给他穿衣服的时候。向他说：“宝宝好好地在家里，不要哭，免得你爸爸打你。以后妈妈常买糖果来，买给宝宝吃，宝宝不要哭。”

而小孩子竟不知道悲哀是什么一回事，张大口子“唉，唉，”地唱起来了。她在他的唇边吻了一吻，又说：

“不要唱，你爸爸被你唱醒了。”

轿夫坐在门首的板凳上，抽着旱烟，说着他们自己要听的话。一息，邻村的沈家婆也赶到了。一个老妇人，熟悉世故的媒婆，一进门，就拍拍她身上的雨点，向他们说：

“下雨了，下雨了，这是你们家里此后会有滋长的预兆。”

老妇人忙碌似地在屋内旋了几个圈，对孩子的父亲说了几句话，意思是讨酬报。因为这件契约之能订的如此顺利而合算，实在是她的力量。

“说实在话，春宝的爸呀，再加五十元，那老头子可以买一房妾了。”她说。

于是又转向催促她——妇人却抱着春宝，这时坐着不动。老妇人声音很高地：“轿夫要赶到他们家里吃中饭的，你快些预备走呀！”

可是妇人向她瞧了一瞧，似乎说：“我实在不愿离开呢！让我饿死在这里罢！”

声音是在她的喉下，可是媒婆懂得了，走近到她前面，眯眯地向她笑说：“你真是一个不懂事的丫头，黄胖还有什么东西给你呢？那边真是一份有吃有剩的人家，两百多亩田，经济是宽裕，房子是自己的，也雇着长工养着牛。大娘的性子是极好的，对人非常客气，每次看见人总给人一些吃的东西。那老头子——实在并不老，脸是很白白的，也没有留胡子，因为读了书，背有些偻偻的，斯文的模样。可是也不必多说，你一走下轿就看见的，我是一个从不说谎的媒婆。”

妇人拭一拭泪，极轻地：“春宝……我怎么抛开他呢！”

“不用想到春宝了。”老妇人一手放在她的肩上，脸凑近她和春宝。“有五岁了，古人说：‘三周四岁离娘身，’可以离开你了。只要你肚子争气些，到那边，也养下一二个来，万事都好了。”

轿夫也在门首催起身了，他们噜苏着说：

“又不是新娘子，啼啼哭哭的。”

这样，老妇人将春宝从她的怀里拉去，一边说：

“春宝让我带去罢。”

小小的孩子也哭了，手脚乱舞的，可是老妇人终于给他拉到小门外去。当妇人走进轿门的时候，向他们说：“带进屋里来罢，外边有雨呢。”

她的丈夫用手支着头坐着，一动没有动，而且也没有话。

两村的相隔有三十里路，可是轿夫的第二次将轿子放下肩，就到了。春天的细雨，从轿子的布蓬里飘进，吹湿了她的衣衫。一个脸孔肥肥的，两眼很有心计的约摸五十四五岁的老妇人来迎她，她想：这当然是大娘了。可是只向她满面羞涩地看一看，并没有叫。她很亲昵似的将她牵上阶沿，一个长长的瘦瘦的而面孔圆细的男子就从房里走出来。他向新来的少妇，仔细地瞧了瞧，堆出满脸的笑容来，向她问："这么早就到了么？可是打湿你的衣裳了。"

而那位老妇人，却简直没有顾到他的说话，也向她问：

"还有什么在轿里么？"

"没有什么了，"少妇答。

几位邻舍的妇人站在大门外，探头张望的；可是她们走进屋里面了。

她自己也不知道这究竟为什么，她的心老是挂念着她的旧的家，掉不下她的春宝。这是真实而明显的，她应庆祝这将开始的三年的生活——这个家庭，和她所典给他的丈夫，都比曾经过去的要好，秀才确是一个温良和善的人，讲话是那么地低声，连大娘，实在也是一个出乎意料之外的妇人，她的态度之殷勤，和滔滔的一席话：说她和她丈夫的过去的生活之经过，从美满而漂亮的结婚生活起，一直到现在，中间的三十年。她曾做过一次的产，十五六年以前，养下一个男孩子，据她说，是一个极美丽又极聪明的婴儿，可是不到十个月，竟患天花死去了。这样，以后就没有养过第二个。在她的意思中，似乎——似乎——早就叫她的丈夫娶一房妾，可是他，不知是爱她呢，还是没有相当的人——这一层她并没有说清楚；于是，就一直到现在。这样，竟说得这个具着扑素的心地的她，一时酸，一会苦，一时甜上心头，一时又咸的压下去了。最后这个老妇人并将她的希望也向她说出来了。她的脸是娇红的，可是老夫人说：

"你是养过三四个孩子的女人了，当然，你是知道什么的，你一定知道的还比我多。"

这样，她说着走开了。

当晚，秀才也将家里的种种情形告诉她，实际，不过是向她夸耀或求媚罢了。她坐在一张橱子的旁边，这样的红的木橱，是她旧的家所没有的，她眼睛白晃晃地瞧着它。秀才也就坐在橱子的面前来，问她："你叫什么名字呢？"

她没有答，也并不笑，站起来，走在床的前面，秀才也跟到床的旁边，更笑地问她：

"怕羞么？哈，你想你的丈夫么？哈，哈，现在我是你的丈夫了。"声音是轻轻的，又用手去牵着她的袖子。"不要愁罢！你也想你的孩子的，是不是？不过——"

他没有说完，却又哈的笑了一声，他自己脱去他外面的长衫了。

她可以听见房外的大娘的声音在高声地骂着什么人，她一时听不出在骂谁，骂烧饭的女仆，又好像骂她自己，可是因为她的怨恨，仿佛又是为她而发的。秀才在床上叫道："睡罢，她常是这么噜噜苏苏的。她以前很爱那个长工，因为长工要和烧饭的黄妈多说话，她却常要骂黄妈的。"

日子是一天天地过去了。旧的家，渐渐地在她的脑子里疏远了，而眼前，却一步步地亲近她使她熟悉。虽则，春宝的哭声有时竟在她耳朵边响，梦中，她也几次地遇到过他了。可是梦是一个比一个缥渺，眼前的事务是一天比一天繁多。她知道这个老妇人是猜忌多心的，外表虽则对她还算大方，可是她的嫉妒的心是和侦探一样，监视着秀才对她的一举一动。有时，秀才从外面回来，先遇见了她而同她说话，老妇人就疑心有什么特别的东西买给她了，非在当晚，将秀才叫到她自己的房内去，狠狠地训斥一番不可。"你给狐狸迷着了么？""你应该称一称你自己的老骨头是多少重！"像这样的话，她耳闻到不止一次了。这样以后，她望见秀才从外面回来而旁边没有她坐着的时候，就非得急忙避开不可。即使她在旁边，有时也该让开些，但这种动作，她要做的非常自然，而且不能让别人看出，否则，她又要向她发怒，说是她有意要在旁人的前面暴露她大娘的丑恶。而且以后，竟将家里的许多杂务都堆积在她的身上，同一个女仆那么样。她还算是聪明的，有时老妇人的换下来的衣服放着，她也给她拿去洗了，虽然她说：

“我的衣服怎么要你洗呢？就是你自己的衣服，也可叫黄妈洗的。”可是接着说：

“妹妹呀，你最好到猪栏里去看一看，那两只猪为什么这样嗎嗎叫的，或者因为没有吃饱罢，黄妈总是不肯给它们吃饱的。”

八个月了，那年冬天，她的胃却起了变化：老是不想吃饭，想吃新鲜的面，番薯等。但番薯或面吃了两餐，又不想吃，又想吃馄饨，多吃又要呕。而且还想吃南瓜和梅子——这是六月里的东西，真稀奇，向哪里去找呢？秀才是知道在这个变化中所带来的预告了。他整日地笑微微，能找到的东西，总忙着给她找来。他亲身给她街上去买橘子，又托便人买了金柑来，他在廊沿下走来走去，口里念念有词的，不知说什么。他看她和黄妈磨过年的粉，但还没有磨了三升，就向她叫：“歇一歇罢，长工也好磨的，年糕是人人要吃的。”

有时在夜里，人家谈着话，他却独自拿了一盏灯，在灯下，读起《诗经》来了·

关关雎鸠，

在河之洲，

窈窕淑女，

君子好逑——

这时长工向他问："先生，你又不去考举人，还读它做什么呢？"

他却摸一摸没有胡子的口边，怡悦地说道："是呀，你也知道人生的快乐么？所谓：'洞房花烛夜，金榜挂名时。'你也知道这两句话的意思么？这是人生的最快乐的两件事呀！可是我对于这两件事都过去了，我却还有比这两件更快乐的事呢！"

这样，除出他的两个妻以外，其余的人们都大笑了。

这些事，在老妇人眼睛里是看得非常气恼了。她起初闻到她的受孕也欢喜，以后看见秀才的这样奉承她，她却怨恨她自己肚子的不会还债了。有一次，次年三月了，这妇人因为身体感觉不舒服，头有些痛，睡了三天。秀才呢，也愿她歇息歇息，更不时地问她要什么，而老妇人却着实地发怒了。她说她装娇，噜噜苏苏地说了三天。她先是恶意地讥嘲她：说是一到秀才的家里就高贵起来了，什么腰酸呀，头痛呀，姨太太的架子也都摆出来了；以前在自己的家里，她不相信她有这样的娇养，恐怕竟和街头的母狗一样，肚皮里有着一肚子的小狗，临产了，还要到处地奔求着食物。现在呢，因为"老东西"——这是秀才的妻叫秀才的名字——趋奉了她，就装着娇滴滴的样子了。

"儿子，"她有一次在厨房里对黄妈说："谁没有养过呀？我也曾怀过十个月的孕，不相信有这么的难受。而且，此刻的儿子，还在'阎罗王的簿里'，谁保的定生出来不是一只癞蛤蟆呢？也等到真的'鸟儿'从洞里钻出来看见了，才可在我的面前显威风，摆架子，此刻，不过是一块血的猫头鹰，就这么的装腔，也显得太早一点！"

当晚这妇人没有吃晚饭，这时她已经睡了，听了这一番婉转的冷嘲与热骂，她呜呜咽咽地低声哭泣了。秀才也带衣服坐在床上，听到浑身透着冷汗，发起抖来。他很想扣好衣服，重新走起来，去打她一顿，抓住她的头发狠狠地打她一顿，泄泄他一肚皮的气。但不知怎样，似乎没有力量，连指也颤动，臂也酸软了，一边轻轻地叹息着说："唉，一向实在太对她好了。结婚了三十年，没有打过她一掌，简直连指甲都没有弹到她的皮肤上过，所以今日，竟和娘娘一般地难惹了。"

同时，他爬过到床的那端，她的身边，向她耳语说：

"不要哭罢，不要哭罢，随她吠去好了！她是阉过的母鸡，看见别人的孵卵是难受的。假如你这一次真能养出一男孩子来。我当送你两样宝贝——我有一只青玉的戒指，我有一只白玉的……"

他没有说完，可是他忍不住听下门外的他的大妻的喋喋的讥笑声音，他急忙地脱去了衣服，将头钻进被窝里去，凑向她的胸膛，一边说：

"我有白玉的……"

肚子一天天地膨胀的如斗那么大，老妇人终究也将产婆雇定了，而且在别人的面前，竟拿起花布来做婴儿用的衣服。

酷热的署天到了尽头，旧历的六月，他们在希望的眼中过去。秋开始，凉风也拂拂地往乡镇上吹送。于是有一天，这全家的人们都到了希望的最高潮，屋里的空气完全地骚动起来。秀才的心更是异常地紧张，他在天井上不断地徘徊，手里捧着一本历书，好似要读它背诵那么地念去——"戊辰""甲戌""壬寅之年"，老是反复地轻轻地说着。有时他的焦急的眼光向一间关了窗的房子望去——在这间房子内是有产母的低声呻吟的声音；有时他向天上望一望被云笼罩着的太阳，于是又走走向房门口，向站在房门内的黄妈问：

"此刻如何？"

黄妈不住地点着头不做声响，一息，答：

"快下来了，快下来了。"

于是他又捧了那本历书，在廊下徘徊起来。

这样的情形，一直继续到黄昏的青烟在地面起来，灯火一盏盏的如春天的野花般在屋内开起，婴儿才落地了，是一个男的。婴儿的声音很重地在屋内叫，秀才却坐在屋角里，几乎快乐到流出泪来了。全家的人都没有心思吃晚饭，在平淡的晚餐席上，秀才的大妻向佣人们说道：

"暂时瞒一瞒罢，给小猫头避避晦气；假如别人问起，也答养一个女的好了。"

他们都微笑地点点头。

一个月以后，婴儿的白嫩的小脸孔，已在秋天的阳光里照耀了。这个少妇给他哺着奶，邻舍的妇人围着他们瞧，有的称赞婴儿的鼻子好，有的称赞婴儿的口子好，有的称赞婴儿的两耳好；更有的称赞婴儿的母亲，也比以前好，白而且壮了。老妇人却和老祖母那么地吩咐着，保护着，这时开始说：

"够了，不要弄他哭了。"

关于孩子的名字，秀才是煞费苦心地想着，但总想不出一个相当的字来。据老妇人的意见，还是从"长命富贵"或"福禄寿喜"里拣一个字，最好还是"寿"字或"寿"同意义的字，如"其颐""彭祖"等。但秀才不同意，以为太通俗，人云亦云的名字。于是翻开了《易经》《书经》，向这里面找，但找了半月，一月，还没有恰贴的字。在他的意思：以为在这个名字内，一边要祝福孩子，一边要包含他的老而得子的蕴义，所以竟不容易找。这一天，他一边抱着三个月的婴儿，一边又向书里找名字，戴着一副眼镜，将书递到灯的旁边去。婴儿的母亲呆呆地坐在房内的一边，不知思想着什么，却忽然开口说：

"我想，还是叫他'秋宝'罢。"屋内的人们的几对眼睛都转向她，注意地静听着："他不是生在秋天吗？秋天的宝贝还是叫他'秋宝'罢。"

秀才立刻接着说道：

"是呀，我真极费心思了。我年过半百，实在到了人生的秋期；孩子也正养在秋天；'秋'是万物成熟的季节，秋宝，实在是很好的名字呀！而且《书经》里没有么？‘乃亦有秋’，我真乃亦有‘秋’了！”

接着，又称赞了一通婴儿的母亲：说是呆读书实在无用，聪明是天生的。这些话，说的这妇人连坐着都局促不安，垂下头，苦笑地又含泪地想：

“我不过因春宝想到罢了。”

秋宝是天天成长的非常可爱地离不开他的母亲了。他有出奇的大的眼睛，对陌生人是不倦地注视地瞧着，但对他的母亲，却远远地一眼就知道了。他整天的抓住了他的母亲，虽则秀才是比她还爱他，但不喜欢父亲；秀才的大妻呢，表面也爱他，似爱她自己亲生的儿子一样，但在婴儿的大眼睛里，却看她似陌生人，也用奇怪的不倦的视法。可是他的执住他的母亲愈紧，而他的母亲离开这家的日子也愈近了。春天的口子咬住了冬天的尾巴；而夏天的脚又常是紧随着在春天的身后的；这样，谁都将孩子的母亲的三年快到的问题横放在心头上。

秀才呢，因为爱子的关系，首先向他的大妻提出来了：他愿意再拿出一百元钱，将她永远买下来。可是他的大妻的回答是：“你要买她，那先给我药死罢！”

秀才听到这句话，气的只向鼻孔放出气，许久没有说；以后，他反而做着笑脸地：“你想想孩子没有娘……”

老妇人也尖利地冷笑地说：“我不好算是他的娘么？”

在孩子的母亲的心呢，却正矛盾着这两种的冲突了：一边，她的脑里老是有“三年”这两个字，三年是容易过去的，于是她的生活便变做在秀才家里的佣人似的了。而且想象中的春宝，也同眼前的秋宝一样活泼可爱，她既舍不得秋宝，怎么就能舍得掉春宝呢？可是另一边，她实在愿意永远在这新的家里住下去，她想，春宝的爸爸不是一个长寿的人，他的病一定是在三五年之内要将他带走到不可知的异国里去的，于是，她便要求她的第二个丈夫，将春宝也领过来，这样，春宝也在她的眼前。有时，她倦坐在房外的沿廊下，初夏的阳光，异常地能令人昏朦地起幻想，秋宝睡在她的怀里，含着她的乳，可是她觉得仿佛春宝同时也站在她的旁边，她伸出手去也想将春宝抱近来，她还要对他们兄弟两人说几句话，可是身边是空空的。

在身边的较远的门口，却站着这位脸孔慈善而眼睛凶毒的老妇人，目光注视着她。这样，恍恍惚惚地敏悟："还是早些脱离开罢，她简直探子一样地监视着我了。"可是忽然怀内的孩子一叫，她却又什么也没有的只剩着眼前的事实来支配她了。

以后，秀才又将计划修改了一些：他想叫沈家婆来，叫她向秋宝的母亲的前夫去说，他愿否再拿进三十元——最多是五十元，将妻续典三年给秀才。秀才对他的大妻说："要是秋宝到五岁，是可以离开娘了。"

他的大妻正是手里捻着念佛珠，一边在念着"南无阿弥陀佛"，一边答："她家里也还有前儿在，你也应放她和她的结发夫妇团聚一下罢。"

秀才低着头，断断续续地仍然这样说："你想想秋宝两岁就没有娘……"

可是老妇人放下念佛珠说："我会养的，我会管理他的，你怕我谋害了他么？"

秀才一听到末一句话，就拨步走开了。老妇人仍在后面说："这个儿子是帮我生的，秋宝是我的；绝种虽然是绝了你家的种，可是我却仍然吃着你家的餐饭。你真被迷了，老昏了，一点也不会想了。你还有几年好活，却要拼命拉她在身边？双连牌位，我是不愿意坐的！"

老妇人似乎还有许多刻毒的锐利的话，可是秀才走远开听不见了。

在夏天，婴儿的头上生了一个疮，有时身体稍稍发些热，于是这位老妇人就到处地问菩萨，求佛药，给婴儿敷在疮上，或灌下肚里，婴儿的母亲觉得并不十分要紧，反而使这样小小的生命哭成一身的汗珠，她不愿意，或将吃了几口的药暗地里拿去倒掉。于是这位老妇人就高声叹息，向秀才说："你看她竟一点也不介意他的病，还说孩子是并不怎样瘦下去。爱在心里的是深的；专疼表面是假的。"

这样，妇人只有暗自挥泪，秀才也不说什么话了。

秋宝一周纪念的时候，这家热闹地排了一天的酒筵，客人也到了三四十，有的送衣服，有的送衣服，有的送面，有的送银制的狮子，给婴儿挂在胸前的，有的送镀金的寿星老头儿，给孩子钉在帽上的，许多礼物，都在客人的袖子里带来了。他们祝福着婴儿的飞黄腾达，赞颂着婴儿的长寿永生；主人的脸孔，竟是荣光照耀着，有如落日的云霞反映着在他的颊上的。

可是在这天，正当他们筵席将举行的黄昏时，来了一个客，从朦胧的暮光中向他们的天井走进，人们都注意他：一个憔悴异常的乡人，衣服补衲的，头发很长，在他的腋下，挟着一个纸包。主人骇异地迎上前去，问他是哪里人，他口吃似地答了，主人一时糊涂的，但立刻明白了，就是那个皮贩。主人更轻轻地说：

"你为什么也送东西来了？你真不必的呀！"

来客胆怯地向四周看看，一边答说：

"要，要的……我来祝祝这个宝贝长寿千……"

他似没有说完，一边将腋下的纸包打开来了，手指颤动地打开了两三重的纸，于是拿出四只铜制镀银的字，一方寸那么大，是"寿比南山"四字。

秀才的大娘走来了，向他仔细一看，似乎不大高兴。秀才却将他招待到席上，客人们互相私语着。

两点钟的酒与肉，将人们弄的胡乱与狂热了：他们高声猜着拳，用大碗盛着酒互相比赛，闹得似乎房子都被震动了。只有那个皮贩，他虽然也喝了两杯酒，可是仍然坐着不动，客人们也不招呼他。等到兴尽了，于是各人草草地吃了一碗饭，互祝着好话，从两两三三的灯笼光影中，走散了。

而皮贩，却吃到最后，佣人来收拾羹碗了，他才离开了桌，走到廊下的黑暗处。在那里，他遇见了他的被典的妻。

“你也来做什么呢？”妇人问，语气是非常凄惨的。

“我哪里又愿意来，因为没有法子。”

“那么你为什么来的这样晚？”

“我哪里来买礼物的钱呀？！奔跑了一上午，哀求了一上午，又到城里买礼物，走得乏了，饿了，也迟了。”

妇人接着问：

“春宝呢？”

男子沉吟了一息答：“所以，我是为春宝来的。……”

“为春宝来的？”妇人惊异地回音似地问。

男人慢慢地说：“从夏天来，春宝是瘦的异样了。到秋天，竟病起来了。我又哪里有钱给他请医生吃药，所以现在，病是更厉害了！再不想法救救他，眼见得要死！”静寂了一刻，继续说：“现在，我是向你来借钱的……”

这时妇人的胸膛内，简直似有四五只猫在抓她，咬她，咀嚼着她的心脏一样。她恨不得哭出来，但在人们个个向秋宝祝颂的日子，她又怎么好跟在人们的声音后面叫哭呢？她吞下她的眼泪，向她的丈夫说；

“我又哪里有钱呢？我在这里，每月只给我两角钱的零用，我自己又哪里要用什么，悉数补在孩子的身上了。现在，怎么好呢？”

他们一时没有话，以后，妇人又问：“此刻有什么人照顾着春宝呢？”

“托了一个邻舍，我仍旧想回家，我就要走了。”

他一边说着，一边揩着泪。女的同时哽咽着说：

“你等一下罢，我向他去借借看。”

她就走开了。

三天以后的一天晚上，秀才忽然问这妇人道；

“我给你的那只青玉戒指？”

“在那天夜里，给了他了。给了他拿去当了。”

“没有借你五块钱么？”秀才愤怒地。

妇人低着头停了一息答：

“五块钱怎么够呢！”

秀才接着叹息说：

“总是前夫和前儿好，无论我对你怎么样！本来我很想再留你两年的，现在，你还是到明春就走罢！”

女人简直连泪也没有地呆着了。

几天后，他还向她那么地说：

“那只戒指是宝贝，我给你是要你传给秋宝的，谁知你一下就拿去当了！幸得她不知道，要是知道了。有三个月好闹了！”

妇人是一天天地黄瘦了。没有精采的光芒在她的眼睛里起来，而讥笑与冷骂的声音又充塞在她的耳内了。她是时常记念着她的春宝的病的，探听着有没有从她的本乡来的朋友，也探听着有没有向她的本乡去的便客，她很想得到一个关于“春宝的身体已复原”的消息，可是消息总没有；她也想借两元钱或买些糖果去，方便的客人又没有，她不时地抱着秋宝在门首过去一些的大路边，眼睛望着来和去的路。这种情形却很使秀才的大妻不舒服了，她时常对秀才说：

“她哪里愿意在这里呢？她是极想早些飞回去的。”

有几夜，她抱着秋宝在睡梦中突然喊起来，秋宝也被吓醒，哭起来了。秀才就追逼地问：

“你为什么？你为什么？”

可是女人拍着秋宝，口子哼哼的没有答。秀才继续说：

“梦着你的前儿死了么，那么地喊？连我都被你叫醒了。”

女人急忙一边答：

“不，不，……好像我的前面有一圹坟呢！”

秀才没有再讲话，而悲哀的幻象更在女人的前面展现开来，她要走向这坟去。

冬末了，催离别的小鸟，已经到她的窗前不住地叫了。先是孩子断了奶，又叫道士们来给孩子度了一个关，于是孩子和他亲生的母亲的别离——永远的别离的运命就被决定了。

这一天，黄妈先悄悄地向秀才的大妻说：“叫一顶轿子送他去么？”

秀才的妻子还是手里捻着念佛珠说：

“走走好罢，到那边轿钱是那边付的，她又哪里有钱呢？听说她的亲夫连饭也没得吃，她不必摆阔了，路也不算远，我也是曾经走过三四十里路的人，她的脚比我大，半天可以到了。”

这天早晨当她给秋宝穿衣服的时候，她的泪如溪水地流下，孩子向她叫：“婶婶，婶婶”——因为老妇人要他叫自己是“妈妈”，只准叫她是“婶婶”——她向他咽咽地答应。她很想对他说几句话意思是：“别了，我的亲爱的儿子呀！你的妈妈待你是好的，你将来也好好地待还她罢，永远不要再记念我了！”

可是她无论怎样也说不出。她也知道一周半的孩子是不会了解的。

秀才悄悄地走向她，从她背后的腋下伸进手来，在他的手内是十枚双毫角子，一边轻轻说：

“拿去罢，这两块钱。”

妇人扣好孩子的钮扣，就将角子塞在怀内的衣袋里。

老妇人又进来了，注意着秀才走出去的背后，又向妇人说："秋宝给我抱去罢，免得你走时他哭。"

妇人不做声响，可是秋宝总不愿意，用手不住地拍在老妇人的脸上，于是老妇人生气地又说：

"那么你同他去吃早饭去罢，吃了早饭交给我。"

黄妈拼命地劝她多吃饭，一边说：

"半月来你就这样了，你真比来的时候还瘦了。你没有去照照镜子。今天，吃一碗下去罢，你还要走三十里路呢。"

她只不关紧要地说了一句：

"你对我真好！"

但是太阳是升的非常高了，一个很好的天气，秋宝还是不肯离开他的母亲，老妇人便狠狠地将她的怀里夺去，秋宝用小小的脚踢在老妇人的肚子上，用小小的拳头搔住她的头发，高声呼喊她。妇人在后面说："让我吃了中饭去罢。"

老妇人却转过头，汹汹地答：

"赶快打起你的包袱去罢，早晚总有一次的！"

孩子的哭声便在她的耳内渐渐远去了。

打包裹的时候，耳内是听着孩子的哭声。黄妈在旁边，一边劝慰着她，一边却看她打进什么去。终于，她挟着一只旧的包裹走了。

她离开他的大门时，听见她的秋宝的哭声。可是慢慢地远远地走了三里路了，还听见她的秋宝的哭声。

暖和的太阳所照耀的路，在她面前竟和天一样无穷止地长。当她走到一条河边的时候，她很想停止她的那么无力的脚步，向明澈可以照见她自己的身子的水底跳下去了。但在水边坐了一会之后，她还得依前去的方向，移动她自己的影子。

太阳已经过午了，一个村里的一个年老的乡人告诉她，路还有十五里；于是她向那个老人说：

“伯伯，请你代我就近叫一顶轿子罢，我是走不回去了！”

“你是有病的么？”老人门。

“是的，”

她那时坐在村口的凉亭里面。

“你从哪里来？”

妇人静默了一时答：

“我是向那里去的；早晨我以为自己会走的。”

老人怜悯地也没有多说话，就给她找了两位轿夫，一顶没篷的轿。因为那时下秧的季节。

下午三四时的样子，一条狭窄而污秽的乡村小街上，抬过了一顶没篷的轿子，轿里躺着一个脸色枯萎如同一张干瘪的黄菜叶那么的中年妇人，两眼朦胧地颓唐地闭着。嘴里的呼吸只有微弱地吐出。街上的人们个个睁着惊异的目光，怜悯地凝视着过去。一群孩子们，争噪地跟在轿后，好像一件奇异的事情落到这沉寂小村镇里来了。

春宝也是跟在轿的孩子们中的一个，他还在似赶猪那么地哗着轿走，可是轿子一转一个弯，却是向他的家里去的路，他却伸直了两手而奇怪了，等到轿子到了他家里的门口，他简直呆似地远远地站在前面，背靠一株柱子上，面向着轿，其余的孩子们胆怯地围在轿的两边。妇人走出来了，她昏迷的眼睛还认不清站在前面的，穿着褴褛的衣服，头发蓬乱的，身子和三年前一样的短小，那个八岁的孩子是她的春宝。突然，她哭出来地高叫了：

“春宝呀！”

一群孩子们，个个无意地吃了一惊，而春宝简直吓的躲进屋子他父亲那里去了。

妇人在灰暗的屋内坐了许久许久，她和她的丈夫都没有一句话。夜色降落了，他下垂的头昂起来，向她说：

“烧饭吃罢！”

妇人不得已地站起来，向屋角上旋转了一周，一点也没有气力地对她丈夫说：“米缸内是空空的……”

男人冷笑了一声，答说：

“你真是大人家里生活过了！米，盛在那只香烟盒子内。”

当天晚上，男子向她的儿子说：“春宝，跟你的娘去睡！”

而春宝却靠在灶边哭起来了。他的母亲走近他，一边叫：“春宝，宝宝！”可是当她的手去抚摸他的时候，他又躲闪开了。男子加上说：

“会生疏得那么快，一顿打呢！”

她眼睁睁地睡在一张龌龊的狭窄板床上，春宝陌生似地睡在她的身边。在她的已经麻木的胸内，仿佛秋宝肥白可爱地在她身边挣动着，她伸出两手去抱，可是身边是春宝。这时，春宝睡着了。转了一个身，他的母亲紧紧地将他抱住，而孩子却从微弱的鼻声中，脸伏在她的胸膛，两手抚摩着她的两乳。

沉静而寒冷的死一般长的夜，似无限地拖延着，拖延着……

# 旧时代之死 |

## 一、秋夜的酒意

凄惨寒切的秋夜，时候已经在十一点钟以后了。繁华的沪埠的S字路上，人们是一个个地少去了他们的影子。晚间有西风，微微地；但一种新秋的凉意，却正如刚磨快的钢刀，加到为夏汗所流的疲乏了的皮肤上，已不禁要凛凛然作战了。何况地面还要滑倒了两脚；水门汀的地面，受着下午四时的一阵小雨的洗涤之后，竟如关外久经严冬的厚冰到阳春二三月而将开冻的样子。空间虽然有着沐浴后的清净呵，但凄惨寒切的秋夜，终成一个凄惨寒切的秋夜呀！在街灯的指挥之下，所谓人间的美丽，恰如战后的残景，一切似被恐吓到变出死色的脸来。

一个青年，形容憔悴的，年纪二十三四岁，乱发满盖头上。这时正紧蹙着两眉，咬坚他的牙齿，一步一步地重且快，在这S字路上走。他两眼闪着一种绿色的光芒，鼻孔沉沉地呼吸着，两手握着拳，脚踏在地上很重，是使地面起了破裂的回声。被身子所鼓激的风浪，在夜之空间猛烈地环绕着。总之，他这时很像马力十足的火车，向最后一站开去。

他衣服穿的很少；一套斜纹的小衫裤之外，就是一件青灰色的爱国布长衫。但他却特不感到冷，而且还有一种蓬蓬勃勃的热气，从他的周身的百千万毛孔中透出来。似在夏午的烈日下，一片焦土中，背受着阳光的曝炙；

还有一种汗痛的侵袭，隐隐地。但有谁知道他这时脑内的漩涡，泛滥到怎样为止呢？

我为什么要在这样深夜的冷街上跑？

我为什么呵？这个没眼睛的大蠢物！

人们都藏进他自己的身子在绣被中，

但我却正在黑暗之大神的怀中挣扎。

我将要痛快地破坏这存在中的一切，

唉，我并要毁灭我自己灵肉之所有；

世界的火灾呵，一群恶的到了末日，

人类呀，永远不自觉的兽性的你们！

他的两唇颤动着，他的神经是兴奋而模糊地。他觉着什么都在动摇；街，房屋，小树；地也浮动起来。他不住地向前走，他极力感到憎恶；好像什么都是他的仇敌。同时他又念了：

这样的夜有何用？

开枪罢！开枪罢！

敌人！敌人！

残暴者把持所有，

这是怎样的一个时代呀？

走不到半里，他无意识的将他的拳头举起，像要向前打去了。一边他又半吞半吐地诅咒道：

勾引，拖拉，嘲笑，詈骂；

四周是怎样地黑暗呵！

夜之势力的汹涌与澎湃，

我明白地体验着了。

但谁愿做奴隶的死囚？

荣耀的死等待着！

出发罢！向前进行！

这是最后的动作。

他的本身简直成了狂风暴雨。一种不能制止的猛力，向四周冲激；他走去，空气也为他而微微沸热了。一时，他立住，头似被什么东西重重地一击；精神震撼着，恍惚，他又抬起眼来；天空是漆黑的，星光没有半丝的踪迹；宇宙，好像是一座大墓。但他并不是找寻星月，他也没有这样的闲心意。空际似落下极酸的泪来，滴到他的额角，他不觉擦了擦他自己的眼睛，仍向前跑了。

这时，在他的身后，出现四位青年。从他们索索的走衣声听来，很可以知道他们之间有一种紧张，急迫，高潮的关系。当他们可以在街灯下辨别出前面跑着的影子是谁的时，他们就宽松一些，安慰一些，同时也就沉寂一些，脚步放轻一些了。

“前面？”

“前面。”

“是呀。”

“叫一声他吗？”

“不要罢。”

这样陆续发了几句简单之音以后，又静寂走了几分钟，一位说，“雨来了，已有几点滴到我的面上了。”

“是，天气也冷的异样呵！”

另一位缓而慨叹的回答，但以后就再没有声音了。四个注意力重又集中到前面的他的变异上。前面的人又想道：

“将开始我新的自由了！

一个理想的名词，

包含着一个伟大的目的；

至尊极贵的伟大哟，

任我翱翔与歌唱。

——努力，努力，

你们跟我来罢！”

朱胜瑀的变态，是显而易见的了。近两三日来的狂饮，和说话时的带着讥讽，注意力的散漫，都是使这几位朋友非常的忧虑。神经错乱了，判断力与感情都任着冲动，一切行为放纵着。实在，他似到了一个自由的世界，开始他新的自由了。但有意无意间，却常吐出几句真正不能抑遏的悲语；心为一种不能包含的烦恼所涨破，这又使他的好友们代受着焦急。星期六的晚上，他们随便地吃了晚餐以后，在八点钟，李子清想消除朋友的胸中的苦闷，再请他们去喝酒。他们吃过鱼了，也吃过肉了，酒不住地一杯一杯往喉下送，个个的脸色红润了。话开始了，滔滔地开始了：人生观，国内外新闻，所努力的工作，家庭的范围。清说着，他们也说着，一个个起劲地说着。但瑀却一句也不说，半句也不说，低头，默想着。时间一分一分地过去了，瑀却总想他自己所有的：——想他所有的过去，想他所有的眼前，并想他所有的将来。唉！诅咒开始了，悲剧一般的开始了。他想着，他深深地想着。一边他怀疑起来了，惭愧起来了，而且愤恨起来了。壁上的钟是报告十一时已经到了，他却手里还捻着一支酒杯，幻想他自己的丑与怨。正当他朋友们一阵笑声之后，他却不拿这满满的一杯酒向口边饮，他却高高地将它举起，又使劲地将它掷在地上了！砰的一声，酒与杯撒满一地。朋友们个个惊骇，个个变了脸色，睁圆他们的眼睛，注视着他和地。一边，听他苦笑说：“我究竟为着什么呀！？”一边，看他站起来，跑了，飞也似的向门外跑去。

这时，S 字路将走完了，他弯进到 M 二里，又向一家后门推进；跑上一条窄狭而黑暗的二十余级的楼梯，照着从前楼门缝里映射出来的灯光，再转弯跑进到一间漆黑的亭子间。房内的空气似磨浓的墨汁似的，重而黏冷。他脱了外面的衣衫，随被吞蚀在一张床上，蒙着被睡了。

四位朋友也立刻赶到，轻轻地侦探似的走进去。四人的肩膀互撞，手互相牵摸，这样他们也就挤满了这一间小屋。

有一位向他自己的衣袋里掏取一盒火柴，抽一根擦着，点着桌上那枝未燃完的洋蜡，屋也就发出幽弱的光亮来。棺材式的亭子间和几件旧而笨重的床桌与废纸，一齐闪烁起苦皱的眉头的脸了。墙边是一张床，它占全屋子的二分之一，是一个重要的脚色；这时，我们的青年主人公正睡着。床前是一张长狭的台桌，它的长度等于那张床子；它俩是平行的，假如床边坐着三个人，他们可以有同一的姿势伛在台桌上写字了。他们中的一位坐在桌的那端，伸直他的细长的头颈，一动不动，似正在推求什么案子的结论一样。一位立在床边，就是李子清，他是一个面貌清秀，两眼含着慧光，常常表现着半愁思的青年。一位则用两手掩住两耳，坐在桌的这端，靠着桌上。一时，他似睡去了，微醉地睡去了；但一时又伸出他的手来拿去桌上的锈钢笔，浸入已涸燥了的墨水瓶中，再在旧报纸上乱划着。还有一位是拌着手靠在门边，他似没有立足的余地了，但还是挺着身子站在那里。这样，显示着死人的面色的墙壁与天花板，是紧紧地包围着他们，而且用了无数的冷酷的眼，窥视这一幕。

窗外，装满了凄凉与严肃的交流，没有一丝快乐之影的跳动。寒气时时扑进房里来，烛光摇闪着，油一层层地发散。冷寂与悲凉，似要将这夜延长到不可知不可知的无限。四人各有他们自己的表情，一种深的孤立的酸味，在各人的舌头上尝试着，他们并不曾互相注意，只是互相联锁着同一的枷梏，仿佛他们被沉到无底的深渊中，又仿佛被装到极原始的荒凉的海岛上去一样。

迷醉呀，四周的半模糊的情调。不清不楚的心，动荡起了辽阔而无边际的感慨，似静听着夜海的波涛而呜咽了！

许久许久，他们没有说一句话。有时，一个想说了，两唇间似要冲出声音来；但不知怎样，声音又往肚里吞下去了。因此，说话的材料渐渐地更遗失去；似乎什么都到了最后之最后，用不着开口一般，只要各人自己的内心感受着，用各人不同的姿势表示出来就完了。

夜究竟能有多少长呢？靠在门边的一个，他的身体渐渐地左倾，像要跌倒一下，他说了出来：

"什么时候了？"

"一点一刻。"

这端桌边的一位慢慢地回答他一下，同时看了一看他的手表。

"清哥，怎样？"那人轻问着。

"你们回去罢，我呢，要陪瑀随便地过一夜。"

清的声音低弱。

这样，第二重静寂又开始了。各人的隐隐的心似乎更想到，——明天，以后，屋外，辽远的边境。但谁也不会动一动，谁也还是依照原样继续。这是怎样的一个夜呵！

忽然间，瑀掀动了，昂起他的头向他们一个个看了一下，像老鹰的恶毒的眼看地下的小鸡一样。于是他们也奇怪了，增加各人表情的强度。他们想问，而他抢着先开口道，做着他的苦脸：

"你们还在这里么？这不是梦呀，真辛苦了你们！"接着换了他一鼻孔气，"我的身体一接触床就会睡去，我真是一只蠢笨的动物！但太劳苦你们了，要如此的守望。你们若以为我还没有死去，你们快请回寓罢！"

声音如破碎的锣一样，说完，便又睡倒。

这样，“走，”颈细长的青年开口，而且趁势立了起来。他本早有把握，这样无言的严涩的看守，是不能使酒的微醉和心潮的狂热相消灭的。“顺从是最大的宽慰，还是给他一个自由罢！”他接着说，镇静而肯定的口吻。于是门边的一个也低而模糊的问：

“清哥，你怎么样？”

“我想……”清又蹙了蹙眉，说不出话。

“回去。”决定者动了他的两脚，于是他们从不顺利中，用疲倦的目光互相关照一下，不得已地走动了。他们看了一看房的四壁，清还更轻轻地关拢两扇玻璃窗，无声的通过，他们走了。一边又吹熄将完的烛光，一边又将房门掩好；似如此，平安就关进在房内。蹑着各人的脚步，走下楼去。

走出了屋外，迎面就是一阵冷气，各人的身微颤着。但谁的心里都宽松了，一个就开了他自然的口说道：“他的确有些变态了，你看他说话时的眼睛么？”

“是呀，”清说，一边又转脸向颈细长的那位青年问道，“叶伟，你看他这样怎么好呢？”

“实在没有法子，他现在一来就动火，叫我们说不得话。”

“今夜也因他酒太喝醉了，”另一位插嘴，“他想借酒来消灭他的苦闷，结果正以酒力增加他的苦闷了。”

“他哪里有醉呢，”清说，“这都是任性使他的危险，我们不能不代他留意着。”

脚步不断地进行，心意不断地转换。一位又问：

“C 社书记的职，真辞了么？”

“辞了，”清说，“一星期前就辞了。但他事前并没有和我商量，事后也没有告诉过我，我还是前天 N 君向我说起，我才知道的。”

“什么意思呢？”又一位问。

“谁知道。不过他却向我说过一句话，——他要离开此地了。我也找不到他是什么意思。实在，他心境太恶劣了。”清用着和婉而忧虑的口吻说着又静寂一息，叶伟和平地说：

“十几天前，他向我说起，他要到甘肃或新疆去。他说，他在三年前，认识了一位甘肃的商人，那人信奉回教。回教徒本不吃猪肉的，但那人连牛肉羊肉并鸟类鱼类都不吃，实在是一个存心忠厚的好人。他说他的家本住敦煌，这是历史上有名的地方。现在安西亦有他的家，都在甘肃的西北境。那位商人常到新疆的哈密去做生意，贩布、锡箔、盐之类。据说地方倒很好，一片都是淡黄色的平沙，杳杳渺渺地和天边相联接。在哈密，也有澄清的河流，也有茂盛的林木。不过气候冷些，而生活程度倒极低，能操作，就能够活过去。那位商人曾和他相约过，告诉他安西，哈密的详细地址，及一路去的情形方法。嘱他有机会，一定可以去玩玩。那位商人还说，‘那边的地方倒很好玩的，正像北方人到江南来好玩一样。’因此，现在瑀是很想到那边去一趟，据他说，已经有信写给那位商人了。”

伟说完，空间沉静一下，因为谁的心里都被这新的旅行兴所牵动。以后，清问：

“那边怎样适宜他的身体呢？”

“是呀，”伟答，“我也向他说过，你是有 T.B. 病的，不能有长途的跋涉和劳苦。但他说，旅行与大陆性的气候，或者对于他的精神与身体都有裨益些。因此，我也没有再说了。”

这样又静寂了一息，只有脚步节节的进行。另一位有意开玩笑似的叹：“会想到沙漠那里去，他为什么不变一只骆驼呀！”

但伟接着就说：“我想，我想劝他回家去。在这样溷浊的社会里呼吸空气，对于他实在不适宜。往西北呢，身体一定不能胜任。我想还是劝他回家乡去；

并且解决了他的婚姻问题。你觉得怎样？”

清答：“他实在太偏执了，他不能听我们一句话。”

“不，假如我们的决定于他真正有利益，那我们只好当他是一件货物，任我们的意思搬运。”伟笑了一笑。

清辩护了一句：“心境不改变，到底是没有药救的。”

“有什么方法呵？除安睡到永久的归宿之家乡去以外，有什么方法呵？”

一边就没有人再说话了。

这时相距他们的寓所已不到百步，他们走的更快；但各人还没有睡意，关于夜深，天冷，说了几句，就两两的分别开来。

## 二、不诚实的访谒

当他们的脚跟离开了他的门限时，他几乎伏在他的枕上哭出声音来了。

他怎样也不能睡着。虽则微弱的酒的刺激，到此已消散殆尽；而非酒的刺激，正如霄雨一般地落到他的心上来。一边，他觉得对于友谊有几分抱歉；但有什么方法呢？他没有能力消灭他对于他自身的憎恨，他更不能缓和他对于他自己的生活的剧苦的反动，这有什么方法呢？他想坐起来写一封家书，寄给他家乡的老母和弱弟：他想请他的母亲对他不要再继续希望了！他从此将变做断了生命之线的纸鸢，任着朔风的狂吹与漫飘，颠簸于辽阔的空际，将不知堕落到何处去了！深山，大泽，又有谁知道呢？——他眼圈不自主地酸楚起来，昂起头看一下。但房内什么东西都不见，只见一团的黑暗，跑进到他的视线之中。他终于又倒在枕上面不想写信了！头昏沉沉地，周身蒸发着汗。当朋友们坐着时，他一动不曾动，现在却左右不住地辗转，辗转，他不知怎样睡才好。好像这并不是床。——这是沙漠，这是沙漠，他已睡在沙漠之上了！枯燥，凄凉，冷寂，紧贴着他的周身。北极来的阴风，也正在他的耳边拍动；骆驼的锐悲的鸣声，也隐隐地可以听到了。怎样的孤苦呵！一时似睡去了，但不一时又醒来。左脚向床板重敲一下，仿佛他梦中的身子，由壁削千仞的岩崖上流落去一样。

东方一圈圈的发白。人声如蝇地起来，远远的清弱的声音，也逐近到他的房外，变做复杂与枯涩。他这时神经稍稍清楚一些，耳内也比较净朗一些；他辨别出屋外各色的怪声来：——呜呜，呜呜，汽车跑过去了。咯，咯，咯，卖馄饨的打着竹筒来了。“冷来死”，女子卖媚地说到；但哈哈哈哈，男人接着笑了。小孩子又有咽，咽，咽的哭泣声；一边，卖大烧饼油条的，又高声喊着。此外，骂“死乌龟”的，卖火熟包子的，货车的隆隆的震耳的响，脚踏车的喔喔的讨厌的叫；唉，他不愿再静着他的耳朵做受声机，各种奇怪的震动，有的是机械的，有的从口腔里出来，尖利，笨拙，残酷，还有的似悲哀；实在，他听不出这其中有什么意义存在。他想：“这不过是一九二五年沪埠的 M 二里的一个秋天早晨的一出独幕剧。”随即他翻过身子，勉强地想再睡去。

正在这时候，有人推门进来，是清伟二君。这倒使他吃了一惊，似乎他们昨夜并没有回寓去，只在他的门外打了一个盹，所以这么早就进来了。一边，他们本是絮絮地谈着话走上楼的，但一进房门就不说了。只用慈惠的眼睛，向他的床上看了看，似代替口子中的问好。于是一位坐在床边，一位仍坐在昨夜坐过的桌旁。

清几次想说，颤动着两唇似发音的弦一般，但终冲不出声音来。他这并不是胆怯，实在不知道拣选出哪一句讲，是使床上的朋友投机。一时他转过脸看一看伟，似授意请他先发言；但伟不曾理会，清也只得又默默地视在地上。

伟正用着指甲刨着桌上的烛油，昨夜所烧过的。他将它一块块地抛到窗外去，小心地，含着几分游戏的意味。一时，他又挺了一挺他的胸部，鼻上深吸进两缕清冷的空气，似举行起新呼吸来。但接着就缓缓地说话了，“我下午要去领这月份的薪金，领来我一定还你一半。还想去买一件马褂来，因为天气冷得太快了。——假直贡呢的，三块钱够罢？”

于是清抬起头答：

“我的暂时不要还，我横是没有什么用。前天拿来的三十元，除出付十元给房东，昨夜吃了三元以外，其余还在袋里，我没有什么用了。”

“这月的房租你又付他了吗？”伟立刻问。

“给他了，连伙食十元。”清答。

“我曾对他说过，还是前天早晨，叫他这月的房钱向我拿，怎样又受去你的呢？”

一边他从衣袋里掏出一块手帕，擦了一擦鼻子。清微笑地说：

“你的月薪真丰富呵！二十四元，似什么都应付不完了。”

“不是，”他也自己好笑的辩论，“我已向会计先生说妥，今天拿这月的，明天就拿下月的，我要预支一月。”

“下月你不生活了么？”一个无心地反诘了一句，一个却窘迫似的说：

“你也太计算的厉害了！这当然是无法可想，——有法么？总是用的不舒服；还是增加下月的不舒服，得这次的舒服些。不见没有理由罢？会计先生也说，‘朋友，下月的三十天呢？’我答，‘总不会饿死罢？’现在连你也不原谅人的下计。”

他停止了；一息，又说了一句：

“还为瑀着想。”

但二人的谈话没有再进行。一提到瑀，似乎事情就紧迫起来，也不顺利起来。

阳光忽然从东方斜射进窗角，落在墙上很像秋天的一片桐叶。但不一刻，又淡淡地退回去了。

这时又有二人上楼的声音，脚步停止在他们的门外；一息，也就推进门来。无疑的，仍是昨夜发现过的两位，一位名叫方翼，一位名叫钱之佑。他们带着微笑，仔细而迟钝地看看床上一动不动的瑀。于是翼坐在桌边，佑立着吃吃说道："奇怪，奇怪，在 M 二里的弄口，我们碰着一个陌生人，他会向我们笑起来，莫明其妙地。我们只管走，没有理他，而他却跟着我们来了。我偶一回头去，他又向我笑，还要说话的样子。我始终没有理，快走了两步，走进屋里来。奇怪，他有些什么秘密告诉我呢？在上海这种人多有，其目的总是路费没有，向你借贷一些。"

"或者他有些知道你，你该和他招呼一下。"伟一边翻着一本旧《大代数学》，一边说。

"怎样的一个人呢？"清无心的问。佑答：

"蓝布衫，身矮，四十岁左右，似乡下人，似靠不住的乡下人！"

没有等他说完，楼下却送上女子的娇脆的唤声来了，"朱先生！朱先生！"

"什么？"伟问，随将他的头伸出窗外。他就看见蓝布衫的乡人走进屋子里来。女子在楼下说："一位拜望朱先生的客人上楼来了。"而伟回头向窗内说：

"奇怪的人却跟你到这里来呢！"

"可是朱胜瑀还一动不曾动简直不是他的客人一样。"一边是走梯的声响，一边是咕噜的自语，"真不容易找呵，梯也格外长，狭。——这边么？"

前个奇怪的佑，这时真有些奇怪，他窘着开了门去迎他进来。

他是一个身材短小，脸圆，微有皱，下巴剃的很光的乡人。他常说常笑，还常笑着说，说着笑的。任什么时候，他都发同样高度的声音，就是跑到病室和法庭，他也不会减轻一些。而且也不想一想，他所说的话究竟有什么意思没有。总之，他什么都不管，短处也就很多了；——废话，静默的人讨厌他，即多嘴的妇人也讨厌他。而且爱管闲事，为了小便宜，常爱管闲事。虽讨过几次的没趣，被人骂他贪吃，贪东西，甚至要打他，但他还是不自觉的。在他是无所谓改过与修养。因此，现在一进门，话又开始了："唉，满房是客，星期日么？李子清先生也在，你是长久没有见过面了，还是前年，再前年见了的。今天是星期日么？朱先生还睡着，为什么还睡着？听说身体不好，不好么？又是什么病呢？受了寒罢？这几天突然冷，秋真来的快。我没有多带衣服来，昨夜逛屋顶花园，真抖的要命。喝了两杯酒，更觉得冷，硬被朋友拉去的。不到十一点也就回来了。我不愿费钱在这种地方。昨夜游客很少，为了冷的缘故罢？上海人也太怕冷了，现在还是七月廿外。不过容易受寒，朱先生恐怕受寒了吧？苦楚，他是时常有病的！"

他那里有说完的时候。他一边说，一边在房中打旋，看完了个个青年的脸孔，也对着个个脸孔说话。这时清忍不住了，再三请他坐，于是打断他的话。他坐下桌的一边，还是说：

"不要客气，不要客气。"不到一分钟，又继续说道，"朱先生患什么病？看过医生么？不长久？药吃么？就是生一天病，第二天也还该补吃药。朱先生太用功了，乡里谁都称赞他用功，身体就用功坏了。身体一坏，真是苦楚，尤其是青年人！——这位先生似身体很好？"

他还是没有说完，竟连问句也不要别人回答。只眼不住地向大家乱转，又偷看房的四角。清有些讨厌了，于是一到这"好"字，就止住他解释道："瑀哥没有什么病，不过有几分不舒服。"一边又丢眼给伟道："请你去泡一壶茶罢。"

伟起立，来客坚执地说："不要去泡，我是喝了很多来的，不要去泡。"

清说：

“我也口干的很，虽则没有多说话。”来客无法了。

伟向桌上拿去一只白瓷的碎了盖的大茶壶，一边吹了灰，似有半年没有用过它。方翼说“我去泡”，他说“不要”，就下楼去了。

来客接着又问，可是这回的语气，却比前慢一些了。或者因他推演他的三段论法，“不舒服？为什么不舒服呢？不舒服就是病，身子好，还有什么不舒服呢？”

这时候在床边作半坐势的钱之佑却说道：

“心不舒服。”心字说的很响，或者也因来客的眼睛，常圆溜溜的盯住他的缘故。

于是来客静默了一息，房内也随之静默了一息。来客是思索什么辩护，但辩护终究思索不出来。他却转了说话的方向对钱之佑说：

“这位先生，我很有些面熟；但现在竟连尊姓大名也记不起了。”

“有些面熟么？”佑问。

“有些面熟，是不是同乡？口音又像不是？”

“哪里不是。”

“是么？”来客的语吻似乎胜利了，“所以面熟。”他接着说。

“面熟呢，或者未必，”佑窘迫而讥笑地说，“但同乡是一定的；我脸黄色，你脸也黄色，你又不是一个日本矮子，或朝鲜亡国奴，哈。”

清和翼也似乎好笑起来，但忍止住。因此，来客也不自然地无言了。

瑀始终不曾动，似乎连呼吸都没有了。但静听着谈话，谈话如无聊的夜雨般落到他的心上来，他将如何地烦恼，如何地伤感呵！他想一心用到他自己的幻想上去，“造我自己的楼阁罢！”但未失去他两耳的注意力时，耳膜怎样也还在鼓动着。“讨厌的一群！”他似要暴发了，不过终怂恿不起力来。

他还是无法可想，如死地睡着，沙漠上的睡着。

房内平静不到十分钟。清想，“这样给多言的来客太不好意思了。敷衍，当敷衍的时候。”因此，他问了：

“王家叔，你什么时候到上海的？为什么生意？”

“到了已经三天，”来客倒没精打采起来，“也不为什么买卖，纯来玩一趟。上海有一年多没有来了，想看看大马路有什么改变没有，新世界有什么新把戏没有？还有……”

他似还要往下说，伟回来了，把茶壶放在桌上。一边说：“茶叶想买包龙井，足足多跑了三里路。”一边喘着气的拿了两只茶杯，茶杯也罩上一厚层的灰，洗了，倒出两杯淡绿色的热茶来，一杯放在来客的桌边，递一杯给清，“请你喝”，清也就接过去。来客似不知所措，于是清说：

“喝茶罢，方才也还没有说完。”他自己喝了一口，来客也捧起喝了一口，他已忘了“喝了很多”的话，只是说：

“是呀，没有说完。”一边又喝了一口，接着说，“我来的时候，朱先生的娘托我来看看朱先生，朱先生是很久没有写信到家里了。还有……”一边又喝了一口茶，

“还有什么？”清问。

“还有谢家的事，他娘是叫我问问朱先生，那边时常来催促，朱先生究竟什么意思？”息一息，似扫兴一般，又说，“现在呢，朱先生的心不舒服，也没有什么话好说了。”

而伟偏滑稽的说：“你说罢，不妨，他娘有什么意思？”

“意思呢，老人家总是这么，怕还有不爱她儿子的地方？”来客的喉又慢慢地圆滑起来，“谢家的姑娘是很长大了，她实在是一位难得的姑娘；貌好而且贤慧。她整天坐在房内，从不轻易的跑出大门外一步。祠庙里的夜戏，

已经许多年没有去看了。人们想看一看她也万难。她曾说了一句话，惊倒我们乡村里的前辈先生什么似的；谁不称赞她？她说的有理极了！她说，‘女子是属阴的，太阳是阳之主人，女子不该在太阳之下出头露面。’谁有这样的聪明？因此，她自己也就苦煞了。连她的衣服也只晒在北面的墙角，或走过了阳光的廊下。现在，她终日坐在房内做女工。她什么都会，缝，剪，刺，绣，哪一样不比人强？说到读书呢，会写会画，画起荷花来，竟使人疑作池里长出来的。《诗经》也全部会背诵的，哼，她虽没有进过学校，可是进过学校的人，有谁能比得上她呢？”

他喘了一口气，一边又喝了一口茶，接着说：

“也无用我来称赞她了，村前村后，谁不知道她是一位难得的姑娘？这也是因缘前生注定。现在，她年纪大了，不能不出阁了。虽则外貌看看还只有十八九岁模样，实在，女子到了廿二三岁，是不能不结婚了。她的父母几次叫我到朱先生的娘的跟前催促，他娘当然是说好的，但说朱先生不愿意，要想再缓几年；哪里再有几年好缓呢？朱先生的娘说，她要早把瑀的婚事办好，再办他的弟弟的婚事了。他娘说，她今年已经六十岁，哪里还有一个六十岁呢？以前倒也还算康健的，近一年来，身体大差远了，——背常腰酸，眼也会凭空地流出眼泪来，夜里不能久坐，吃过中饭非睡一觉不可。因此，她更想早娶进瑀的妻来，也好帮帮她的忙。这次，特意叫我来问问朱先生的意思，否则，十二月有很好的日子。——而现在……朱先生的心不舒服，也没有什么好商量了。”

他说完，似败兴一般，而且勉强地做了微笑。

个个人呆呆地听着。用难受的意识，沉思地听他一段一段的叙述，——女的才，老母的苦楚，谁都闷闷地不能忍受。但谁也没有说一句话。

瑀呢，也听的清楚了。以前是气愤，想他的代定妻，简直不是一个人！

老古董，陈旧的废物！来客愈夸张，他愈憎恨！但以后，无声之泪，竟一颗一颗地渗透出来，沿着耳边潜湿在他的枕上。

太阳淡黄色，大块的秋云如鲸一样在天空游过。因此，房内的阳光，一时漏进来，一时又退回去。

瑀微微转了转身，似乎他的身子陷在极柔软的棉堆里一样。他想开口向来客说几句，可是他的心制止他的口：

“闭住！闭住！闭住！”

而泪更厉害地涌出来。

清这时坐在床边，他觉察瑀在流泪了。他想提出问题来解决，否则也应当和平地讨论一下，这是他的义务，总不可闷在肚子里。但无论怎样，说不出话来，“说什么好呢？”“瑀会不会赌气？”于是他只好低头。看看伟，伟也是如此，用眼看住他自己的胸膛。

房内一时沉寂到可怕的地步。

来客虽爱说话，但坐在这一班不爱说话的青年中，他也不好说话起来。他像什么也不得要领，又不能自己作主地。他偷看各人的脸上，都浮着一种不能描摹的愁思，——远而深的愁思，各种成分复杂的愁思，他更难以为情起来了。清脸清白，伟也黄瘦，瑀，他访谒的目的物，因一转身，略略的窥得半面，更憔悴的不堪！他想，“究竟有什么心事呢？”如此岑寂的延长，将拉他到苦楚之门阈，他不能忍受。有时，他拖上一句，“这房是几块钱一月的房租？”或凑上一句，“这么贵吗？”但回答不是冷淡的“是”，就是简慢的“非”。他再也无法可想，除非木鸡似的坐着。

忽然，他想，“还是走罢。”一边，立起来，理由是“恐怕好吃中饭了”。实在，时候还很早。翼看了一看他的表，长短针正重叠在十点。但他们也没有留他，只随着立起来听他说：“我要回到旅馆里去。还想趁下午四点钟这班轮船回家。要买些东西，邻舍托我的，各种零碎的东西。关于婚事，望你们几位向朱先生说说，他应当顺从他娘的苦心。可寄信到家里，十二月有好日子。我不能多陪了，心不舒服，还要保养，请医生吃几帖药。”

两脚动了，许多脚也都在地板上动起来。瑀是死心塌地的一动不曾动。来客又奇怪的看了一看他的被，有意说：“朱先生睡着不醒呢！我也不向他问好了。”一边就走出门外。“留步，留步，”他向清等说，但他们还是送出门，似送晦气出去一样。一边，他们又恢复了原有的布局。

## 三、反哲学论文

这时，在瑀的脑内，似比前爽朗一些；好像不洁的污垢，都被那位多嘴的乡人带去了。但杂乱的刺激会不会再来，只有等待以后的经验才知道。现在，在他自己以为，凭着清明的天气说话，他很能认得清楚。因此，当朋友们布好第三幕的剧景时，他开口说话，“你们离开我罢！现在正是各人回到各人自己的位子上去做事的时候了。”

声音破碎，语句也不甚用力。清听了，似寻得什么东西似的，问道：

“你能够起来么？”

“不，让我独自罢！”

“为什么？”

“还是你们离开了我！”

“你不能这样睡，你也知道不能这样睡的理由么？”

“我无力地在床上辗转，假如四周没有一个人伴着我，任我独自睡一个痛快，一天，二天，或三天也好，不会永久睡去的，你们放心——，让我独自的睡罢！”

语气悲凉，说时也没有转他的眼睛。清说：

“瑀哥，不对罢？当一个人不能在床上睡着的时候，‘空想’这件无赖的东西，就要乘机来袭击了！空想占领了你有什么益处呢？无非使你的神经更衰弱，使你实际的步骤更紊乱罢了。”

他也似伴着死人忏悔似的。瑀苦笑一下说：

“你不必代我辩护，世界对我，已变作一张黑皮的空棺，我将厌恶地被放进去就完了。现在呢，你也该知道，睡是死的兄弟啊！”

“这是小孩子说的，实在是一句陈腐的话，瑀哥！”

“还是一样，请你们离开我罢。”

“怎样离法呢？”

“好似棺已放下了泥土以后一般的走开了。”

个个的心很伤感，房内一时又无声音。几分钟，伟说：“我实在不知道你这几天来的欲望是怎么样？不过，你不能跑出我们的队伍以外。你也该用修养的功夫，来管束你自己的任性一下。世界的脸色已经变换了，未来的社会是需要人们的力量，宝贵的理想，隐现于未来的天国里，你是有知识的，我们将怎样去实现它？”

“请不要说罢！请不要说罢！你的大题目将窒死我了！我是一个幼稚的人，我自认是一个幼稚的人！我的眼前已不能解决了，在我已没有论理和原则，请你不要说罢！”

“什么是眼前不能解决的呢？”清问。

“债与性欲吗？”伟忿怒地答。

“不要去解决就是咯，”清说，“就是婚姻，也不值得我们怎样去注意的。我们只要做去，努力向前做去，‘不解决’自然会给我们解决的。”

“好罢！你们的哲学我早明白了。人与人无用关心的太厉害。”

“我们看着你跑进感情的迷途里去么？”

清几乎哭一样。房内一时又只有凄楚。

什么似不能宣泄一般。空气也死了，僵了，凝固了，一块块的了。几人各管领着他们自己的眼前，他们是悲伤的，愤怒的，郁结的，气闷的，复杂的；科学不能用来分析，公理不能用来应用的时候，这是怎样的一个时候呵！

而伟却似火引着似的说，“不必再空谈了，瑀，起来罢，太阳跑到天中来，是报告人们到了午餐的时候。下午，去找一块地方玩一趟，你喜欢什么地方玩啊？问题是跟着生活来的，我们只好生活着去解决问题，不能为问题连生活都不要了。”

“盲目地生活，浸在生活的苦汁里吸取苦汁，我自己想想有些怀疑起来了，有些怀疑起来了。”

“怀疑有什么用呢？”伟说。

“怀疑之后是憎恨。”

“憎恨又有什么用呢？”清问。

“是呵，我知道自己还是不能不活下去！还是不能不活下去！可是我的思想是如此，有什么方法呢？所以请你们离开我，让我独自罢！”

“但是我们不走，仍可与你决断！”伟说。

“瑀哥，我们是幸福了么？你眼前的我们，竟个个如笨驴，生命受着鞭鞑而不自觉的么？”清说。

“我们也有苦痛呵，”翼说，“但我们还连睡也睡不安稳呵！”

“好，请你们制止罢！”

停一息，又说，并转了一身，语气极凄凉的：

“我也知道你们对于我的友谊了！假如人们一定要我的供状，那我不得不做一篇反哲学论文来宣读。”

没有说下去，又停止了。

他们倒又吃一惊，简直摸不着头脑。时候将近中午，阳光也全退出他们的窗外。接着，又听瑀说：

“我所以要请求你们离开我，就想减轻我的苦痛。我本怀疑我自己的生活，这因我的思想无聊，无法可想的！每天早晨，我向自己问，你为什么要穿起这件灰色的布衫呢？天不使你发抖，你又不爱穿它，你为什么不赤裸裸地向外边去跑呢？警察要揪住你，你可不必管，总之，我一些勇气也没有。这并不是因布的不爱它，实在觉得穿这样的衣服是没有意义！对于住，我也一样，一样憎恨它，我憎恨这座地狱！床对我已变作冷冰冰的死土，但我总还要睡在它上面，我多么苦痛。我有我自己的大自然的床，我可以每夜在星光的眼中眠着，我多么快乐呀！我已成了我自己错误的俘虏了，我无法可想。我也不愿食，胃对于我似讨厌的儿子对于穷苦的母亲一般。受累呀，快给他杀死罢！但我一边这样喊，一边还是吃，食物到口边，就往喉下送，不管咸酸苦辣。有时我更成为一个贪吃的人，比什么人都吃的快，比什么人都吃的多，抢着吃，非吃不可，虽则自己在诅咒，还是非吃不可。一等到吃完了，吃好了，那就心灰意冷，好似打败仗的兵士一般。自己丧气，自己怨恨自己了！我真矛盾的厉害，我真矛盾的不可思议呀！”

说到这里，他停了一息，朋友们是个个屏息听着。他似良心压迫他说，非如此说完不可。但愈说脸愈苍白，虽有时勉强地苦笑了一声。神色颓唐，两眼眨眨地望到窗外。

“在昨夜吃酒的时候，我本来已失了快乐之神的欢颜的光顾。不知什么缘故，我是觉到一点兴趣也没有。你们是喝着，说着，笑着；而我却总是厌恶，烦乱，憎恨！我只有满杯地喝自己的清酒，我只有自己沉默地想着。同时，你们的举动、你们的人格，却被我看得一文不值了！”以后他更说重起来。

“你们的人格是光明灿烂的，神圣不可侵犯的，而我却看作和生了梅毒被人拷打的下流妓女一样，和在街头向他的敌人做无谓的谄笑的小人一样，和饿毙而腐烂的乞丐一样！唉！我怎么丑化你们到如此！你们的身体，纯洁英隽的，春花秋月一般的，前途负有怎样重大的使命的；而我却比作活动的死尸！饿鹰不愿吃它的肠，贪狼不愿吃它的肉！唉，该死的我，不知为什么，将你们腐化到这样！没智慧，没勇敢，向自私自利顺流，随着社会的粪土而追逐，一个投机的动物，惯于取巧而自贪荣誉的动物，唉，我何苦要告诉你们呢？我何苦要向你们陈说呢？你们不愿意听么？真诚的朋友们，请你们勿责，请你们勿怒！我还有我自己对于自己！我伤心呀，我流泪呀，我痛彻心髓而不渝了！粉碎了我的骸骨，磨烂了我的肌肤，我还有未尽的余恨！孑孑也可爱，蝌蚪也可贵，我竟远不如孑孑与蝌蚪了！痛心呵，我又何用尽述呢？给你们以悲哀，给你们以苦痛，真诚的朋友们，请恕我罢！万请恕我罢！恕我这在人间误谬的动物，恕我这在人间不会长久的动物！”喘了一口气，又说，“因此，我掷碎了酒杯，我走了！现在，你们在我身边，我的苦痛将如野火一般燃烧，我的憎恨将如洪水一般泛滥！我是一个极弱极可怜的东西，如黑夜暴风雨中跄踉于深山丛谷内！唉，我失掉了驾御自己的力量，感情夺去了我理智的主旨，不，还是意志侵占了我冲动的领域罢！因为自己愿意这样做，自己愿意变作一滴醋，牛乳放到唇边也会凝固了。什么一到我身边，就成了一件余剩的东西；所以人间的美丽与幸福，在我已经是例外呀，我的末日，我的未为上帝所握过的手，我将如何来结算呢？”语气呜咽，竟说不上来。一时，又说，“现在，朋友们，请离开我罢！请永远离开我罢！负着你们的使命，到你们的努力道上去，保重你们的身体，发扬你们的人格，向未来的世界去冲锋罢！莫在我身前了，你们的身体在我前面，你们的精神就重重加我以苦痛，要拉我到无底的地狱中去一样！真诚的朋友们，你们爱我的，让我独自罢，以后请勿再见了！我内心有万恶的魔鬼，这魔鬼使我牺牲与灾难。因此，我不能在光天化日下行走，我不能在大庭广众前说话，更不能在可敬可爱的人们眼前出现了！我将永不回家，我将到荒僻的沙漠上去，我决意到人迹很少的沙漠上去生活。亲爱的朋友们，这是我的反哲学论文，也是我对你们的最后的供状。还要我怎样说呢？你们竟一动也不动么？唉！唉……”

他说完，长叹了一声。

四位朋友，没一个不受惊吓，脸色青了，白了。他们的两眼的四周含着红色的润，在润中隐荡着无限的汹涌的泪涛哟！

清全身颤动，以后，嗫嚅的说：

“瑀哥，你……究竟为什么这样说呢？”一边几乎滴下泪来。瑀说，“这样想，就这样说。”

“你不想不可以么？这种胡思乱想，对你好像是强盗。”翼说。

“不，比强盗还凶！”佑悲哀的加上一句。瑀说：

“你们何苦要压迫我？”

伟说：“谁压迫你？谁还有力量压迫你！不过你既不能立刻就毁灭掉你自己，又不能遂愿毁灭了你所憎恨的社会，什么沙漠，荒僻的沙漠，在这篇反哲学论文中间，究竟有什么意思呢？”

“你听着我此后的消息便是了。”瑀冷冷地。清急向伟轻说。

“辩他做什么？”一边向瑀说，

“我无论如何不能离开你。”

“你又为什么呢？压迫么？”瑀微笑地。

“你是我二十年来的朋友，从小时一会走，就牵着手走起的。”

“那我死了呢？”

“这是最后的话。”

“当我死了就是咯！瑀死了，葬了！”

“不能，没有死了怎么好当他死了呢？肚饿好当吃饱么？”

“不当就是。你自己说过，‘辩他做什么？’”

房里一时又无声。

太阳渐渐西去了，他们的窗外很有一种憔悴的萎黄色的昼后景象。他们个个很急迫似的。虽则伟，他已经决定了，还是暂时的回避他，使他尽量地去发展他自己，就是杀人也有理由。佑和翼呢，是介乎同情与反感之间，捉摸不到他们自己的主旨。对眼前似将死的朋友，也拿不出决定来。而清呢，一味小弟弟的模样，似在四无人迹的荒野，暮风冷冷地吹来，阳光带去了白昼的尊严，夜色也将如黑脸一般来作祟；他怎样也不能离开，紧拖着他哥哥的衣襟似的。

独瑀这时的心理，反更觉得宽慰一些了。吐尽了他胸中的郁积与块垒，似消退了几层云翳的春天一样。他静听着朋友们谁都被缠绕着一种无声的烦恼，这是他所施给他们的，他很明白了。所以他勉强笑了一声，眼看了一看他们，说：

“你们何苦要烦恼？老实说罢，前面我说的这些话，都是些呓语。呓语，也值得人们去注意么？我的人生已成了梦，我现在的一切话，都成了呓语了。你们何苦要为这些呓语而烦恼呢？”

停一息，又说：

“我还要向你们直陈我辞退 C 社书记的职的理由，我生活，我是立在地球上生活，用我的力去换取衣食住，谁不能赐与的。但我却为了十几元一月的生活费，无形地生活于某一人的翼下了；因他的赐书，我才得生活着！依他人的意旨做自己所不愿意做的事以外，还要加我以无聊。我说，‘先生，这样可以算罢？’他说，‘重抄，脱落的字太多了！’因此，我不愿干了。

现在我很明白，社会是怎样的一个怪物！它是残暴与专横的辗转，黑暗与堕落的代替，敷衍与苟且的轮流，一批过去，一批接着；受完了命令，再去命令别人。总之，也无用多说，将生命来廉价拍卖，我反抗了！”

接着又摇头重说了一句：

“将生命来廉价拍卖，我反抗了！”

他的眼又涌上了泪，但立刻自己收住了。一息，又说：

“也不必再谈别的了，太阳已西，你们还是去吃中饭罢！”

清才微笑地说：

“我的肚子被你的话装的够饱了，——你们饿么？”一边转眼问他们。

“不，”伟说。

“也不，”翼答。

“我也不，”佑答。

于是瑀又说：

“你们也忘记了社会共同所遵守而进行的轨道了么？吃饭的时候吃饭，睡觉的时候睡觉，用得到许多个不字？”一边他又想睡去。

清立刻又问：“你也想吃一点东西么？”

“不必讨我的‘不’字了。”瑀说着，一边掀直他的棉被。

这时伟说，一边立了起来：

“我们去罢！让他睡，让他独自静静地睡。”

“是呀，你们去罢，给我一个自由。我很想找到一个机会，认识认识自己，认识到十分清楚。现在正有了机会了。”一边转身向床内。

“瑀哥，……”清叫。

“我们走罢。”伟又催促的。

于是各人将不自由的身子转了方向：伟首先，佑第二，翼第三，清最末，他们排着队走下楼去。

## 四、空虚的填补

他们去了，缓滞的脚步声，一步步远了。

他睡在床上，一动没有动，只微微地闭着两眼。一时眼开了，他又茫无头绪。他好像愿意到什么地方去受裁判，虽则过去的行动和谈话，他已完全忘记了，但未来总有几分挂念，他将怎样呢？他坐起，头是昏昏的；什么他都厌弃，他也感到凄凉了。好似寂寞是重重地施展开它的威力，重重地高压在他的肩上。窗外，楼前，楼下，都没有一些活动，他又觉得胆怯了。他起来，无力地立在房中，一种淡冷的空气裹着他，他周身微微震颤了。他的心似被置在辽远的天边，天边层层灰黯的。他在房内打了一个旋，他面窗立着，两颗深陷的眼球一瞬也不瞬。但窗外如深山的空谷，树林摇着尖瘦的阴风，雨意就在眼前了。他又畏吓了，重仰睡倒在床上。他静听他自己的心脏跳动的很厉害，他用两手去压住他的心胸，口齿咬得紧紧的，他好像要鼓起勇敢来，但什么都没有力气。他又微微地闭起眼，一边，周身浸透出冷汗来。呼吸又紧迫的，他叫了：

“唉！我怎会脆弱到这个地步！我简直不如一个婴儿了！我要怕，我心跳，母亲呀，你赋给我的勇敢到哪里去了？”

一边流出一颗泪，落在被上。

这时他想起他家乡的母亲，——一位头发斑白了的老妇人，偻着背，勤苦地度着她日常细屑的生活。她嚼着菜根，穿着粗布的补厚的衣服，她不乱费一个钱，且不费一个钱在她自己的身上；她只一文一文的储蓄着，还了债，并想法她两个儿子的婚姻。她天天挂念着他，希望他身健，希望他努力，希望他顺流的上进，驯服地向社会做事，赚得钱来。就不赚钱也可以，只要他快活地过去，上了轨道的过去，为了盲目的未来而祈求吉利地过去；不可乱想，不可奢望，不可烦恼而反抗的，这是她素所知道她儿子的，她常切戒他。但他却正因这些而烦恼了，苦闷了，甚至诅咒了。他气愤人类的盲目，气愤他母亲的盲目；一边她自己欺骗过她自己的一生，一边又欺骗别人来依她一样做去。这时，他竟将最关心切爱的老母，也当作他的敌人之一了！他觉得没有母亲，或者还要自由一些，奔放一些，任凭你自杀和杀人，任凭你跑到天涯和地角去，谁关心？谁爱念？但现在，他以过去的经验来说，他无形中受着母亲的软禁了！他想到这里，好似要裂碎他的五脏，他叫道：

“母亲呀，你被命运卖做一世的奴隶了！你也愿你的儿子继续地被命运卖做一世的奴隶么？”

他叫着母亲，又叫着命运，——他低泣了！

这样几分钟，他忽然醒悟的自说：“我为什么悲哀？我为什么愁苦？哼，我真成了一个婴儿了！我没有母亲，我也没有命运，我正要估计自己的人生，抛弃了一切！我没有母亲，我只有自己的肉和血；我也没有命运，只有自己的理想与火！我岂为命运叹息？我岂为母亲流泪？哼，我要估计自己的人生，将抛弃一切！我得救了，我勇敢了，在这样的灰色的天和灰色的地间，并在灰色的房内，正要显现出我的自己来！”

他勇敢了，内心似增加一种火，一种热力。一边他深深地吐出一口气，一边将床上的棉被完全掀开。两手两脚伸得很直，如死一般的仰卧在床上。——这样经过许久。

太阳西斜了，光射到他窗外一家黄色的屋顶上，反射出星眼的斑点来。而他的房内更显示的黝黯了。

正在这个时候，突然有人推进他的房门。他一惊，以为朋友又来吵扰他。

随转他的头仔细一看，是一个二十岁左右的姑娘，他房东的女儿，名叫阿珠。

“阿珠，做什么？”他立刻问，眼中射出幽闪的光。

这位姑娘，仔细而奇怪地看着他，好像不敢走近他，立在门边。于是他更奇怪，随即又问：

“阿珠，你做什么？”

这才她慢慢的娇脆的说，手里带着一封信和两盒饼干，走近他：

“朱先生，有人送信和饼干来。”

“谁啊？”

“我不知道，有信。”

“人呢？”

“人在楼下，请你给他一张回字。”

一边笑眯眯的将信和饼干放在他身边的桌上。

他就拿去信，一看，上写着，“信内附洋五元送S字路M一里十七号朱胜瑀先生收清缄即日下午”。

一边就将信掷在床边，眼仍瞧着天花板。

但阿珠着急了，眼奇怪地注视着他苍白的脸上，说：“为什么不拆信呢？他说信内夹着一张钞票，等着要回字的。”

“谁要这钞票！”

“你！”

“呀，”他才瞧了她一眼，苦笑的，重拾了信，拆了。他抽出一张绿色的信笺和一张五元的钞票，但连看也没有看，又放在枕边了。一边他说：

“请你同来人说一声，收到就是了。”

“他一定要回字的。”

“我不愿写字。”

“那么写‘收到’两字好了。人家东西送给你，你怎样连收到的回条都不愿写？你真马虎。”

“好罢，请你不要教诫我。”

语气有几分和婉的。同时就向桌下取了一张纸，并一支铅笔，手颤抖地写道：

“钱物均收到。我身请清勿如此相爱为幸。”

笔迹潦草，她在旁竟“哈”的一声笑出来。

他随手递给她：

“阿珠，请你发付他！”

她拿去了，微笑的跑到门口向楼下叫：“客人，你上来。”

接着，就是来客走梯的声音，但瑀蹙眉说：“你给他就是，不要叫到我的房内来。”一边想：

“怎么有这样的女子？”

于是女子就在门口交给他回字，来客也就下楼去了。

阿珠还是不走，留在他床边，给他微笑的，狐疑而又愉快似的。一时，她更俯近头说道：

“朱先生，你为什么啊？你竟连信也没有看，你不愿看它么？”

“是。”他勉强说了一字。

“你知道信内写些什么呢？”

“总是些无聊的话。”

“骂你么？”

“倒并不是，不过没怎样差别。”

“你应当看它一下，别人是有心的。”

一边就将这信拿去，颠倒看了看。

“请你给我罢。”

她就将这信递给他，他接受了，但仍旧没有展开，只将四分之一所折着的一角，他默念了：

“这是自然的法则，我说不出别的有力量的话，今夜当不到你这里来，且头痛不堪，不知什么可笑，此亦奇事之一，而令人不能梦想者也。”

他一字一字的念了三行，也就没有再念了，又将它抛在床边。

女子不能不惊骇，她看碼这种动作，似极疲倦似的，于是问道：

“朱先生，你有病么？”

“什么病啊？”

“我问你有病么？”

“我不知道。”

“你为什么这样呢？”

“怎样？”

“懒，脸色青白。”

“呀，”一边心想：

这女子发痴了，为什么来缠着我呢？

想至此，他微微换了另一样的心。虽则这心于他有利呢，还有害？无人知道。可是那种强烈的冷酷，至此变出别的颜色来。

“阿珠，你为什么立在这里？”

“我没有事。”

“想吃饼干么？”

“笑话。”

“你拿去一盒罢。”

“不要。”但接着问：

“是哪位朋友送你的？”

“你问这个做什么？”

“我想知道。”

“拿去吃就是咯。”

“不要吃。”

“那说他做什么？”

他的心头更加跳动起来。两眼瞪在阿珠的脸上，火一般地。而阿珠却正低头视着地板，似思索什么。

这样两分钟，她又问了：

“朱先生，你为什么常是睡？”

“精神不快活。”

“我看你一天没有吃东西？”

“是的。”

“不想买什么东西么？”

“不想。”

“肚子竟不饿么？”

“饿也没有办法。”

“哈，”她笑了。

“什么？”他瞧了她一眼。

“饿当然可以买东西。”

“什么呢？”

“当然是你所喜欢的。”

“我没有喜欢的东西。”

“一样都没有？”

“好，给我去买罢。”

“买什么呢？”

“一瓶膏粱！”

“膏粱？”她声音提高了。

“是呀，我所喜欢的。”

“还要别的东西么？”

“不要。”

“专喝膏粱么？”

“你已经许我去买了。”

“钱？”

“这个拿去。”

随将五元的钞票交给她。

她一时还是呆立着，手接了这五元的钞票，反翻玩弄着。她似思索，但什么也思索不出来。终于一笑，动了她的腰，往房外跑下楼去。

他留睡在床上，还是一动不动地眼望着天花板。

## 五、小诱

原来他的二房东是一位寡妇，年纪四十左右，就是阿珠的母亲。她有古怪的脾气，行动也不可捉摸，人们很难观察她的地位是怎样，职业是什么。她身矮，脸皮黑瘦，好像一个病鬼。但她却天天涂上铅粉，很厚很厚的。她残缺的牙齿，被烟毒薰染的漆黑，和人讲起话来，竟吐出浓厚的烟臭；但香烟还继续地不离了口。眼睛常是横瞧，有时竟将眼珠藏的很少，使眼白的部分完全露出来，——这一定在发怒了。衣服也穿的异样，发光的颜色，很蓝很黄的都有。她大概每星期总要打扮一次，身上穿起引人注目的衣服，涂着铅粉的脸，这时更抹上两大块胭脂，在眼到耳的两颊上。满身洒的香香的，袅袅婷婷的出去了，但不知道她为何事。大部分的时间她总在家里，似乎发怒的回数很多。常是怒容满面，对她的女儿说话也使气狠声。但也有快乐的时候，装出满脸的狞笑来，一摇一摆的走到瑀的面前，告诉说，用着发笑的事实来点缀起不清楚的语音，吞吞吐吐的腔花，有时竟使瑀听得很难受。她会诉说她自己的心事，——丈夫死了，死了长久了，这是悲痛的！她留在人间独自，父母兄弟都没有，女儿又心气强硬的，不肯听她的使唤。因此，她似乎对于人生是诅咒的。但不，她眼前的世界仍使她乐观，仍使她快活地过活；因为有一部分的男人看重她，用他们不完全的手来保护她生活下去。她也会诉说关于她女儿的秘密，用过敏的神经，说她有了情人了，情人是一个年轻裁缝匠，钱赚的很大的，比起朱先生来，要多三四倍。但她最恨裁缝匠，裁缝匠是最没良心，她自己也上过裁缝匠的当的，在年轻的时候。可是现在她很能识别出人来，谁好谁坏；但裁缝匠是没有一个坏中之好的。因此，她看管她的女儿更厉害，周密严厉，防她或者要同她情人私自逃奔的缘故。

“朱先生，这种事情在上海是天天有发生的。”有时她竟这样说了一句。

“不会的，阿珠不过浪漫一些，人是很好的，她决不会抛弃孤独无依的母亲。”瑀却总是这么正经地答。

“天下的人心，哪里个个能像朱先生一样诚实啊！”

结果，她常常这样称夸他。

实在，她的女儿是一个怪物；或者有母亲这样的因，不得不有女儿那样的果。不过阿珠还是一无所知呵！

阿珠，是一个身躯发育很结实的强壮的女子。面圆，白，臂膀两腿都粗大；眼媚，有强光，唇红，齿白；外貌是和她母亲正相反。她常不梳头，头发蓬到两眉与肩上。脸不涂粉，但也不穿袜，常是拖着一双皮拖鞋，跑来跑去。她从没有做工作的时候，一息在弄堂里和人谩骂，开玩笑，一息又会在楼上独自呜呜地哭。

她们母女二人，前者的房在前楼，后者的房在后楼，相隔一层孔隙很大的板壁。所以每当夜半或午后，二人常是一人骂，一人应；一人喊，一人哭。有时来了许多客，不知是怎样的人。说他们是工人呢，衣服实在怪时髦，态度实在太活动的；说他们是富贵子弟呢，言语实在太粗鄙，举动实在太肉麻。或者是裁缝匠一流，但裁缝匠是这位妇人最不喜欢的。他们常大说大笑，在她母女二人的房内，叫人听的作呕。这样胡闹，甚至会闹的很久很久。

有时在傍晚，天气稍热一些。于是这位妇人，穿起一套很稀疏的夏布衫裤，其每个布孔，都可以透出一块皮肉来卖给人看。她却伸直着两腿，仰卧在天井里的藤眠椅上，一边大吞吐其香烟，烟气腾腾地。瑀或走过她，她就立刻装出狞笑，叫一声“先生！”声音是迟钝而黏涩的，听来很不自然。这时的女儿呢？却穿起了全身粉红色的华丝葛的衫裙，还配上同样颜色的丝袜，一双白色的高底皮鞋，装扮的很像一位少奶奶。皮肤也傅粉的更柔滑起来，浓香郁郁的，真是妖艳非常。这时，态度也两样了，和往日的蓬头赤足的浪漫女子，几乎两个人模样。走起路来，也有昂然的姿势，皮鞋声滴滴地，胸乳也特别地挺。假如遇见了瑀，也用骄傲妒忌的横眼，横了他一眼，好像看他不屑在她的屋内打旋一般。这样，她总要到外边去了，在门口喊着黄包车，声音很重很娇地，做着价，去了。这样，至少也要到夜半，极深极深的夜半才回来。

瑀在这个环境之内，当初是十二分地感受到不舒服。他是旧历三月半搬到这里，第一个月的房租付清了后，他就想搬出去；但一时找不到房子，于是就住着了。不料第二个月，因小病的缘故，竟将房租拖欠到端午，——照例是先付房租，后住屋的。——到第三个月，房租完全付不出了。一边，也因这房租比任何处便宜；何况这位大量的妇人，对他的欠租不甚讨的厉害。因此，一住住下，也就不以为怪了。以后，他对她们，更抱着一种心理，所谓“这样也有趣”。横是没有什么大关系，用冷眼看看她们的行动，有什么？“我住我的房，她们行她们所好。”以后他这样想，所以他每次出入总是微笑的对她们点一个头，她们来告诉他话，他也随随便便地听过了。但阿珠，对于这位住客，始终没有敬礼。这回，不知什么缘故，会到他身前来献殷诚，卖妖媚了。

大概十五分钟，阿珠买酒回来。她梯走的很快，一边推进门，喘着气；一边笑嘻嘻，将酒和找回来的钱，一把放在桌上。

“四个角子。”她随即说。

瑀仍睡着没动，也没有说，待她声音一止，房内是颤动的镇静，同时太阳已西下。

“朱先生，四个角子一瓶。”

“你放着罢。”他心头跳动。

“为什么不吃？”她问的轻一些。

“不要吃。”

“和饼干吃罢。”

“不想吃。”

“那为什么买呢？”

“我可不知道。”

“你在做梦吗？”

“是。”

这位女子很有些狼狈的样子，觉得无法可想。一息说：

“朱先生，我要点灯。”

一边就向桌下的板上找。瑀说：

“没有灯了。”

“洋蜡烛呢？”

“亮完了。”

她一怔。又说：“那么为什么不买？”

“我横是在做梦，没有亮的必要。”

“我再去代你去买罢。”

一边就向桌上拿了铜子要走。

“请不要。”瑀说。

“为什么？”

“我已很劳你了。”

他在床上动了一动，好似要起来。但她说：“笑话，何必这样客气呢！你是……”

她没有说完，停了一息，秘密似的接着说：“现在我的妈妈还没有回来，前门也关了，所以我可代你……”

她仍没有说完，就止住。瑀问：

“你的妈妈哪里去了？”

他好像从梦中问出了这句话。阿珠没精打采地说：

“不知道她到哪里去了。她去的地方从来不告诉我的。好像我知道了，就要跟着她去一样。而且回来的时候也没有一定，今天，怕要到夜半了。我的晚餐也不知怎样，没得吃了。她对我是一些也不想到的，只有骂。骂我这样，骂我那样，她又一些也不告诉我。常叫我没得吃晚餐。哈！”

她笑了一声，痴痴的。

这时瑀坐了起来，他觉得头很痛。看了看酒，又看了看阿珠，他自己觉得非常窘迫。用手支持着头，靠在桌上，神气颓丧地。

这样几分钟没有声音，阿珠是呆呆立着。瑀似要开口请她下楼去，而她又“哈！”的一声嗤笑起来，眼媚媚地斜头问他：

“先生！我可以问你？”

“什么？”他抬头看了她一眼。

“你肯说么？”

“知道就可以说。”

“你一定知道，因为你是读书的。”

“要我说什么呢？”

“你不觉得难……？”

“什么意思？”

“不好……”

“明白说罢！”

瑀的心头，好似纺车般转动。

“我不好说，怎样说呢？”

“那要我告诉你什么？”

他的脸正经地。女的又断续的不肯放松，哀求似的，“告诉我罢！”

“什么话？”

“你，你，一定不肯说，你是知道的，……”

瑀愁眉沉思的，女的又喘喘说：“我想……一个女子……苦痛……”

一边不住地假笑，终究没有说出完全的意义来。她俯着腰，将她的左手放在她的右肩上，呆呆地立着。

这时瑀却放出强光的眼色注视着她的身上，——丰满的脸，眼媚，鼻正，白的牙齿，红唇，婉润的肩，半球隆起的乳房，细腰，柔嫩的臀部和两腿，纤腻的脚。于是他脑里糊模的想：

“一……个……处……女……。”

她，还是怔怔的含羞的低头呆立着，她一言不发了，仅用偷视的眼，看着瑀的两脚，蓝色的袜和已破了的鞋。她的胸腔的呼吸紧迫地，血也循环的很快，两脚互相磨擦着：他觉察出来了。他牙齿咬的很坚，两拳放在桌上，气焰汹汹地。虽则他决意要将自己的心放的很中正，稳定，可是他的身子总似飘飘浮浮，已不知流到何处去。他很奇怪眼前的境象有些梦幻，恍惚，离奇，——这时太阳已西沉，房内五分灰黯了。他不能说出一句话，一句有力的话，来驱逐眼前的紧张与严肃。一派情欲之火，正燃烧在他和她两人的无言之间。

正当这个时候，却来了很急的敲大门的声响，接着是高声的喊叫：

“阿珠呀！阿珠呀！开门！”

寡妇回来了，不及提防的回来了。她回来的实在有力量！

于是这位女子，不得不拔步飞跑。一边喃喃的怨：

“这个老不死！”

瑀目不转睛的看阿珠跑出门外，再听脚步声很快地跑下楼梯。一边就听开门了，想象寡妇怒冲冲的走进来。

忽然，他的眸子一闪，好似黑暗立刻从天上落下。他自己吃一惊，随即恨恨地顿了一脚，叹道：

“唉！我究竟在做什么？梦罢？”

一边立起身子将桌上新买来的这瓶膏粱，用力拔了木塞。一边拿一个玻璃杯子，将酒满满地倒出一杯，气愤愤地轻说一句：“好，麻醉了我的神经罢！”

就提起酒杯，将酒完全灌下喉咙里去了。

他坐下床，面对着苍茫的窗外。一时又垂下头，好像一切都失败了。于是他又立起，又倒出半杯的膏粱，仰着头喝下去。他掷杯在桌上，杯几乎碎裂，他毫不介意的。又仰卧倒在床上，痴痴的。一边又自念了："这个引诱的世界！被奴隶拉着向恶的一面跑去的世界：好，还是先麻醉了我自己的神经罢！"

于是他又倒出半杯的膏粱，喝下去。

接着，他就没有思想和声音，似鱼潜伏在海底似的。

他眼望着窗外，一时又看着窗内。空间一圈圈地黑暗起来，似半空中有一个大魔，用着它的黑之手撒着黑之花，人间之一切都渐渐地隐藏起它们的自身来。一边，在他的眼内，什么都害怕着，微微地发颤。酒杯里的酒，左右不住地摇摆，窗格也咯咯有声了。窗边贴着一张托尔斯泰老翁的画像，——这是他唯一信仰的人，也是房内唯一的装饰了。——这时也隐隐地似要发怒，伸出他的手，将对这个可怜的青年，施严酷的训斥一般。一时，地也震动了，床与天花板，四壁，都摇动起来。身慢慢地下沉，褐色的天空将重重地压下了。冷风从窗外扑进来，凛然肃然的寒，也将一切压镇到无声，而且一时将它们带到辽远去，一时又送它们回到了就近，和他的自身成同样的不稳定。他的心窝似有一只黑熊在舔着，战跳的厉害，一缕酸苦透过它。周身紧张，血跑的如飞。他竟朦朦胧胧地睡去一般。

一忽，他又似落下大海中去了。波涛掀翻着他的身，海水向他的耳鼻中冲进去，他随着浪潮在沉浮了。一忽，他又似升到寒风凛冽的高山上，四周朦胧，森林阴寂地。一忽，他又似在荒坟垒垒的旷野中捉摸，找不到一星灯火，四周围满了奇形怪状的魍魉，它们做着歪脸向他狞笑，又伸出无数的毛大的黑手，向他募化，向他勒索，向他拖拉了！这时，他捏起一只拳头，向床上重重地一击，身体也随即跳动起来，他说：

"我做什么？"

随即又昂起半身，叹一声：

“呀，昏呀！”

骤然，他竟坐起身来。

他的眼向四周一转，半清半醒的自己说道：

“我在哪里？

我做着什么？

这是世界！

发昏的世界！

我醉了？

我实在没有醉！

我能清楚地辨别一切，

善恶，

美丑，

颜色，

我一点不会错误！

我坐在小室中，

这是夜，

这是黑暗的夜。”

他模糊的说着，他有些悲酸！

他觉得他头是十分沉重，脑微微有些痛。房内漆黑的，微弱的有些掩映的灯光和星光。他想他自己是没有醉，到这时，他也不拒绝那醉了。于是他又不知不觉地伸出手去拿那瓶酒来，放到口边，仰着头喝起来，口渴一般的，只剩着全瓶五分之二的样子，他重放在桌上。一边立起，向门走了两步。他不知怎样想好，也不知怎样做好，茫茫地，不能自主。一时他向桌上拿了一本旧书，好似《圣经》。他翻了几页，黑暗与酒力又命令他停止一切活动，他还能从书中得到一些什么呢？随即放回，他想走出门去。

“我死守着这黑暗窟做什么？”

他轻轻地说了这一句，环看了一遍四壁，但什么都不见。于是他又较重的说了这一句：

“快些离开罢！”

他披上了这件青灰色长衫，望了一望窗外，静静的开出门，下楼去了。

## 六、墙外的幻想

灯光灿烂的一条马路上，人们很热闹的往来走着。他也是人们中的一人，可是感不到热闹。他觉得空气有些清冷，更因他酒后，衣单，所以身微微发抖。头还酸，口味很苦，两眉紧锁的，眼也有些模糊。他没有看清楚街上有的是什么，但还是无目的地往前走。一时他觉得肚子有些饿，要想吃点东西；但当他走到菜馆店的门口，又不想进去。好像憎恶它，有恶臭使他作呕；又似惧怕而不敢进去，堂倌挺着肚皮，板着脸孔，立在门首似门神一般。他走开了，又闻到食物的香气。红烧肉、红烧鱼的香气，可以使他的胃感到怎样的舒服。这时，他就是一汤一碟，也似乎必须了，可以温慰他的全身。但当他重又走到饭店之门外，他又不想进去。他更想，“吃碗汤面罢！”这是最低的限度，无可非议的。于是又走向面馆，面馆门首的店伙问他，“先生，吃面罢？请进来。”而他又含含糊糊的，“不……”不想吃了，一边也就不自主地走过去了。他回头一看，似看它的招牌是什么。但无论招牌怎样大，他还是走过去了。

这样好几回，终于决定了，——肚不饿，且渐渐地饱。他决定，自己恨恨地，

“不吃了！不吃了吃什么啊？为什么吃？不吃了！”

一息，更重地说：“不能解脱这兽性遗传的束缚么？饿死也甘愿的！”

一面，他看看从菜饭店里走出来的人们，脸色上了酒的红，口衔着烟，昂然地，挺着他的胃；几个女人，更摆着腰部，表示她的腹里装满了许多东西。因此，他想，——这有什么特殊的意义？不过胃在做工作罢了！血般红，草般绿，墨汁般黑，石灰般白，各种颜色不同的食品，混杂地装着；还夹些酸的醋，辣的姜，甜的糖，和苦的臭的等等食料，好似垃圾桶里倒进垃圾似的。

“唉！以胃来代表全部的人生，我愿意饿死了！”他坚决地说这一句。

但四周的人们，大地上的优胜的动物，谁不是为着胃而活动的呵！他偷眼看看身旁往来的群众，想找一个高贵的解释，来替他们辩护一下，还他们一副真正的理性的面目。但心愈思愈酸楚，什么解释也找不出来，只觉得他们这样所谓人生，是亵渎“人生”两个字！他莫明其妙地不知走了多少路。街市是一步步清冷去，人们少了，电灯也一盏盏的飞升到天空，变作冷闪的星点，从枫、梧桐、常青树等所掩映着的人家楼阁的窗户，丝纱或红帘的窗户中，时时闪出幽光与笑声来，他迷惑了。这已不是啸嚷的街市，是富家的清闲的住宅，另一个世界了。路是幽暗的，近面吹来缥缥缈缈的凄冷的风。星光在天空闪照着，树影在地上缤纷纷地移动；他一步步地踏去，恰似踏在云中一样。他辨别不出向哪一方向走，他要到哪里去。他迷惑了，梦一般地迷惑了。

他的心已为环境的颜色所陶醉，酒的刺激也更涌上胸腔来。他就不知不觉的在一家花园的墙外坐下去。墙是红砖砌成的，和人一般高，墙上做着卷曲的铁栏栅，园内沉寂地没有一丝一缕的声光。

正是这个醉梦中的时候，在灰暗的前路，距他三四丈远，出现了两盏玲珑巧小的手提灯，照着两位仙子来了。他恍惚，在神秘的幽光的眼中，世界已换了一张图案。提着灯的小姑娘，都是十四五岁的女孩子，散发披到两肩，身穿着锦绣的半长衫，低头走在仙子的身前，留心地将灯光放在仙子的脚步中。仙子呢，是轻轻地谈，又轻轻地笑了：她们的衣衫在灯火中闪烁，衫缘的珠子辉煌而隐没有如火点。颈上围着锦带，两端飘飘在身后，隐约如彩虹在落照时的美丽。她们幽闲庄重地走过他，语声清脆的，芬芳更拥着她们的四周，仿佛在湖上的船中浮去一般，于是渐渐地渐渐地远逝了。景色的美丽之圈，一层层地缩小，好似她们是乘着清凉的夜色到了另一个国土。

这时，他也变了他自己的地位与心境，在另一个的世界里，做另一样的人了。他英武而活泼的，带着意外的幸福，向她们的后影甜蜜地赶去，似送着珍品在她们的身后。她们也听见身后的脚步声音，回过头，慢慢的向他一看，一边就笑了。小姑娘也停止了脚步。她们语声温柔地问：

“你来了么？”

“是。”一边气喘的，接着又说了一句，“终究被我追到了。”

于是她们说：“请你先走罢。”

“不，还是我跟在后面。”

她们重又走去。他加入她们的队伍，好像更幸福而美丽的，春光在她们的身前领导她们的影子，有一种温柔的滋味，鼓着这时的灯光，落在地上，映在天上，成了无数个圈子，水浪一般的，慢慢的向前移动。她们的四周，似有无数只彩色的小翅，蝴蝶身上所生长着的，飞舞着，飞舞着，送她们前去。迷离，鲜艳；因此，有一曲清幽而悲哀的歌声起了，似落花飘浮在水上的歌声。她们的脸上，她们丹嫩的唇上，她们酥松的胸上，浮出一种不可言喻的微波与春风相吻的滋味来。

她们走到了一所，两边是短短的篱笆，笆上蔓着绿藤。上面结着冬青与柏的阴翳，披着微风，发出悠悠的声籁。于是她们走过了桥，桥下流着汀淙的溪水。到了洞门，里边就是满植花卉的天井，铺着浅草。茉莉与芍药，这时正开的茂盛，一阵阵的芳香，送进到她们的鼻子里。

东方也升上半圆的明月，群星伴着微笑。地上积着落花瓣，再映着枝叶的影儿，好似锦绣的地毡一般。

她们走进到一间房内，陈设华丽的，一盏明晃如绿玉的电灯，照得房内起了春色。于是小姑娘们各自去了，房内留着他与她们三人，——一个坐在一把绿绒的沙发上，这沙发傍着一架钢琴，它是位在墙角的。一个是坐在一把绛红的摇椅上，它在书架的前面。当她俩坐下去的时候，一边就互相笑问：

“走的疲乏了么？”

“不。”互相答。

一边靠沙发的眠倒了，摇椅上的摇了起来。

他正坐在窗边的桌旁。桌上放着书本和花瓶，瓶上插着许多枝白蔷薇和紫罗兰。他拿了一本书，翻了两页，又盖好放转；又拿了一本，又翻了两页，又盖好放转。他很没精打采，似失落了什么宝贵的所有，又似未成就什么要实现的理想似的。他眼注视着花瓶，头靠在桌上。

“你又为什么烦恼呢？”坐在摇椅上的仙子这样问他，“如此良夜，一切都在微笑了，你倒反不快活么？”

他没有回答。而坐在沙发上的仙子接着说了：

“他总是这样颓丧，忧郁。他始终忘了‘生命是难得的’这句话。”

“我有什么呀？谁烦恼呢？”他有意掩饰的辩。

“对咯，”摇椅上的仙子说，“只有生活在不自由的世界中的人有烦恼，这烦恼呢，也就是经济缺乏和战争绵连。”

“这也不一定。”

于是沙发上的仙子微笑道：

“难于完成的艺术，或是穷究不彻底的哲理，也和烦恼有关系罢？”

他没有回答。于是她接着对摇椅上的仙子说道：

“安姊，我又想起一篇神话来。这篇神话是说有一位中世纪的武士，他誓说要救活一位老人。在未能救活以前，他永远不发笑。可是这位老人早已死去，连身子也早已烂了。于是这位武士，无论到什么王国，青年公主爱护他，公爵夫人珍惜他，他终究未发一笑，含泪至死了。他有些似那篇神话里的主人，要救活早已死去的老人以后才发笑的。”

一边，她自己笑起来。于是安姊说：

“琪妹，他和古代的哲人或先知差不多。他披着长发，睡在一个大桶内，到处游行，到处喊人醒觉。虽则踏到死之门，还抱着身殉真理的梦见。”

这时他说道：

“你们只可作我是小孩，你们不可以生命为儿戏。”

“真是一位以生命殉生命的大好健儿！”

琪妹赞叹的。一边她向衣袋内取出一方锦帕，拭了她额上的汗珠。

房内一时静寂的，只微微闻的花香酝酿着。忽然，不知从何处流来了一阵男女杂沓的大笑声。于是安姊说：

“假如笑声是生命的花朵，那你就不该摘了花朵而偏爱花枝呢？否则，还是哲理是哲理，生命是生命。”

“是呵，”琪妹接着说，“就是尝着苦味的时候，我们也要微笑的去尝。何况一个人不可为生命，而反将生命抛弃。有如今夜，你不可忘了你的荣归，不可忘了你的皈依，不可忘了你的净化！”

“我倒不这样想，”他淡淡的，“我以为我们踏到天国之门的，还该低头沉思的走去牵那上帝之手；假如我们要从河岸跳落河底时，我们还可大笑一声，去求最后的解决。”

一息，他接着又说：“不过我又有什么呢？我岂不是得了你们的安慰么？”

“谁知道？”

安姊微笑说。一边她从摇椅上走了起来，向钢琴边前去，眼看一个琴上的乐谱，似有一种深思。一回又拿乐谱，一手在琴的键上弹着。她的手飞弹的很快，似机器做的一般，于是她又疑思着乐谱，不发一声。

而这时沙发上的琪妹，微声的一笑。一边眼一瞧他和安姊，一边又斜一斜头，——而他还是靠着头，想些什么。——于是她自己对她自己似的说道：

“你还是喝你自己的葡萄酒！”

安姊是没有听到，而他却慢慢的笑转过头向她说：“我也想喝一杯。”

“你喝它做什么呢？你有你的思想就够了，正似她也有她的音乐就够了一样。”

他一笑，琪妹就立了起来，向一只橱中取出一瓶葡萄酒，两只白色杯子。走到他的身边，倒出两杯，放在桌上。

“安姊，你有音乐就够了么？”他问。

“谁够了？”安姊无心的说。

“你！”

“什么？”

“你有音乐就够了么？”

“还有什么？”她的眼仍注视着乐谱。

这时琪妹轻轻的一笑。

“笑我么？你们吃什么？”

“葡萄酒。”

“好妹妹，你给我一杯罢！”

她口里这样甜蜜的说，但身子仍没有动。

“沉醉于艺术，比沉醉于美酒有味罢？”

这时琪妹已喝了一杯，她心里立时有一种荡漾，于是这样的问着。

“是呀！”他答。

“那么比较思想呢？”她进一步问他。

“思想的味终究是苦的！”

于是他们一笑，接着也就无声了。

房内有一种极幽秘的温柔与甜蜜。各人的心浸在各人自己的欲望中，都微微地陶醉。她们有如秋天的鸿雁，翩翩飞翔于苍空；又如春水绿波中的小凫，拍着两翅在沐浴着。一种清凉的愉美，缭绕于各人的身肢间。

正是这个时候，各人的眼互相微笑着，似有一个狰狞可怕的黑人，向他的房中走进来！她们立刻发出极骇的叫声，她们立时不见了。他的面前的美景，也随之消灭！

“喂！你是什么人？”

一个北音的巡捕，走到他的身边，严厉地向他问。

他没有答，忿忿地。

“你是怎样的人？”

“你为什么要问我啊？”

“因为你不该在这里睡觉！”

“唉！先生，我没有好的睡所，竟连一个墙外也不能给我做一个好梦么？太严酷了！”

他忍耐不住，似要流下眼泪！

这位巡捕到这时，却起了奇怪而怜悯的态度，和声些说：

“因为这有害于你的身体和公众，——你是否酒醉了？你是在干什么的人？”

“完全没有醉，可请你放心。但职业与我有什么关系？我自己也早早想过，我在干什么？但结果一无所干！我做什么事情都失败了！我只有做梦！巡捕先生，假如你要听，你有闲，我可以将我的好梦告诉你。但我没有职业，我一无所干！”

“你说什么话？我听不懂。”

“我说的是梦，我有真的梦，假的梦，日里的梦，夜里的梦。”

“我不能听你的话，”巡捕着急了，“还请你走罢！”一边挥他的木棍。

接着他想，“这人有些疯了。”

“走，走，世界没有我的一片土，梦都没处去自由做了。这是怎样的凶暴的世界呵！但自然有等待我的等待着！”

可怜的瑀，说着走去。

他仍在一条苦闹而秽臭的小街上走。在他的身边，仍是可怕的男人，可憎的女子，一群群在恶浊的空气里挨来挨去。他实在奇异了，他实在忿恨了。他的周身立时流出冷汗来，一种黏湿的冷汗，浃着他的背，胸部，额上。他觉得自己发怔，身震动着，眼呆呆的睁着，两手伸的很直，甚至两脚立住不动。他的肺部收缩的很紧迫，几乎连呼吸都窒息住了。全身的血泛滥着，似乎在他的鼻孔中，将喷出火来。他觉得眼前在震动，自己要昏倒了。他嘴里突然痛问：

“什么一回事？我在哪里？”

一边他又向前冲去。

一时，他又回转头来向后边一望，好似方才的梦境，还在他的身后继续的表演一般；又似要找寻方才的两位仙子，他要请她们领他去，任她们领他到山崖，领他到海角，甚至领他到地狱之门，死神的国！但没有，还是什么也没有。在他的身后，仍是暗灯照着的污臭之街，——倭屋，杂货摊，三四个怪状的女子绕着一个男人。

他刺激得很厉害，他低头看看他自己灰色的长衫，他用两手紧紧地捻着，他恨要将它撕破了，千条万条的撕破了！他的两手一时又在头上乱撩了一阵，一时又紧紧搂着他自己的胸部。一边口喃喃的说道：

“眼前是什么？

我还做梦么？

还没有醒么？

我不会看么？

我不会听么？

没有嗅着么？

去，去，去，

什么呵？去！”

这样，他又鼓起他的勇气来。

“梦！

什么也再找不到了。

完了，完了！

我是什么？

我眼前有的是什么？

他们曾给我什么？

我死过一回么？

方才又是怎样一回事？

这个世界！

恶的，丑的，

引诱我到死所！

我在哪里？

她们二人又到哪里去了？

再不要受愚弄了，

再不要受欺骗了，

去，去，

从梦的世界走出来，

梦也应完结了！”

他一边颠仆不稳地走，一边七忐八忑地怒想。

这样，他回到 M 二里。

## 七、莽闯

时候已十时以后，空气中有一种严肃的寒威，而地面又似蒸发着一缕缕的郁闷的热气。

他推进了后门，一口气跑上了楼。一边他急忙地脱下他的青灰色的长衫，掷在梯边的栏杆上。一边他就立住，抬起下垂的头向前楼一看。好似前楼有人叫了他一声，而且是女子用娇脆的声音叫他似的。昏迷的他，竟用两眼在半幽半暗的空气中，对前楼的门上，发出很强的光来看着。他的全身着了火，而且火焰阵阵地冲出，似要焚烧了他自己和一屋似的。

这时他脑膜上模模糊糊的现出了四个字来：

“一……个……处……女……”

接着就有一个傍晚时在他的房内要问他什么秘密的女子的态度，恍惚在他的眼中活动。一边他就立时转过身，蹑着脚向前楼一步一步一步的走了三步。他又立住，他似不敢进去，又似无力进去。他的头渐渐的斜向地上，两眼昏昏地闭去，他几乎要跌倒了。但忽然，又似有什么人在他的肩上拍了一拍，又带着笑声跑走了。他一惊，又什么都幽暗，一切如死的，只有从前楼的门缝中射出一道半明半暗的光来。

这时他身上的火焰更爆发了一阵，他立刻似吃下狂药一样，他的勇敢到了极度。他走重脚步，竟向门一直冲去。很快的推开了门，立着，一看，呀，在灯光明亮的床上，阿珠睡着，阿珠睡着，而且裸体仰睡着！白的肌肤，丰满的乳房，腹，两腿，呀，阿珠裸体仰睡着。床上的女人，这时也似乎听到有人闯进门，转一转她的身子。但他呵，在千钧一发的时候，心昏了，眼迷了，简直看不出什么。身体也卖给了恶魔似的，不能由他自己作主。他向前扑去，神经错乱地；带着全身的火，抱住了床上的女人的头，用两手捧住着她的两颊，他似要将她的头摘起来一样，他吻着，吻着，再吻着！但这时却骤然使他骇极了，他感不到半丝温爱的滋味，他只觉得有一种极浓臭的烟气，冲进了他的喉，冲进了他的鼻，冲进了他的全身。满怀的火，这时正遇着一阵大雨似的，浇的冰冷。他用极奇怪而轻急的声音叫：

“阿珠！”

这头没有回答。

他又叫，“阿珠！”

只听这头答：“叫谁？”

“阿珠！”

只是他的声音重了。

但这女人，就自动起来，用手紧搂着他的背部，而且将她自己的胸部密凑上去，触着他的身体；一边又将他的头用力攀到她的脸上，一边又摸着他的下部。她的呼吸也急迫而沉重。

“阿珠的妈么？”

他到此切实的问了一声。

“一样的！你这该死！”

他听的清楚了，同时也就看的清楚了，确是阿珠的母亲！皮肤黄瘦，骨骼显露着，恰似一个披着黄衣的骷髅。他的手触着她的胸上，感到一种无味的燥热。他急捷想走了，这时他的身子半伛在床上，而他的脚却踏在地下，他想跑了。他用手推住这妇人的两肩，而这妇人却不耐的说：“你为什么跑到这里来？”

“阿珠呢？”

“你不自己想想！”

“我恨她！我要她！”

他忿忿地说出这两句话。他的牙齿，简直想在她的胸膛上大咬一口，又想在她的腿边大咬一口！他的欲火烧到极点，他一下挣扎了起来。而这妇人却还揪着他的衣叫，十分哀求的：“先生！先生！求你！一样的！”

“哼！”

“先生！我早想着你了！”

“哼！”

他重重的两声，就很快的跑去到后楼。床上的寡妇，正在床上嚷，还是怒而不敢张声的：

“该死！你这样！我要叫了！”

他没有听到，又重重地在敲阿珠的门。危险，门是怎样也推不进。这时那位妇人一边穿衣，一边嚷：“你这该死的！你这发狂的！你发狂么？现在是半夜，你发狂么？”

失败了！他知道什么都失败了！清清楚楚的。阿珠的声音，恐惧如哭一般在房内：

“什么呀？什……么……呀？什……么……呀？”

他在她门口，很重地痛恨的顿了一脚。他胸中的无限的苦闷的气焰，到此已灭熄殆尽了。他叹息一声：

“唉！”

一边跑回他的亭子间，睡在床上。

在这时那个寡妇，穿起衣服，到他的门外，高声咒骂：

“你该死么？你发昏么？半夜的时候到处乱闯！想强奸么！想奸我女儿，你这该死的！你狂了么？”

一边又换一种口调叫：

“阿珠，你起来！为什么不起来？你们早已成就……！起来！阿珠！为什么不起来？我们送他到巡捕房去！这个该死的！”

阿珠倒反一点没有声音。

他睡在床上，简直知觉也失去了，身子也粉碎了，每一颗细胞，都各自在跳动；这种跳动，又似在猛火里烧炼！他的肺部也要涨破了！一袋的酸气，一时很高的升到鼻中，要似喷出；一时又很低的向背、腰、腿、两脚间溜去。他一时能听见妇人的咒骂声，一时又什么也听不见。

而妇人正在咒骂：

“你这该死的，发狂的，……”

以后，又听见一边说：

“阿珠，你起来呀！”

阿珠的声音：

“他跑了就算了，何必多骂，真吓死人！”

“喊你不起来，还说这话！”

“被邻舍听去有什么好听？半夜的时候，他酒喝醉了，跑了就算了。”

“我不肯放松，你起来，送他到巡捕房去！”

“我不起来！他酒喝醉了，送什么？”

妇人的声音更怒了：

“你养汉子！”

“谁？”

“你为什么帮他说话？”

“你自己常睡觉不关门。关好，会闯进去么？”

阿珠冷淡的样子。

“你还说这话么？你这不知丑的小东西！”

“不是么？你常不关门睡，你常脱了衣服睡，所以夜半有人闯进，不是么？”

于是妇人大嚷而哭：

“唉，我怎么有这样强硬的女儿，她竟帮着汉子骂我！她已早和这该死的穷汉私通了！这个不知丑的东西！”

她竟骂个不休，于是阿珠说：

“妈妈，不必多说了！邻舍听去不好，他是个醉汉，算了他罢！”

“谁说醉？他有意欺侮我们！”

“他喝了一瓶膏粱呢。”

“你这不知丑的东西！”

他剧痛的心脏，这时似有两只猛兽在大嚼它，无数只鹰鸷在啄吃它一样。他用他自己的手指在胸上抓，将皮抓破了。血一滴滴地流出来，向他的腹部流下去。一时他又从床上起来，他向黑暗中摸了一条笨重的圆凳子，拿起向脑袋击，重重地向脑袋击。他同时诅咒：

“毁碎你的头罢！毁碎你的头罢！毁碎你的头罢！”

空气中的击声的波浪，和他脑的昏晕的波浪成同样的散射。这样，他击了十数下。他无力执住这凳子，凳子才落在地上。

黑暗的房内，似闪着电光。

无数的恶魔在高声喊采，鼓掌欢笑。

一切毒的动物，用碧绿的眼向他谄媚，向他进攻。

时光停止了，夜也消失了，大地冷了。

他恍恍惚惚仆倒在床上，耳边又模模糊糊的听见妇人的咒声：“你这个混蛋！”

“你这个流氓！”

“你欺骗我的女儿！”

“你这个发狂的！”

这样，他又起来，无力昏沉的起来，咬破他的下唇，手握着拳，战兢的，挣扎着。又向桌上摸了一枚钻子，他竟向耳内钻！

“聋了罢！聋了罢！”

一边自咒，一边猛力而战抖地刺进，于是耳内也就迸出血来，流到他的颊。他再也站不住了，他重又仆倒在床上。妇人的骂声，至此毕竟听不到了。

这样，他昏睡了一息。突然又醒过来，身子高高的一跳。他梦中被无数的魔鬼擎到半空，又从半空中抛下到地面来。他不能再睡觉，他觉得这房很可怕，和腐臭的坟穴一样。他一动身子，只觉全身麻痹，肉酸，骨节各不相联络。头如铁做的一样，他恍惚听到很远很远的地方，有女人在哭她的丈夫，什么“丈夫呀！”“我的命苦！”“有人欺侮她！”“女儿又不听话！”这一类的话。一忽，又什么都如死，只有死的力量包围着他。

又过一刻钟，他渐渐的精神豁朗一些。好像已经消失去的他，到此时才恢复了一些原有的形态。他渐渐了解起他自己和那位妇人并女子的胡闹来。

“我怎样会到了这个地步？唉！死去罢！”

一边，从他眼中流出涌汹的泪来。

“唉！死去罢！

死神哟，请你赐给我秘诀罢！

简捷了当去死去！

可怜的人！

还有什么最后的话？

也太作恶了！

除了死去外，

没有别的方法！”

这时他又转展一下身子，但还是手是手，腿是腿，躯干是躯干；身体似分尸了。他觉得再不能停留在这房内，他的房如一只漏水的小舟，水进来了，水已满了地面，房就要被沉下海底去了！他再不找救生的方法，也就要溺死了。

但一时，他又不觉得可怕，只觉得可恨！他不愿求生，他正要去死！

他起来向窗站着，全身寒战。

他一时用手向耳边一摸，耳中突然来了一种剧痛。一时又在额上一摸，觉得额上有异样的残破。一时两手下垂很直。

他在黑暗的房内，竟变作死神的立像！

离开这坟穴罢！

快离开这坟穴罢！

不能勾留了，

而且是人类存在的地方，

也不能驻足了。

离开罢！

简捷了当的！”

他又慢慢的环顾房内，房内是怎样的可恨呵！

这时隐隐约约的听见，什么地方的钟敲了二下。

“走罢！快走！死也不当死在这房内！”

勇气又鼓起他，唯一的离开这里，避了妇人的枭的鸣叫。他垂下头，似去刑场被执行死刑一般地走了。

## 八、死岸上徘徊

他走出门外，深夜的寒气，立刻如冷水一样浇到他的身上来。他打一寒怔，全身的毛发都倒竖起来，似欢迎冷气进去。他稍稍一站，随即又走。

他走了一里，又站住想：

“往那边去做什么？”

一边回转来向反对的方向走。又想：

“一条河，我要到那河边去。”

这时，东方挂着弓形的月亮。这月亮浅浅红色，周围有模糊的黄晕，似流过眼泪似的。一种凄凉悲哀的色素，也就照染着大地，大地淡淡的可辨：房屋、树、街灯、电杆，静的如没有它们自己一样。空气中没有风，天上几块黑云，也凝固不动。

他在街边走，这街半边有幽淡的月色，半边被房屋遮蔽着。他在有月色的半边走。

他低头，微快的动着两脚。有一个比他约长三倍的影子，瘦削而头发蓬乱的，也静静地跟着他走。

他一边走，一边胡思乱想：

“我为什么要这样勉强地活?

我为什么呵?苟且而敷衍,

真是笑话!

我侮辱我的朋友,

我侵犯我的主人,

我不将人格算一回事,

我真正是该死的人!”

走了一段,又想:

“方才我的行为,究竟是怎样一回事?

唉!我昏迷极了!

我不酒醉,阿珠代我的解释是错的。

我完全自己明白,

我想侵犯人类,

我想破坏那处女,

那是我所憎恨的!

我昏迷了!

唉,什么事情都失败了!”

他仰头看了一看弓月,又想:

“天呀!我活着还有什么意思呢?

我不该再偷生了!

我是人的敌人,

我自己招认,

我还能在敌人的营内活着么?

回到那妇人的家里去住么?

和敌人见面，

向敌人求饶，

屈服于敌人的胜利之下，

我有这样的脸孔么？

不，不，决不，

我是一钱不值的人！

我活着还有什么意义呢？

去死！去死！

你还不能比上苍蝇，蛆，垃圾！

你可快去毁灭你自己了！”

到这时，他悲痛而有力地默想出了两字：

“自杀！”

很快的停一息，又想出：

“自杀！！”

一边，他又念：

“还留恋什么呢？

母亲呵，可怜，

还留恋什么呢？

决定自杀了！

勇敢！

不死不活，做什么人？

而且这样的活，和死有什么分别呢？

死是完了，

死是什么都安乐了！

死是天国！

死是胜利！

有什么希望呢？

快去，

快去！

自杀！

自杀！！”

他的脚步走的快了，地上的影子也移动的有劲。

他走到了一条河边，——这河三四丈阔。——他站在离水面只有一步的岸上，他想：

“跳河死去罢！”

河水映着月光，灰白的展开笑容似在欢迎他。再走上前一步，他便可葬在水中了！但他立住，无力向前走。他胸腔的剜割与刀剖，简直使他昏倒去。身子似被人一捺，立刻坐下岸上。这时他心里决绝地想：

“死罢！

算了罢！

还做什么人？

跳落河去！

勇敢！”

但他两腿似不是他自己所有的，任凭怎样差遣，不听他的命令。泪簌簌的流，口子嚷嚷的叫，目光模糊的看住水上。

一时他卧倒。在他的胸腹内，好像五脏六腑都粉碎了，变作粉，调着冰水，团作一团的塞着一样。他一时轻轻叫妈妈，一时又叫天。他全身的神经系统，这时正和剧烈战争一样，——混乱，呼喊，厮杀，颠仆。

这样经过半点钟，他不动。于是周身的血，渐渐的从沸点降下来，他昏沉地睡在岸上想：

“无论怎样，我应该死了！明天我到哪里去呢？回到 M 二里去见那女子和妇人么？无论怎样，不能到天明，我应该结束我的生命了！此时自杀，我已到不能挽救的最后；得其时，得其地，我再不能偷生一分钟了！我还有面目回到家乡么？我还能去见我的朋友么？可以快些死了！可以快些死了！”

停一息，又想：

“今夜无论怎样总是死了！总等不到太阳从东方出来照着我水里挣扎的身，我总是早已被水神吹的身子青肿了！”

泪又不住地流下。

“唉，我如此一身，竟死于此污水之中，谁能想到？二三年前，我还努力读书，还满想有所成就，不料现在，竟一至于此，昏迷颠倒，愤怒悲伤！谁使我如此？现在到了我最后的时候了！我将从容而死去！还有什么话？不悲伤，不恐怕，我既无所留恋，我又不能再有一天可偷生，还有什么话？我当然死了！死神在河水中张开大口要我进去，母亲呵，再会了！”

这时确还流泪，而他沸腾的血冷了，甚至冰冷了！自杀，他已无疑义，而且他无法可避免，他只有自杀了！他看死已不可怕了！所以他一边坐起，再立起，在岸上种着的冬青和白杨树下往还的走。一时在冬青树边倚了一下，一时又在白杨树下倚了一下；眼泪还在缓缓的流，他常注意他自己的影子。

月亮更高，光比前白些。

他一边又想：

“明天此刻，关于我死后的情形不知道怎样？清和伟，当首先找寻我，或者，我青肿难看的身子，在天明以后，就被人发现了。唉，我现在也没有权力叫人家不要捞上我的尸体，或者，我的尸体很容易被清伟二人碰着。他们一定找到此地来，唉，他们的悲哀，我也无从推测了！唉，朋友呀，你们明天竟要和我的尸体接吻，你们也曾预料过么？你们现在做着什么梦？唉，你们明天是给我收尸了！你们的悲哀将怎样呢？唉，有什么方法，使我的身子一入河，就会消解了到什么都没有，连骨骼都无影无踪的化了，化了！我没有尸体，不能被别人捞起，不能给别人以难堪的形容，死神呀，你也应该为我想出方法来。否则，我的朋友们不知要悲伤到怎样。还有我的妈妈和弟弟，他们恐将为我痛哭到死了！清君找到我的尸体以后，他一定拍电报给我的母亲，唉！最亲爱的老母呀，你要为我哭死了！唉，妈妈，你不要悲痛罢！天呵，我又怎样能使我年老的母亲不悲痛呵！我杀了自己，恐怕还要杀死了我的母亲。假如母亲真为我而哭死，那我的弟弟，前途也和死一样的灰暗了！死神呀，你一定要告诉我，你有什么法子，可以使我的尸体不被人发觉呀！我的尸体不发觉，谁还以为我未死，到新疆蒙古去了；我的尸体一发觉，有多少人将为我而身受不幸呵！唉，我的名分上的妻，我的罪人，她是一个急性的女子，她早已承认我是她的丈夫，她一定也要为我而死去罢？一定的，她抱着旧礼教的鄙见，她要以身殉我了！虽则她死了一万个，我不可惜，但我如此潦草一死，害了多少人——悲苦，疾病，死亡，一定为我而接连产生了！唉，我是悲剧的主人么？叫我怎样做呀？叫我怎样做呢？我若没有使尸体分化，使尸体消灭，掩过了自杀的消息的方法以前，我似还不该死么？还不到死的时候么？唉，叫我怎样做呵！”

他一边徘徊，一边思想，简捷的跳河，所谓多方面的顾虑，有些犹疑了。这样，他一下又坐在冬青树下，自己转念：

“我留恋么？我怕死么？还不到死的时候么？何时是我死的时候呢？我还想念我的母亲和人们么？我忘记他们是我的敌人么？贪生怕死的人，唉，懦夫！我是懦夫么？”

末了的几句，他竟捻着拳叫出。

于是他又忽然立起，向河水走了两步，再走一步他就可跳下河里。但他不幸，未开他最后的一步，他立住，他昏倒，同时他又悲哀的念：

“我的自杀是没有问题了！

偷生也没有方法，

怕死也没有方法，

我的死是最后的路！

但这样苟且的死，

以我的苦痛换给母亲和弟弟们，

我又不能这样做了！

无论什么时候，死神都站在我的身边的，

明天，后天，时时刻刻。

我该想出一个避免母亲们的苦痛的方法以后，

我都可任意地死去。

我既潦草的活了几年，

不可以潦草的再活几天么？

潦草地生了，

还可潦草地死么？

虽则我的自杀是没有问题！”

垂头丧气的他，在河边上徘徊，做着他的苦脸想，他脸是多么苦呵！他停了一息又念：

“好，我决不此刻死，先要有遮掩死的形迹的方法！”

于是他就卧倒在一株白杨树下。死神似带着他的失望悲伤走过去了，一切缠绕没有了！他留着平凡，无味，硬冷的意识，在草地上，通过他的身子。

弓月很高，东方显示一种灰色，几片云慢慢动着，不知何处也有鸡叫的声音。一切都报告，天快要亮了。

他这时除了浑身疲乏，倦怠，昏聩，仿佛之外，再不觉有什么紧张，压迫，气愤，苦恼了。他再也想不出别的，思潮劝告他终止了。他最后轻轻地自念，睡去时的梦语一般：

“完了！完了！

我已是死牢里的囚犯。

任何时都可以执行我，

听了死神的意旨罢！”

他看眼前是恍恍惚惚，四周布着灰白的网。一时他疑他自己是网里的鱼，一时又想，“莫非我已死了么？否则，我的身子为什么这样飘浮，似在水中飘浮一样呢？”但他睁眼视天，低头触地，他确未曾自杀。于是他更模糊起来，身子不能自主的，眼微微闭去；什么都渐渐的离开他，海上一般地浮去。

## 九、血之袭来

月光透过纷纭的白杨枝叶，缤纷的落在地上；地面似一张淡花灰色的毡毯，朱胜瑀正在毯上僵卧着。

东方由灰色而白色了，再由白色而转成青色，于是大放光明；白昼又来了。安息的夜神，一个个打呵欠而隐没；日间的劳作的苦，又开始加给到人们的身上。

他醒来，他突然的醒来，似有人重重的推醒他来。

他很奇怪，他为什么会在这里？为什么会睡在这天之下？他从什么时候睡起，又睡了多少时候了？他想不清楚。

他揉了一揉眼，两眼是十分酸迷的；一边就坐起，无聊的环视他的四周，——河，路边，树，略远的人家。他就回想起昨夜的经过了。但回想的不是昨夜，可以回想到的事似不是昨夜的事；飘缈，仿佛，好似事情在很久很久以前，自杀的想念对于他，似隔了一世了。徘徊在河边上，似辽远的梦中才有过，不过他又为什么会睡在这里呢？

他经过好久的隐约的呆想，追忆；他才连接着他的自身与昨夜的经过的事情来。三三五五的工人，走过他的路边，他们谈着些什么，又高声而议论的；有的又用奇怪的眼睛看看他，他们是很快乐而肯定的一班一班走过去。

何处的工厂的汽笛也叫了。

他不能再留在这树下，他立了起来，身子几乎站不住。他的皮肤也冰冷，衣服很有几分湿。心头有一缕缕的酸楚。

他不知要到什么地方去，他沿着太阳所照的路边走，低头丧气的走。他的两脚震颤着，胸腔苦闷，腹更扰绞不安。胃似在摆荡，肠似在乱绕，这样，他似饿了！

他默默地走了一程。到了一条小街。马路的旁边，摆满各色各样的食摊，炊饭、汤圆、面、大烧饼、油条、豆腐浆等等。许多工人和黄包车夫，杂乱的坐在或立在那里吃。口嚼的声音，很可以听见。东西的热气与香味，使他闻到。他默默地向那些目的物无心走近去。

有一摊豆腐浆在旁边，吃的人只有一二个。

他实在想不吃，立住，而那位摊伙殷诚的招呼他：

“先生，吃碗浆么？”

一边拿了一只碗用布揩着。举动很忙的，又做别的事。

他又不自主地走近一步。那位伙计又问道：

“先生，甜的？咸的？”

他一时竟答不出来。没精打采地在摊上看了看，只模糊地看见摊上放着白糖、油渣、虾皮、酱油、葱之类。许久他才答：

“咸。”

声音还是没有。

“甜的？咸的？”伙计重问。

“咸。”终于说出很低。

那伙计又问，急促的：

“虾皮？油渣？”

而他好似不耐烦，心想：

“随便罢！”

在他未答以前，又来了一位工人，年纪五十以外，叫吃油渣的腐浆一碗。于是这伙计就用早揩好的碗，将给瑀的，立刻盛了一满碗的浆，放在这老工人的面前。一边，又拿了一碗，用布一揩，放些虾皮、酱油、葱，泡满一碗热气蒸腾的浆，放在瑀的面前。

他呆呆的想吃了，唉，喉中不舒服，黏涩，随即咳嗽一声，送出痰，他一口吐在地上，一看，唉，却是一朵鲜血！血，他喉中又是一咳，又吐出一口来！这样接连地吐了三口，他不觉两眼昏眩了。他立刻想走，一边对那伙计低声说：“我不吃了。”

一边就走。

但那不知底蕴的伙计，立时板下脸，高声说：“喂，怎么不吃？钱付了去！”

这时那位老工人已经看清楚这事，他和气的向那摊伙说：“给我吃罢，他已吐了三口血了！”

一边吃完他自己的，就捧过瑀的这碗去吃。伙计看了一看鲜血，也没有再说话。而那位老工人却慨叹的说道：

“这位青年是患肺病的，唉，患肺痨病是最可怜！他好像是一位文人，穷苦的文人。像他这样，实在还不如我们做小工做小贩好的多！”

而这时的瑀呀，他虽在走着，却不知道他自己究竟在海底呢，还在山巅？在海底，海水可以激着他；在山巅，山风可以荡着他。而他是迷迷漠漠，他竟在灰色中走！四周是无限际的灰色呵；什么房屋与街道，嚣扰与人类，消失了，消失了！他好似他自己是一颗极渺小的轻原质，正在无边的太空中，飘呀，飘呀，一样。

“世界已从我的眼内消失了！”

他轻轻自己这么说，一边又咳出了一口鲜血。他不愿将他自己的血给人们看见，摸出一方手帕，以后的咳，他就将血吐在手帕内，这样又吐了几口。他恍恍惚惚的想坐一息，但又不愿坐，游泳一般的走去。这样，他心中并不悲伤，也不烦恼。他也不思想什么，记念什么。他只觉口子有些味苦，喉中有些气涩。

这时，他转到 S 字路，M 二里，无心的跨进他的寓所。他很和平，他很恬静，过去的一切，在他也若有若无。就是他记得一些，也不觉得事情怎样重大，不过是平凡的人类动作里面的一件平凡的事件，胡闹里面的一个小小的胡闹就是了。他一些没有恐怕，好像人们与他的关系，都是疏疏淡淡的。

当他上楼的时候，阿珠正将下楼。她一看见他，立刻回转身，跑回到她自己的房内去，十分含羞和怕惧他似的。等瑀走上楼，到了他的亭子间，轻轻的关上了门以后，她才再从她的房中出来，很快的跑下楼去。

这时，阿珠的母亲还没有起来，她装起了病态。

## 十、周到的病了!

他随手将门关好以后，他并没有向桌上或四周看，就向床睡下去。并不胡乱的就睡，是先拉直了棉被，又慢慢的很小心的将它盖好在身上。他十二分要睡，他十二分想睡，全身一分力也没有，他的身子贴在床上，似乎非常适宜，妥当。他一边将包血的手帕掷在床边的破痰盂中，一边又咳嗽两声，随即又吐出半血的痰。他闭着眼，睡在床上，并没有一动。他想：

“什么都永远解决了!

生命也没有问题了!

死也没有问题了!

这样轻轻地一来，

用心真是周到呀，

比起昨夜的决绝，

不知简便到多少了!

轻轻地一来，

还有什么更好的方法?”

这样，他又咳嗽了两声。又想：

“真是我的无上的幸福!

真是我的绝大的命运!

还有什么更好的方法，

比这病来掩过母亲的悲痛呢?

美丽的病的降临呀，

再也想不到上帝给我的最后的赠品，

是这么一回事!”

他又咳嗽，又吐一口血。

“我为什么会咳嗽？

虽医生早说我有肺病，

但我从不曾咳嗽过。

唉！可见方法的周到，

是四面八方都排列的紧密的。

于是我就落在紧密的网中了，

我真幸福呀！”

他镇静着他自己，以为这样的乱想也没有意思。“吐血就是了，何必多想？何况我的病是我自己制造出来的，是我自己一手培植起来的，安安静静地等着死，岂不是很幸福么？”这样，他不想“想”了，他要睡去。但还睡不着！他愈不想“想”，思想愈要来刺激他！于是他觉得全身有热度，手心和额角都渗透出汗来。似乎房内的空气很干燥，他很想饮一杯茶。但桌上茶壶里的开水昨天就完了，眼前又没有人。一瓶未完的膏粱放着，——它是恭恭敬敬的一动未曾动。他很想喝它一口。但手探出去，又缩回来了。不知怎样，似有人制止他，喝他一声：

“喂，还没有到死的时候呀，不要喝它罢！”

他的本能也应答道：

“是呀，酒是千万喝不得的！”一样。

房内是很寂寞呵，房外也没有怎样的声音。有时他听得好像在前楼，那妇人叹声，又呢喃的说。但此外就一些声音也没有。

他这时似有几分寂寞的胆怯。不知怎样，他睡在那里，好像回避逮捕似的；而暗探与兵警，现在又来敲他的门了！他身子向床壁与被内缩进一下，他很想安全的睡他一下。但还是无效，他房内的空气，还是阴涩乏味，而又严重。

一时，他又似他自己是卧在古墓的旁边，一个六月的午后，凉风与阳光都在他的身上。但一时他又似躲在高大的松林下，避那奔泻的狂风暴雨。睡着，他的心怎样也睡不着，一种微妙的悸怖与惊恐，激荡着他。他一边涔涔的流出几滴泪，一边隐约的想到他的母亲。

“妈妈呀！”

他叫了一声。但他的妈妈在哪里呢？辽远辽远的家乡呵。

这样，他一边害怕，一边干渴，有时又咳嗽，吐出半血的痰。他的内心感受着冷，他的身外感受着热。他足足辗转了二个多时，——这时，寡妇房内的钟是敲了十下，他才恍惚的闭上眼去，梦带着他走了。

一忽，他又醒来。他十分惊骇，当他两眼蒙眬的向前看时，好像他的母亲，家乡的最亲爱的母亲，这时坐在他的床边。他几乎“妈妈呀！”一声喊出。他用手去握，但眼前什么人也没有。

于是他又昏昏的睡去。

在这次的梦境里，他确实地遇见了他的母亲。他还痛痛快快地流他的泪伏在他母亲的怀中。好像在旷野，他母亲也在旷野哭。但一息，情景又像在十数年前，他的父亲刚死掉的时候，他还是十一二岁的小孩子。他母亲终日在房内掩泣，而他却终日跟在他母亲的身边叫，“妈妈”“妈妈”“你不要哭了！”“你止住哭罢！”一样。他被抱在他母亲的怀里，有时他母亲用劳作的手抚着他的头发，而他也用哭红的眼，含着泪耀着的眼，看着他母亲愁苦的脸色。有时他母亲滴下泪来，正滴在他的小口中，他竟慢慢的将泪吃下去了。这样，他在梦中经过许久。他受到了苦而甜蜜的，酸而温柔的母亲的爱的滋味。

但一下，他又醒来了。在他蒙眬的眼中，眼前模糊的还有他的母亲的影子。微开了眼一看，又似没有人。但慢慢的，眼前仍有人影，呀，正是他的朋友李子清坐在他的床边，——低头深思着。再一看，还不止一个清，叶伟也坐在桌边，默默的；翼与佑也坐着，在门与窗的中间墙角，也默默的。满房的友，他稍惊怪，不知他们是何时进门，何时坐着的。他们个个都显出一种愁思，忧虑在他们的眉宇之间，他们一句话也没有说，当瑀醒时，他们还一句话也没有问，他们只睁睁眼，一齐看一看瑀，而瑀又不愿意似的，掉转头翻过身去。这样又一息，瑀觉得口子非常的渴，——他在梦中饮了他母亲的老年的咸泪了！——口子非常的渴，他想喝茶。这时眼又见桌上的酒瓶，他想伸手去拿来喝一下，横是借吐血之名而死，是代替他自杀的好方法。可是他没有勇气，没有力量去拿，他的身体已不能由他的心指挥。他又不知不觉的转过头，慢慢的向清说道："清，我很想茶喝。"

"呵。"清立刻答应。翼也立起，向墙角找久已坏了的那酒精灯。伟说："我到外边去泡罢，可以快些。"

"我去泡。"佑很敏捷的拿了茶壶，昨天用过的，开门出去。

房内又寂静一息，清似乎止不住了，开口轻轻的向瑀说：

"我想去请 Doctor 严来给你看一看。"

"不必。"

他说的声音很低，和平。一边，他很热似的伸手在被外，清就在他的脉搏上诊一诊，觉得他的脉搏很弱很缓，手心也微微的发烧。清说："请医生来诊一诊好些，横竖严君是我们的朋友，又便的。"

"不必。"

"什么时候起的？"

"早晨。"

"现在你心里觉得怎么样？"

"很好。"

“喉里呢？”

“没有什么。”

稍停一忽，清说：

“我们四人同来的时候，你正睡熟。我们是轻轻地推进门的。我们一见你的血，就什么话也说不出来。我们只静静地等你醒来。你在睡梦中好几次叫你的母亲，此外就是疲乏的叹息。伟哥立刻就要去请 Doctor 严来给你诊察，我说等你醒，再叫，你现在觉得怎样？”

“没有什么。”他答。

这时泡茶的佑回来，他执礼甚恭的两手捧着茶壶进来，伟迎着，发了一笑，随即用昨夜瑀吃过酒的杯子，抹了一抹，倒出一杯开水。

“为什么不放茶叶？”他一边问。

“病人是开水好一点。”佑答。

但开水还是不好，开水很沸，瑀心里很急，又喝不得口，他蹙着眉说：

“拿冷水给我喝罢，自来水是不费钱的。”

但谁听他的话？过了两分钟，瑀也就将这杯开水喝完了。这有怎样的滋味？它正和梦中的那杯葡萄酒差不多。他顿时觉得全身舒畅，精神也安慰一些。一边清问：“还要么？”

“还要。”

于是又喝下第二杯。

“这是仙露，这不是平常的开水。”瑀想，一边问，“现在什么时候了？”

“十一点一刻。”佑查一查他的手表，答。

“是吃中饭的时候么？”

他们不了解他的意思。清又问：

“现在去请严医生来好么？”

“已经说过三次的不必了。”

他不耐烦地，一边心想，“我假如昨夜自杀了，现在不知道你们怎样？另有一番情形了，另有一番举动了，但我昨夜又为什么不自杀呵？！”

一边，他低低的说：

“这次病的袭来，于我真是一种无上妙法，我还愿叫医生来驱逐去么？我于这病是相宜的，在我的命运中，非有这病来装置不可。因此，我决计不想将我的病的消息告诉你们，但你们偏要找到这里来。现在你们已给我两杯开水了，谢谢，还请给我第三杯罢。”

“好的。”清忙着答。

于是他又喝下第三杯，接着说：“我很感激你们对于我的要求给以满足，但我不想做的事情，无论如何，请你们不要代我着想。”

一边似乎微笑，一边又咳嗽了两声。清说：

“你总是胡思乱想，何苦呢？你病了，你自己也知道这是重大的病，那应该要请医来来诊察，怎么又胡思乱想到别的什么呢？你总要将你的一切不规则的幻想驱除干净才好，你的病是从你的幻想来的。譬如这几天，你的精神有些衰弱，但你又偏要这样的喝酒，”他抬头看一看桌上的酒瓶。“酒吃了，幻想更兴奋，一边精神也更衰弱，这样是怎么好呢？瑀哥，你该保重你的身体才是，你应知道你自己地位之重要，无论如何，要扫除你的幻想才好。”

清慢慢的说来，似还没有说完，而瑀气急的睁大眼道：

“好了好了，清，你真是一位聪明人，但请不要在我的前面，卖弄你的聪明罢！”

“好的，你又生气么？”清悲伤地。

“谁？……”瑀还想说，可是又没有说。

而伟却关照清，摇一摇头，叫他不要和他多说。

关着的门，又被人推进来，是阿珠！

她很奇怪，她好像陌生的猫，想进来而又不想进来。她又很快的进来了，走到瑀的床前，清的身边，一句话也不说，只低头含羞似的。想说了，又不说。于是清问：

“你做什么？”

四位青年的八只眼睛都瞧在她的身上，等她回答。她眼看床上的棉被，娇饰的说：

“朱先生，妈说请你……”又没有说下去。

这时她也看清楚，痰盂内有血。她也似难受，话不好说。于是她立刻就跑，很快的袅着身子，低着头跑回去。

“奇怪的女子！”清忿怒的在后面说。

“怎么有这样妖怪式的年轻姑娘？”伟三人目送着她，心里也这么想。

瑀却明白了，她为什么来，负着她母亲的什么使命，想说些什么话，又为什么不说，又为什么要跑回去，——他对她不能不感激了。他的心头一时又难受，血又跳的快起来。一边又咳嗽。

这时清又轻轻的问：“还要茶么？”

“不要了！”

他的口子还是干渴的，可是他不想再喝了。

伟看这样的情形，似乎不得不说。若再不说，那连朋友的义务都没有了。于是他等瑀咳完了以后，就向清说道：

“清，我想，无论瑀的心里怎样，我们不能不请医生来给他诊一诊，像这样的病是不能随随便便好去的，否则，我们连常识都没有了。我想停一息就走，回去吃了中饭，就请严医生同来，你以为怎样？”

“是的，”清答，“这样很好。”

但瑀很急的转身要说，他的火似从他的眼中冲出，他竟想喊出：

“你若请医生来，先请你不要来！”

可是不知怎样，他终于没有声音。他叹息了一声，仍回身向床壁。清说：“伟，你此刻就走罢，快些吃了饭就到严医生那里去，否则，他吃了饭会先跑走。”

“是的。”佑附和的说。

伟好似对于医生问题解决得胜的样子，立起身微笑地走去。

这时候，清又向佑，翼二人说：

“你们也回去吃饭罢。”

“你的中饭呢？”翼问。

“不吃也不要紧。”清答，接着又问：

“你们下半天来么？”

“来的，”二人回答，

“假如你们有事情，不来也可以；假如来，请你们给我买一个大面包来。”

“还有别的么？”佑问。

“带一罐果子酱来也好。”

“瑀哥也要吃么？我们看见什么，也可以买点什么来。”

“好的。”

于是他们互相一看，也就低头去了。

房内一时又留着沉寂。

## 十一、诊察

他们去了以后，房内许久没有声音。

瑀睡在床上，转着他的眼球向天花板和窗外观望。他心里似想着什么，但又不愿意去想它似的，眉宇间稍稍的含愁。他的苍白的脸，到日中的时候更显出苍白。清的表面上是拿来了一本《康德传》在翻阅，实际他的心又计算着什么别的。一时，从窗外飞来了一只蜜蜂，停在他的书上，鼓着它的两翼。清用指向它一弹，蜜蜂又飞回去了。

以后，听得前楼的寡妇，叫了许多声“阿珠！”当初阿珠没有答应，妇人又叫，阿珠就在后楼答应了。平均每分钟叫一次阿珠，什么事情，却因她说的很低，话的前后又不相连续，事又似不止一件，所以清听不清楚。阿珠的回答，却总是不耐烦。有时更似乎在反抗，当她从后楼跑下梯去的时候，又喃喃作怨语。阿珠的跑到楼下，似乎得拿点东西，但东西拿到前楼，寡妇又狠声骂她，阿珠竟要哭出来的样子。于是又跑回到她自己的后楼去。妇人又叫，又听见阿珠的冷笑声。阿珠的跑下楼去不止一次，跑到前楼以后，她就跑回她的后楼。而寡妇的叫喊，却正不知有多少次！以后，清听得妇人骂了几句阿珠以后，接着是她高声的喃喃的自怨：

“我怎么有这样的一个女儿！对头的女儿！人家欺侮我，她更帮人家来欺侮我。差遣她，又不灵；我真不该生出她来！唉，我早知她是这样，我一定把她浸在开水里溺死了！我真不该生出这样的女儿。没有她，我还可以任意飞到哪里去，现在，她还帮着人家来压制我。唉！”

于是阿珠在后楼说：“为什么不把我浸在开水里溺死呢？哼，我怎么也有一个对头的妈！你自己做不了的事情，偏要我做；我做了，你又骂我不对。我真不知道你为什么要生出我来呢？不生出我，你可以自由；生出我，你还可以溺死我的。又为什么不溺死我呢？溺死我，我也可以安稳了，我也可以不要一天到晚听骂声了！”

前楼的妇人又说：“你说呀？你现在已大了，你可以跟人家去了！”

阿珠又说："谁要跟人家去？你自己说没有我可以任意飞到哪里去。"

以后就是妇人的叹息声。

清听了这些话，心里觉得很气，他说不出的想对她们教训一顿。这时他向瑀说："这里是很不适宜于你的身体的。"

瑀没有答。一息，清又说：

"以你这样的身体，浸在枭声一样的声音中，怎么适宜呢？"

"清呀，你不要错误了！"瑀这时才眨了一眼，慢慢的开口，精神似比以前康健一些。他说："你不要看我看得怎样高贵，看她们看得怎样低贱呵！实在说，我现在身价之低贱，还不如那个妇人呢！"

"你又故自谦虚了，这是什么意思呢？"

"嘿，她要你们搬出这房子，你怎样？"

"搬好了。还怕租不到房子么？"

"是呀，她可以左右我！"

"这有什么稀奇呢？"

"不稀奇，所以我为社会廉价的出卖，又为社会廉价的使用！"

"不是这么说法，你错误了。"清微笑的。

"我有哪一分可以骄傲呢？"

"我们是有优秀的遗传，受过良好的教育；自己又尊重自己的人格。她们呢，母子做起仇敌来，互相怨骂，你听，成什么话？"

但这几句话，刺伤瑀的心很厉害。瑀自制的说：

"清呀，所以你错误了，你只知道人们表面的一部分事情呵！"

清总不懂他的意思，也就默然。一息，话又转到别一方面去，清说：

"我想你还是移到医院去住一月，好么？"

"可以不必。"

“听医生的说法，或者还是移到医院去。”

“没有什么。”

“这样的两个女人，实在看不惯，好似要吃人的狼一样。”

“不要提到她们了！”

瑀烦躁的，一边蹙一蹙眉。

这样又静寂许多时，佑与翼回来了。佑的手里是拿着果子酱与大面包，翼是捧着几个鸡蛋与牛肉。他们脚步很轻，举动又小心的将食物放在桌上。又看一看床上的瑀。佑说：“东西买来了。”

“你们也没有吃过中饭么？”清问。

“吃过了。”

“买这许多东西做什么？”

“瑀哥也要吃些罢？”

一边清就取出一把刀，将面包切开来，再涂上店里将罐开好的果子酱。一边问瑀，就递给他：“你想吃片面包么？”

“好的。”瑀不自觉地这样说，手就接受过去了。

他一见面包，再也不能自制。清还只有吃一口，他已一片吃完了。于是清问：“要牛肉么？”

“随你。”

“鸡蛋呢？”

“也好。”

“再给你一片面包么？”

“可以。”

“多涂上些果子酱好么？”

“随便。”

“还要什么呢？”

“是的。”

这样，他竟吃了三片面包，三块牛肉，两个鸡蛋。

他还想吃，终于他自己制止了。

他这时仰睡在床上，好像身子已换了一个。旧的，疲乏的身体，这时是滋润了，可以振作。一边，他想起他昨夜的赌咒来，“我是怎样的矛盾！”他自己心里感叹，什么话也没有说。

又过几分钟，清也吃好了。牛肉、鸡蛋，都还剩着一半。他又将它们包起来，放在桌下。放的时候，清说：

“晚餐也有了，我真愿意这样吃。假如再有一杯咖啡，二只香蕉，恐怕可以代表五世纪以后的人的食的问题了。”

于是佑接着说：

“生活能够简单化，实在很好。”

“这也并不是怎样难解决的事情，”翼慢慢的说，“在我呢，每餐只要四两豆腐，半磅牛肉，或者一碗青菜，两只鸡蛋，竟够了够了。”

“你说的真便当，你这么的一餐，可以给穷人吃三天。”

“这也不算怎样贵族罢？”

“已经理想化了。”

这样停止一息，说：“社会的现象真不容易了解，菜馆里的一餐所费，够穷人买半年食粮，普通的，不知有多少！至于一餐的浪费可以给中等人家一年的消耗而有余，更有着呢！理想本来很简单的，事实也容易做的，但现在人类，竟分配这样不均匀，为什么呀？”

“你要知道他们百金一席的是怎样荣耀啊？”佑说。

“也就荣耀而已。”

他们的议论似还要发挥，可是又有人跑进门来。

这次是伟和 Doctor 严。

这位医生也是青年，年龄还不到三十。态度亦滑稽，亦和蔼。他走进门，就对清等三人点头，口里发着声音，并不是话。一边走到瑀的床前，叫一声：

“Mr. 朱。”

瑀是向床里睡着的，他听见医生来，很不喜欢。但这时医生叫他，他就无法可想，回过头来。

这位医生也就坐在他的床边，又问：

“血是早晨起的么？”

瑀没有答，只相当的做一做脸。医生又问，“现在心里怎样？”

“没有什么。”瑀说。

“先诊一诊脉罢。”

医生就将他的手拿过去，他到这时，也不能再反抗了。

医生按着他的脉，脸上就浮出一种医生所应有的沉思的样子来，一边又眼看床边的痰盂内的咳血，更似忧虑的云翳拢上。他的脉搏是很低微沉弱，几乎听不出跳动来。医来又给他换了一手按了一回，于是“好，”医生立起来，向伟代他拿来的放在桌上的皮包内，取出他的听胸器，又说，“听一听胸部罢。”接着又叫瑀解开小衫的扣子。瑀却自己设想道：

“我已变作一只猴子了，随你们变什么把戏罢！”

医生又听了他的几分钟的胸；在他的胸上又敲了几下，于是将听胸器放还皮包内。医生又看了一看他的舌苔，白色的。同时就慢慢的说道：

“血是从肺里来的，但不妨，Mr. 朱可放心。只左叶肺尖有些毛病，假如休养两月，保你完全好了。现在，先吃点止血药罢。”

医生又向他的皮包内取出一张白纸，用他的自来水钢笔写了药方，药方写的很快，就递给伟，一边说：

“就去配来吃下。”

这样，医生的责任完了。说：

“Mr. 朱的肺病是初期的，但肺病要在初期就留心才好。这病是奇怪的，医药界这么进步，到现在还没有直接医好这病的方法，只有自己休养，最好，到山林里去，回到家乡去。在这样的都市里，空气溷浊，于肺病最不相宜。医肺病最好的是新鲜空气，日光晒，那乡村的空气是怎样新鲜？乡村的日光又怎样的清朗？像上海的太阳，总是灰尘色的；所以 Mr. 朱，最好还是回到家乡去，去休养一二个月，像这样初期的病，保你可以完全好了。”

他一边正经的说着话，一边又取出一盒香烟来，接着他又问他们：

“你们吸罢？”

当他们说不吸时，他又问：

“有洋火么？”

洋火点着香烟，他就吸了起来。一时又微笑说：“烟实在不好，你们真有青年的本色。我呢，在未入医学院校以前就上瘾了，现在，也没有心去戒它。”

又吸了一二口。清说：

“喜欢吸就吃些，没有什么不好。在你们医生们，利用毒物来做有益的药品更多着呢！烟可以助吸化，无防碍么？”

而瑀却早已感到烟气的冲入鼻中。医生知道，吸了半支，就灭熄了。清微笑说：“你们医生也太讲求卫生了，吸一支有什么？”

医生立刻答：“不是，对于病人闻不得的。讲求卫生，我也随随便便。”

一息，医生又忠告似的接着说：“身体是要紧的，尤是我们青年，不可不时刻留意。你们总太用功，所以身体总不十分好；还有什么事业可做呀？”

这时翼插进说：

“不，我的身体比你好。”

清说：

“身体的好不好，不是这样比较；我想，第一要健康，抗抵力强，不染时疫。”

于是医生插嘴说：“是呀，我五六年来，并没有犯过一回伤风，有时小小的打了一二个嚏，也什么病都没有了。”

于是清说：

“我想身体还要耐的起劳苦。譬如一天到晚会做工作；跑一天的路也不疲倦；在大风的海上，又不晕船；天冷不怕，天热也不怕；这才可算是身体好。”

医生说：

“这可不能！我连十里路也跑的气急，腿酸；就是湖里的划子，也会坐的头晕。实在，我也因为少时身体太弱，才学医的。”

他们都笑了。

这样的谈天很久。瑀睡在床上不动，他已十二分厌烦了。什么意思？有什么价值？他很想说：“医生，你走罢！还是去多开一个药方，或者于病人有利些！”可是没说出来。

医生终于立起来，他说：“两点半钟，还要去诊一位病人。”于是提着他的皮包，想对瑀说，又看瑀睡去了转向伟说：

“他睡着了，给他静静的睡罢！他性急，病也就多了。可以回家去，还是劝他回家去罢。肺病在上海，像这样狭笼的亭子间，不会根本痊愈的。”

走到门口，又轻轻的说：

“他这几天吃了很多的酒罢？精神有些异样，他一定有什么隐痛的事，你们知道么？最好劝他回家乡去。”

“肺病的程度怎样呢？”清问。

“肺病不深，但也不浅。大约第二期。”

一息，接着说：

“明天要否我再来？”

“你以为要再来么？”

“血止了，就不必再来。”

“血会止么？”

“吃了药，一定会止的。”

“那么明天不必劳你了。”

“好好，不要客气。假如有什么变化，再叫我好了。”

“好的。”

医生去了。这时佑说：“我拿药方去买药罢。”

“好的。”清说。

于是佑又去了。

## 十二、肯定的逐客

清，伟，翼三人仍坐在房内，房内仍是静寂清冷的。

瑀这时很恨他自己给朋友们搬弄。但同时他似乎对于什么都平淡，灰色，无味；所以他们要搬弄，也就任他们搬弄了。他这时好像没有把持和坚执，一切都罩上病的消极和悲感。他也没有想什么，只眼看看目前的景情。以后，他和平的说道：“你们也回去罢，你们的事很忙，何必要这样看守着我呢？”

“我们还有什么事呀？”清答。

“哈，”瑀笑一声，冷笑的，“我也没有什么事，医生诊过了，猴子戏也变完了，不久也就好了，我也还有什么呢？”

停一息，又说：

“病不久就会好了，药呢，我是不愿意吃的。老实说，你们现在假使去买一张棺材来，我倒是很随便可以跳进去；要我吃药，我是不愿意的。”

“你还是胡思乱想！”清皱着眉说。

“我想，生活于平凡的灰暗的笼里，还是死于撞碎你头颅的杆上罢，丹尼生也说，难道留得一口气，就算是生活了么？”

“可是现在，你正在病！”伟说。

“人所要医的并不是体病，而是健康里的像煞有病。现在我是病了，你们知道的，可是前几天的我的病，要比较今天厉害几十倍呢！我实在不想医好今天的病，吐血是不值得怎样去注意的；但我很想医好以前的病。不过要医好以前的病，我有什么方法呀？”

他的语气凄凉。一息，伟说：“要医好你以前的病，那也先应当医好你今天的病！体病医好了，健康里的病，自然有方法可医的。”

“颇难罢？这不过是一句自己遁迹的话。而我呢，更不愿向这不醒的世界去求梦做了。”

语气很闲暇。于是清说：

“不是梦么？是真理啊！”

“是呀，是真理。”瑀似讥嘲的说。“我又何必要说这不是真理呢？不过我自己已不能将自己的生命放在真理上进行了。”

伟说：“人一病了就悲观，消极。你岂不是努力寻求过真理的么？”

“或者可说寻求过，但不是真理，是巧妙的欺骗词！”

“那么真理是没有的么？永远没有的么？”

“我不是哲学家，也不是哲学家的反叛者，谁有权力这样说。”

“我是正在求真理的实现呢？”清笑说。

“好的，那么你自身就是真理了。而我呢，是动作与欺骗的结合，幻想与罪恶的化身！”

“不，”伟说，“生命终究是生命，无论谁，总有他自己的生命的力！我们不能否认生命，正如农人不能否认播种与收获，工人不能否认制作，商人不能否认买卖一样。”

“是呀，”清接着说，“横在我们的身前有多少事，我们正该努力做去。在努力未满足的时候，我们是不能灰心，厌弃，还要自己找出精神的愉快来。目前，你应当努力将你自己的病体养好。”

静寂一息，瑀说：

“努力！精神的愉快，——真是骗过人而人还向它感激的微妙的字！”

停一息，他又说：

“无论怎样，我觉得人的最大悲哀，并不是死，而是活着不像活着！”

“不活是没有方法的呀？”伟说，“我们能强迫人人去自杀去么？我们只求自己活着像个活着就是咯。”

“亲爱的朋友们，你们是醒来了，但也不要以这醒为骄傲罢！”

“我们不要谈别的咯。”清叫了起来，我想瑀哥要以病体为重，静静地，千万不要胡思乱想。

瑀没有说，清接着说：“那么请你静静地睡一息，好么？”

“也不要睡，或者你们离开我也好。我的心已如止水，——太空的灰色。”

瑀微笑了。房内又静寂多时。清转了谈话的方向说：

“吃了那瓶药血一定会止了；过了四五日，我送你回家去好么？”

“我是没有家的。”

“送你到你的母亲那里去。”

“我也没有母亲了！”

一边他眼角又上了泪，接着说：

“死也死在他乡！我早已自己赌咒过，死也死在他乡！”

“你为什么又说出这话呢？”清说：“你自己说你自己心已如止水了？”

“是的，就算我说错一次罢。”

房中更愁闷，清等的眼又看住地下。伟觉得不得已，又说道：

“你不想你的母亲和弟弟么？”

“想的，但我对他们诅咒过！”

“不爱他们么？”清问。

“无从爱，因为无法救出我自己。”

“怎样你才救出你自己呢？你可以告诉我们什么条件么？”伟说。

“可以的，你们也觉得这是难于回答的问题么？”

“是呀。”

“清清楚楚地认识自己是一个人，照自己的要求做去，纯粹站在不为社会所沾污，所引诱的地位。”

“那么我们呢？”翼这时问。

“你们呀？总有些为社会所牵引，改变你自己的面目了么？”

“社会整个是坏的么？”翼又问。

“请你问社会学家去罢。”瑀苦笑了。

“我想社会，不过是一场滑稽的客串，我们随便地做了一下就算了。”

“不，”伟说，“我想社会确是很有意义的向前进跑的有机体。”

清觉得无聊似的，愁着说：

“不要说别的罢！我想怎样，过几天，送瑀哥回家乡去。”

瑀没有说。

“送你回家乡，这一定可以救出你自己。”

“随你们设想罢。”

于是房内又无声了。

正这时候，房门又被人推进来。三位青年一齐抬起他们的头，而阿珠又立在门口。

这回她并不怎样疑惑，她一直就跑到瑀的床边来。她随口叫了一声，“朱先生，”一时没有话。清立刻问：

“阿珠，你做什么？”

她看一看清的脸，似不能不说了，嗫嚅的：“朱先生，妈妈说房子不租了，叫你前两个月的房租付清搬出去。”说完，她弄着她自己的衣角；又偷眼看看瑀苍白的脸。清动气了，立刻责备的问：

“为什么不租？”

“我不知道，你问妈妈去。”阿珠一动没有动。

“我问你的妈妈去？”

清很不耐烦的。接着说：

“别人有病，一时搬到什么地方去呢？你说欠房租，房租付清就是了。是不是为欠房租？”

“我不知道，你问朱先生，或者也有些晓得。”

“刁滑的女子。”

清叹了一口气，接着说：“你妈叫我们什么时候搬？”

“明天就要搬出去。”

“哼！”

清就没有说。而伟却在胸中盘算过了。于是他说：

“清，你不是劝瑀回家的么？”

“是，但他不能回复我。”

“这当然因瑀的病。”

“为病？”

“当然呀！女人们对于这种病是很怕的。所以叫我们搬，否则又为什么正在今天呢？”

“为病么？”清沉思起来。

“当然的。”伟得胜的样子，“不为病又为什么？”

阿珠立着没有动，也没有改变她的神色。于是伟就向她说道：

“阿珠，你去对你的妈说，我们搬就是了。二月的房租，当然付清你。不过明天不能就搬，我们总在三天之内。”

“好的。”阿珠答应了一声。一息，又说，“妈妈还有话，……朱先生，……”

可是终于吞吞吐吐的说不出。

“还有什么话呢？”清着急了。

这时阿珠决定了，她说：

“好，不说罢，横是朱先生有病。”一边就怕羞的慢慢的退出房去。

阿珠出去以后，伟就向瑀说：“搬罢！我们为什么要恋念这狭笼似的房子？家乡是山明水秀，对于病体是怎样的容易康健，这里有什么意思呢？搬罢，瑀哥，我已答应她了，你意思怎样？”

稍停片刻，瑀答：“我随你们搬弄好了。”

“随我们搬弄罢，好的。我们当用极忠实的仆人的心，领受你将身体交给我们的嘱托。”伟笑着说了。

这时佑回来。他手里拿着两瓶药水，额上流着汗说：

“这一瓶药水，现在就吃，每一点钟吃一格。这一瓶，每餐饭后吃两格，两天吃完。”

他所指的前一瓶是白色的，后一瓶是黄色的。药瓶是大小同样的200CC。

于是清就拿去白色的一瓶向瑀说道："瑀哥，现在就吃罢。"

到这时候，瑀又不得不吃！他心里感到隐痛，这隐痛又谁也不会了解的。他想：

"给他们逼死了！我是没有孩子气的。"一边就冷笑地做着苦脸说，"要我吃么？我已将身体卖给你们了！"

"吃罢，你真是一个小孩子呢！"

清执着药瓶，实在觉得没有法子。他将药瓶拔了塞子，一边就扶瑀昂起头来。

但可怜的瑀，他不吃则已，一吃，就似要将这一瓶完全喝完。他很快的放到嘴边，又很快地喝下去，他们急忙叫：

"一格，"

"一格，一格！"

"只好吃一格！"

这时清将药瓶拿回来，药已吃掉一半，只剩着六格。

瑀又睡下去。

他们实在没有法子。忿怒带着可笑。

举动都是无意识的，可是又有什么是有意识的呀！瑀想，除非他那时就死去！

这样，他们又静静地坐了一回。一时又随便的谈几句话，都是关于他回家的事，——什么时候动身，谁送他回去。结果，假如血完全止了，后天就回去；清陪他去，一则因他俩是同村住的，二则，清的职务容易请假。

时候已经五时以后，下午的太阳，被云遮的密密地。

这时清对他们说，“你们可以回去了，我在这里，面包和牛肉都还有。瑀的药还要我倒好给他吃，吃了过量的药比不吃药还不好，你们回去罢。”

伟等也没有说什么，约定明天再相见。

他们带着苦闷和忧虑去了。

## 十三、秋雨中弟弟的信

当晚六时，瑀与清二人在洋烛光淡照的旁边，吃了他们的晚餐。面包、牛肉、鸡蛋都吃完。

他们没有多说话，所说的话都是最必要而简单的，每句都是两三个字的声音，也都是轻轻地连着他们的动作。瑀好似话都说完了，就有也不愿再说了。清，也没有什么必要的谈天，且不敢和他讲，恐多费他的精神。瑀的样子似非常疲倦，他自己觉到腰骨，背心，两臂，都非常之酸，所以一吃好饭，他就要睡下，一睡下，不久也就睡熟了。这次的急速睡熟，大半因他实在怠倦的不堪，还有呢，因他自甘居于傀儡的地位。而清的对他殷诚，微笑，也不无催眠的力量。

虽则梦中仍有沉黑的天地，风驰电闪的可怕的现象，魍魉在四际啸叫，鬼魅到处蠢动着。但终究一夜未曾醒过，偶然呓语了几句，或叫喊了几声，终究未曾醒过。

这一夜，他是获得了一个极浓熟，间极长久的睡眠。

清在瑀睡后三四点钟睡的。他看了两章的《康德传》，又记了一天的日记，他所记的，完全关于瑀的事：说他今天吐血了，这是一个最不幸的消息，可是他刺激太强，或者因为病，他可渐渐的趋向到稳健一些。因为病和老年一样，可以挫磨人的锐气的。结果，他陪着他一天。希望明天瑀的血止了，上帝保佑他，可送他回家去。大约十点钟了，清睡下去，他很小心的睡在瑀的外边；床是大的，可是他惟恐触着瑀的身体，招他醒来。因此，清自己倒一夜不曾安睡过。

第二天一早，清就悄悄地起来。用自来水洗了面，收拾一下他的桌子，于是又看起《康德传》来。

满天是灰色的云，以后竟沉沉地压到地面。空气有些阴瑟，秋已经很相像了。风吹来有些寒意，以后雨也滴滴沥沥地下起来了。清向窗外一看，很觉得有几分讨厌。但他想，“假如雨天，那只好迟一两天回去了。”

九点钟，伟和佑来了。——翼因有事没有来。

一房三人，也没有多话。不过彼此问问昨夜的情形。

于是佑从袋里取出十元钱来，交给清，以备今天付清房租。以后，清又将瑀不肯吃药告诉一回，理由是药味太苦，但各人都无法可想，只得随他。

这样，他们谈一回，息一回，到了十一点钟以后，瑀才醒来。他睁大他的两眼，向他们看一回。他好似又不知他在什么地方，和什么时候了。接着他擦了一擦眼，他问：

“什么时候？”

“已敲过十一点。”清答。

“我真有和死一样的睡眠！”

接着叹息了一声，一边问：

“清昨夜睡在哪里？”

“这里，你的身边。”

清微笑的。他说：“我一直不知道身边是有人睡着，那么，伟，你们二人呢？”

“我们是刚才来的。”

于是瑀静默了一息。又问：

“窗外是什么呵？”

“雨。”清答。

于是又说：“你们可以回去咯，已经是吃中饭的时候。”

“你的中饭呢？”清问。

“我打算不吃。”

“不饿么？”

“是的。”

这时看他的态度很宁静，声浪也很平和，于是伟问：

“今大觉得怎样？”

“蒙诸君之赐，病完全好。”

“要否严君再来一趟？”

“我不喜欢吃药的，看见医生也就讨厌。”

“毋须严君来了。”清补说。

一息，瑀又叫：

“你们可以回去咯。”

于是他们顺从了。当临走的时候，清说，他下午五时再来，将带了他的晚餐来。

他们去了以后，瑀又睡去，至下午二时。

他的精神比以前清朗得多，什么他都能仔细的辨别出来。外貌也镇静一些，不过脸更清白罢了。

他在床上坐了一回，于是又至窗口站着。

这时雨更下的大了。他望着雨丝从天上一线线的牵下来，到地面起了一个泡，不久，即破灭了。地面些微的积着水，泞泥的，灰色的天空反映着。

弄堂内没有一些噪声，电线上也没有燕子和麻雀的踪迹。一时一两只乌鸦，恰从M二里的东端到西端，横飞过天空，看来比淡墨色的云还快。它们也冷静静地飞过，而且也带着什么烦恼与苦闷的消息似的。空气中除了潇潇瑟瑟的雨声，打在屋上之外，虽有时有汽车飞跑过的咆吼，和一二个小贩卖食物的叫喊，可是还算静寂。有时前楼阿珠的母亲咳嗽了一声，或阿珠轻轻的笑了一声，他也没有介意。

这时，他心中荡起了一种极深沉辽阔的微妙而不可言喻的秋意，——凄楚，哀悲，忧念，幽思，恍惚；种种客中的，孤身的，穷困的，流落的滋味；紧紧地荡着他的心头，疏散地绕着他的唇上，又回环而飘扬于灰色的长空。他于是醉了，梦了，痴了，立着，他不知怎样！

"唉！我竟堕落至此！"

他这样叹了一句，以后，什么也没有想。

他立在窗前约有一点钟。他的眼一瞬也不瞬的看住雨丝，忽听得门又开了。阿珠手里拿着一封信，很快的走进来，放在桌上，又很快的回去。态度是胆怯，怕羞，又似含怨，嫌恶的。他，看她出去以后，就回头看桌上。他惊骇，随伸手将那封信拿来拆了。

他说不出地心头微跳。

信是家里寄来的，写信的是他的一位十三岁的小弟弟。字稍潦草而粗大，落在两张黄色的信笺上。他看：

"哥哥呀，你回来罢！刚才王家叔叔到家里来对妈妈说，说你现在有病，身体瘦的猴子样子，眼睛很大，脸孔青白，哥哥，你是这个样子的么？妈妈听了，真不知急到如何地步！妈妈正在吃中饭，眼泪一滴一滴的很大的流下来。眼泪流到饭碗里，妈妈就没有吃饭了。我也就没有吃饭了！不知怎样，饭总吃不下，心里也说不出来。我真恨自己年岁太少，不能立刻到上海来看你一看。但我也怪王家叔叔，为什么一到家，就急忙到我家里来告诉，害得我妈妈饭吃不下呢！妈妈叫我立刻写信给你，叫你赶快赶快回来！哥哥，你回来罢！妈妈叫你回来，你就回来罢！你就赶快回来罢！否则，妈妈也要生病了！”

弟弟瑀上

妈妈还说，盘费有处借，先借来；没处借，赶快写信来，妈妈打算当了衣服寄你。

他颤抖着读这信，眼圈层层地红起，泪珠又滚下了。他读到末尾几句，竟眼前发黑，四肢变冷，知觉也几乎失掉了！他恍恍惚惚的立不住脚，竟向床上跌倒； 边，他妈妈呀，弟弟呀，乱叫起来。以前还轻轻的叫，以后竟重重地叫起来。他的两手握紧这封信，压着他的心头；又两三次的张开口，将信纸送到唇边，似要吞下它去一样。一回又重看，更看着那么段几句：

“哥哥，你回来罢！妈妈叫你回来，你就回来罢！你就赶快回来罢！否则，妈妈也要生病了！”

这样约三十分钟，他有些昏迷了。于是将信掷在桌上，闭上他的眼睛，声音已没有，呼吸也低弱，如一只受重伤的猛兽。

## 十四、空谈与矛盾

他朦胧地睡在床上，一切都对他冰冷冷的，他倦极了。在他的脑中，又隐约地现出他的妈妈和弟弟的影子来。——一位头发斑白的老妇人，和一位活泼清秀的可爱的少年，他们互相慰依地生活。他们还没有前途，他们的希望还是迷离飘渺的。他们的前途和希望，似乎紧紧的系在他的帮助上。——他努力，依着传统的法则，向社会的变态方面去努力，他努力赚到钱，努力获得了一种虚荣；结了婚，完成了他的家庭之责；一边使他的母亲快乐，一边供他的弟弟读书。这样，他们的人生可算幸福，他的人生也算完成。但他想，他能这样做去么？

“不能，不能，我不能这样做去！”他自己回答。

于是他又自念：

“母亲呀，希望在我已转换了方向了！

我已经没有法子捞起我自己已投入水中的人生。

我的眼前只有空虚，无力，

我不能用有劲的手来提携我的弟弟！

我将离开生之筵上了。

还在地球之一角上坐的睡的已不是我，

是一个活尸，罪恶之冲突者罢了！

我不想我会流落到这个地步，

母亲呀，我还有面目见你么？”

这样，他又将呜咽。一息又想：

“弟弟，你叫我回到哪里去呢？

我已经没有家乡了！

还有家乡么？没有了！

而且我自己早已死去，

在一天的午夜自杀了！

弟弟，希望你努力，平安，

我已无法答应你的呼声了！”

正在这个时候，清来。他因瑀未曾吃中饭，所以早些来。手里带着面包、鸡蛋，和二角钱的火腿。

他看见瑀这时又在流泪，心里又奇怪起来。随即将食物放在桌上，呆立一息，问：

“又怎样了？”

这时瑀的悲思还在激动，可是他自己制止着，不愿再想，他也没有回答。清又问：

“又怎样了？”

瑀动一动头，掩饰的答：“没有什么。”

清又说：

“你又想着什么呢？你一定又想着什么了。何必想它呢！”

“没有想什么，”瑀和平的说，“不过弟弟写来了一封信刺激我一下，因此我记起妈妈和弟弟来。”

“瑀有信来么？”清急忙的问。

“有。”

“可以告诉我说些什么吗？”

“你看信罢。”语气哀凉的。

于是清将桌上的二张黄色的信笺拿来。心里微微有些跳，他不知道这位可爱的小弟弟究竟写些什么。他开始看起来，他觉得实在有几分悲哀，但愈看愈悲哀，看到末段，他不愿再看下去了。一时他说不出话，许久，他说道：“小孩子为什么写这样悲哀的信呢！”

“他不过告诉我母亲和他自己两者的感情罢了。”

“那么你打算怎样呢？”

“我不想回去。”

“不想回去？”

清愁急着。一时又说，“你的母亲和弟弟这样望你回去，我们又代你计划好回去；又为什么不想回去呢？”

“叫我怎样见我的妈妈呵？”

“这又成问题么？”

“我堕落，又病了！”

“正因病要回去。假使你现在在外边，有好的地位，身体健康，又为什么要回去呢？”

“不是，我不想回去。”

“你一点不顾念到你的母亲和弟弟的爱么？”

“无法顾念到。”

“怎么无法？”

“怎样有呢？”瑀的语气慢了。

“房东已回报你了，我想明天就搬，回家乡去，假使天晴的话。”

“我不愿回去。”

“房租和旅费我们已统筹好。”

“不是这些事。”

“还有什么呢？”

“我怎样去见我的弟弟和母亲？”

清似乎有些怒了，他说：

“只要你领受你母亲和我们的爱就是了。”

这时，房内又和平一些。静寂一息，瑀又轻弱说了起来。

“我不知自己如何活下去，唉，我真不知自己如何可以活下去！我不必将我的秘密告诉你，我不能说，我也说不出口。我憎恨现代社会，我也憎恨现代的人类，但也憎恨我自己！我没有杀人的器具和能力，但我应当自杀了，我又会想起我的母亲，我真是一个值得自咒的懦夫。我不知什么缘故，自己竟这样矛盾！我现在还活着，病的活着，如死的活着。但我终将在矛盾里葬了我的一生！我终要在矛盾的呼吸中过去了！我好不气闷，自己愿做是做不彻底，自己不愿而又偏要逼着做去，我恐怕连死都死的不痛快的！”

清因为要使他的话休止，接着说：

“不必说了，说他做什么？你是矛盾，谁不矛盾呢？我们要回去，就回去；不想回去，就不回去；这有什么要紧呢？”

“可是办不到呀。”瑀凄凉而感喟地说了。

房内静止一息，清有意开辟的说：“而且我也这样的，有时还想矛盾是好的呢！”

他停了一息，似乎思考了一下，接着说：

“我有时真矛盾的厉害呵。本想这样做，结果竟会做出和这事完全相反的来；前一分钟的意见，会给后一分钟的意见完全推翻到没有。譬如走路，本想走这条去，但忽然不想去了；又想走那条去；然又不想去了；结果在中途走了半天，也不前进，也不回来，究竟不知怎样好。这是很苦痛的！不过无法可想，除出自己审慎了，加些勇敢之力以外，别无法可想。这也是气质给我们如此。在伟，他就两样了。他要这样做，就非这样做不可，他有固定的主见，非达到目的不止，你是知道他的。不过也不好，因为他假如想错了，也就再想不出别的是来；有时竟至别人对他说话，他还不相信，执着他自己的错误到底。”这时他停一停，又说：“譬如走路，已经知道这条路走不通了，但他非等到走完，碰着墙壁，他不回来。这真无法可想。前一星期，我和他同到乡下去散步，——这个事件我还没有告诉你。——中饭吃过，我们走出田野约二里路，南方黑云涌上来，太阳早就没有了。我说：

‘天气要下雨了，我们不能去罢？’

他说：

‘不，不会下雨。’

又走了约一里，眼见的满天都是云了。我又说：

‘天真要下雨了，我们回转去罢？’

他还是说：

‘不会，一定不会下的。’

再过了一时，雨点已滴落到头上了。我急说：

‘雨就要下了，快回去罢！’

而他还是说：

‘不会下的，怕什么呵！“秋云不雨长阴，”你忘记了么？’

等到雨点已很大地落到面前，他也看得见了。我催促说：

‘快回去罢，躲又没处躲，打湿衣服怎么好呢？’

他终究还是这样的说：

‘怕什么啊，这样散步是多么有趣呢！’

结果，雨竟下的很大，我们两人的衣服，淋湿的不得了，好像从河里爬上来一样。而伟哥，还是慢慢的说：‘这样的散步，是多么有趣啊！’

有趣原是有趣，但我却因此腹痛下泻，吃了两天的药。这是小事，我也佩服他的精神。假如大事呢，他也是一错到底，这是不矛盾的危险！”

他婉转清晰的说完，到这时停止一下。于是瑀说，假笑的，

“一错到底，哈，真是一错到底！”

“我想错误终究是错误。”

清正色的。

天渐渐地暗下来，雨也止了。房内有一种病的幽秘。

## 十五、无效的坚执

晚餐以后，伟又来了。

他一坐下，清就告诉他瑀的弟弟有一封信来，叫瑀赶紧回家。当时伟说：

“那很好咯。”一边就从清的手受了信去，看将起来。但一边未看完，一边又说：

“我们早已决定送他回去，可见瑀的母亲和我们的意见都是一致的。”

停了一息，又说，这时信看完了，将信纸放在桌上。

“那我们决计明天就走。”

清却慢慢的说：“瑀哥不愿回去。”

“不愿回去？为什么？”

“不过此刻却又被我说的回去就回去哩。”

“这很好。”

“是呀，我们在半点钟以前，大谈论你。”

“谈论我？”伟微笑的，“骂我一顿么？”

“吁，佩服你彻底的精神。”

“错咯，我是一个妥协的人。对于社会，人生，什么都妥协。但有时还矛盾呢，你们岂不是知道么？”

清几乎笑出声来。伟又说：

“我很想脱离都市，很想过乡村的生活；所谓到民间去，为桑梓的儿童和农民谋些幸福。但不能，家庭关系，经济关系，种种牵累我，使我不能不过这样奴隶式的生活。我倒十分佩服瑀哥，瑀哥真有彻底的精神，而且有彻底的手段。”

“他倒痛恨他自己的矛盾。”清说。

“这因他近来精神衰弱的现象。所以瑀哥，无论如何先应休养身体。”

这时瑀似睡去一样，没有插进一句嘴。他听他们的谈话，也似没有什么关心。

以后，话就没有再继续，只各人翻翻旧书。房内又静寂的。

时候九点钟，瑀叫他们回去。清说：

“我还再在这里睡一夜，因为半夜唯恐你要什么。”

伟说：

“我在这里睡一夜罢，你明天可以陪他回去呢。”

而瑀说：

“我夜里睡的很好，请你们自由些罢。”

但他们还是各人推让，好像没有听到瑀的话，于是瑀生气的说道：

“快回去罢，你们真自扰，两人睡在一床，终究不舒服的。”一边翻了一身，还似说：

“我死了，你们也陪我去死么？无意义！”

他们也就走了。

而这夜，他偏又睡不着，不知什么缘故。他在床上翻来覆去，心里感到热，身又感到冷，脑中有一种紧张。他好似一位临嫁的女儿，明天要离开她的母亲了。又是久离乡井的孩子，明天可回去见他的母亲。他睡不着，怎样也睡不着。他并不是纯粹地想他的母亲，他也想着他的病到底要变成怎样。但他这时所想的主要部分，还是——他究竟怎样活下去。社会是一盆冷水，他却是一滴沸油；他只在社会的上层游移，辗转，飘浮，他是无法透入水中，溶化在水中！自杀已一次不成，虽则还可以二次去自杀，但他想，自杀究竟是弱者的消极行为，他还是去干杀人的事业。手里执着手枪，见那可恨的，对准他的胸腔，给他一枪，打死，人间的罪恶就少了一部分，丑的历史就少了几页了。这是何等痛快的事，但他不能这样干。以后，他希望自己给别人杀了。他想当兵去，临战场的时候，他自己不发一弹，等着敌人的子弹飞来，敌人就可以将他杀死。但又不愿，当兵不过为军阀利用，敌兵多杀了一个敌，也不过帮敌人的军阀多了一次战绩。以后，他想去做报馆的记者，从此，他可痛骂现代人类之昏迷，社会之颠倒，政治上的重重黑暗，伟人们的种种丑史，他可以骂尽军阀，政客，贪污之官吏，淋漓痛快的，这样，他一定也可以被他们捕去，放在断头台，绞刑架之上。但他又有什么方法能做一个报馆的主笔呢？他不能，这又是他的梦想！他简直各方面都没有办法，他只有孤独的清冷的，自己萎靡衰弱，流他自己的眼泪，度着一口的残喘。而且四面八方的逼着他，势将要他走上那卑隘之道上的死，他很有些不情愿了。苦痛，还有什么逃避的方法呢？自己的命运已给自己的身体判决了，又给朋友们的同情判决了，又给母亲和弟弟等的爱判决了，他还有什么逃避的方法呢？除非他今夜立刻乘着一只小船，向东海飘流去；或者骑着一只骆驼，向沙漠踱去。此外还有什么逃避的方法？但他今夜是疲乏到极点，甚至抬不起头，他又怎能向东海或漠北逃去？一种旧的力压迫他，欺侮他；一种新的力又引诱他，招呼他。他对于旧的力不能反抗，对于新的力又不能接近，他只在愤恨和幻想中，将蜕化了他的人生；在贫困和颓废中流尽了他一生之泪，他多么苦痛！

这样，他一时又慢慢的起来，挣扎的起来。

他坐在床边靠着桌上，他无力的想给弟弟写一封回信。他告诉他，——弟弟，我是不回来了，我永远也不回来了。我颓废，我堕落，我病；只有死神肯用慈悲的手来牵我，是适宜而愿意的；此外，我不能领受任何人的爱了。在我已没有爱，我无法可想，失了社会之大魔的欢心的人，会变成像我这么一个，一切美的善的都不能吸收，孤立在大地上怨恨，这是多么奇怪的事呀！弟弟，请勿记念我罢，还请你慰劝母亲，勿记念我罢。我的心早已死去，虽则我的身体还病着，但也早已被判了死刑，你叫我回家做什么呢？弟弟，算世间上没有像我一个人，请你和母亲勿再记念我罢。

这样，他一边竟找出一张纸。用水泼在砚子上，无力的磨墨。他要将他所想的写在纸上，寄给他的弟弟。但磨了两圈墨，提起笔来，头又晕了。于是他又伏在桌上。

足足又挨延了两三点钟，他觉得再也坐不住，这才向床眠去，昏昏地睡着了。时候已经是两点钟。

一忽，天还未亮，他又醒来。

在梦中，似另有人告诉他，——到家是更不利于他的。于是他一醒来，就含含糊糊的自叫：

“我不回家！无论如何我不回家！”

一息又叫：“我不回家！无论如何我不回家！”

又静默一息，喃喃的说道：“死也死在他乡，自己早已说过，死也死在他乡。我任人搬弄么？社会已作我是傀儡了，几个朋友和母亲，弟弟，又作我是傀儡么？死也不回家。我的一息尚存的身体，还要我自己解决，自己作主。等我死后的死尸，那任他们搬弄罢！抛下海去也好，葬在山中也好，任他们的意思摆布。现在，我还没有完全死了，我还要自己解决。”

他又静默一息。眼瞧着月光微白的窗外，又很想到外边去跑。但转动着身子，身子已不能由他自主。他又气忿忿的想：

“这个身子已不是我自己所有的了么？”接着又想：

“但无论如何，总不能为别人所有，否则，请他们先将我药死！”

这样，他一直到天亮。他望着窗外发白，阳光照来。天气又晴了。

约九时敲过，他又睡去。到十一时，清和伟二人谈着话推进门来，他才又醒了。这时，他的精神似和天色一样，更清明一些。

清走到他的床边，很活泼的看了一看，就说：

“今天天气很好，我们下午动身。”

瑀没有回答，清又问，“你身体怎样？”

他一时还不回答，好像回答不出来，许久，才缓缓说：“身体是没有什么，可是我不想回去了。”

“又不想回去？”清急着接着问：

“为什么呢？是否想缓一两天回去？”

“不，永远不回去。”

“于是又永远不回去了么？”

“是呀，在未死去以前。”

这时清不觉眼内昏沉，他又恨又伤心，许久说不出话来，呆呆地站着。伟接下说，讥笑而有力地：

“你忘记你弟弟的信了么？你一定又忘记了。过了一夜，你一定又忘记了。但这里怎样住下？房主人对你的态度，你还不明白么？她回报你，你也不管么？她要赶走你了。”

“我当然走。”

“走到哪里去呢？”

“走到甘肃或新疆去。”

“你又起这个念头了？那位商人的回信来了么？”

“回信是没有，不过这没有关系，要去我仍可去的。”

“你不要太信任那位商人，那边于你有什么益处呵？”

“而且现在又是病的时候。”清插嘴说。

“病也没有关系，商人也没有关系，有益处没有益处也没有关系，总之，我想去。我是爱那边的原始，爱那边的沙漠。”

“假使你的身体强健，我们随你的意志自由了。可是你现在的身体，你已不能自由行动一步。你现在能跑五里路么？能跑上半里高的山么？你不能，你决不能；你怎么会想到沙漠那边去呢？因此，我们对于你，不能放任的太疏松，请求你原谅，我们对你直说。”伟有力而正色的说。

“给我最后的自由罢！到哪里，死哪里，是自己甘心的。”

“不能！我们和你的母亲弟弟的意见都是一致的。”伟也悲哀的，红润了他的两眼，“况且你已允许了将你的身体交给我们搬弄，又为什么破毁你的约呢？无理由的破约，我们为友谊计，我们不能承认；我们当采取于你有利的方向，直接进行。”

清也说：

“瑀哥，你再不要胡思乱想了，收起来你的胡思乱想，以我们的意见为意见，任我们处置你罢。我们对于你是不会错的。”

瑀哀悲的高声的叫道：

“请你们将我杀死罢！请你们用砒霜来毒死我罢！我死后的尸体，任你们搬弄好了！眼前的空气要将我窒死了！”

“那么瑀哥，你到哪里，我们跟你去罢。”清一边止不住流泪，“我们要做弱者到底，任你骂我们是奴隶也好，骂我们是旧式的君子也好，我们始终要跟着你跑！你去，我们也去，你到哪里，我们也到哪里；你就是蹈上水面，我们也愿意跟上水面。你看，我本不该这样向你说，可是你太不信任我们，而我们偏连死也信任你了。”

许久，瑀问：

“那么，你们究竟要我怎样呢？”

伟立刻答：

“维持下午动身回家的原议。”

“好，你们给我搬到死国里去！”

“任我们搬，无论生土，还是死国。”

“一定是死国。”

“随你当死国罢。”

“清，请你用手来压住我的心头，我为什么要有这样的时间。”

于是三人又流下泪了。

## 十六、忏悔地回转故乡

下午二时，瑀的房内又聚集许多人，阿珠和清，伟，翼，佑，四位青年。他们杂乱的帮瑀整理好行李，——他的行李很简单，一只铺盖，一只旧皮箱，一只网篮。箱和网篮里大半是旧书；数学，文学，哲学都有。别的东西很少，只有面盆，碎了盖的那把茶壶，没油带的洋灯等。而且清又代瑀将几只酒瓶和药瓶送给阿珠。三天以前清送他的两盒饼干，还没有拆过；这时清也很好的放在他的网篮之内，给他带回家去。托尔斯泰的相片，伟也很恭敬的拿下来，夹在《康德传》的书中。一边，房租也算清了。

现在，房内满堆着废纸。箱，铺盖，网篮，都放在床上。桌也移动得歪了。房内飞涌着灰尘。瑀坐在床边倚墙靠着，眼倦倦闭去，好似休息。清坐在他的旁边。伟还在收拾，有时连废堆中，他都去检查了一下。佑和翼向窗外依着。阿珠立在门边，眼看着地板，呆呆的，似不忍别离。

天气很好，阳光淡淡的笼罩着，白云如蝴蝶的在蓝色的空中飞舞。不过这时的房中，显示着灰色的伤感的情调罢了。

以后，清说：

“我们可以动身了，到那边总要一点钟，离开船也只有一点钟了。”

伟和着说：

“可以动身了，早些宽气一点。”

于是佑回过头来问，“我去叫车子，——三辆么？”

瑀却立刻阻止叫，睁开他似睡去的眼：

“慢些，请你们慢些，我还没有说完我的话。”

他们没有声音，可是瑀又不说。

这样又过了二十分钟，清觉得等待不住，他们无法地向瑀催促：

“瑀哥，你有什么话呢？”

瑀仍不动，清又说：

“瑀哥，你有话，请快些说罢；否则，我们只好明天去了。”

瑀还不动，清又说：

“瑀哥我们动身罢，你还要说什么话呢？”

这时瑀却再也制止不住，暴发似的叫道：

“天呀，叫我怎样说呢？我的愚笨会一至于此，我何为而要有现在这一刻的时候！时间之神呀，你停止进行罢！或者你向过去之路倒跑罢！否则，叫我怎样说呵！”

停了一忽，他急转头向阿珠叫：“阿珠，请你走到我的前面来。”

这位愚蠢的女子，依他的话做了。痴痴的，立到窗的前面来。瑀仰头望着天花板，急急的接着说：

“忏悔么？不是，决不是！我何为要对你忏悔？但我不能不说明，阿珠，不能不对你说明几句。在这过去未来将不再现的时候，我要对你说几句。这是最后的话，或者是我对你的忠告。阿珠，请你静静地听着，留心地听着。”

这时清和伟是十分难受，皱着眉发怔地看着，坚执是瑀的习惯，他们是无法来阻止他说话，他们只有顺从。否则，他又会什么都推翻了，不回家了，跑去了，他们又奈他何呢？他们只屏息地听着。

“阿珠，我恨你！你真使我苦痛，好像我堕落的种子，全是你们女人赐给我似的。因此，我也要想伤害你。你的母亲，你应当杀死她！她实在不是一个人，她不过戴着人的脸，喘着人的一口气。她是一个魔鬼，是一个罪恶的化身，你在这狱中活着，你一定要接受你母亲的所赐！你要救你自己，你应当杀死她！阿珠，求你恕我，我望你以后凶凶地做一个人，也要做一个有力的人！因为社会是恶的，你应当凶凶地下毒手，你千万不可驯良，庸懦。否则你就被骗，你就无法可想。阿珠，你能听我的话么？你能凶凶地去做你自己的一个有力的人么？你能将这个恶妇人杀死么？你能杀死她，你自己是得救了。”

停一片刻，又说：

“我的莽闯，并不是酒醉。因为我恨你，同时要想伤害你了。我对你起过肉的幻想，憎恶的爱。唉，上帝的眼看的仔细，他使我什么都失败了！但你对我错误，你为什么不听你母亲的话，将我送到牢狱中去呢？你太好了，怕要成了你堕落的原因，你应当狠心下手。”

一息，又说：

“阿珠，你做一个罪人罢！这样，你可以救你自己，你的前途也就有希望。我呢，因为自己不肯做罪人，所以终究失败了。虽则，在我的行为中，也可以有使人目我为罪人的成分，但我是不配做罪人，我的命运已给我判定了！我已无法可想，我也不能自救。虽则母弟朋友，他们都在我的身边努力设法营救我，但这不是救我的良法，恐怕都无求了！我已错弄了自己，我现在只有瞑目低头向卑隘的路上去求死！我有什么最后的方法？我不能杀人，又不能自杀，我以前曾经驯良，现在又处处庸懦，到处自己给自己弄错误了，我还有什么自救的方法？我当留在人间不长久，阿珠，我希望你凶凶地做个有力的人罢！再不要错弄了你自己，去同这社会之恶一同向下！阿珠，做一个罪人，做一个向上的恶的人，和现社会的恶对垒，反抗！”

朋友们个个悲哀，奇怪；不知道他到底指着什么。而阿珠，也只痴痴的听，又哪里会明白他的意思。这样，他喘了一息，又说，可是声音是无力而更低弱了：“阿珠，我想再进一步对你说，请你恕我，请你以我的话为最后的赠品。在你母亲的身上，好似社会一切的罪恶都集中着；在你的身上呢？好似社会一切的罪恶都潜伏着。阿珠，你真是一个可怕的人，你真是一个危险的人，而且你也真是一个可怜的人！在你的四周的人们，谁都引诱你，谁都欺侮你，你很容易被他们拖拉的向下！因此，你要留心着，你要仔细着，最好，你要凶凶地下手，将你母亲的罪恶根本铲除了，再将你自己的罪恶根本洗涤了，你做一个健全的向上的人，你能够么？你能杀死你的母亲么？阿珠，你做一样克制毒物的毒物罢！你算是以毒攻毒的毒罢！你是无法做一个完全的善的人。在你这一生，已没有放你到真美的幸福之路上去的可能了，你一想起，你会觉得可怜。但可以，你做一个克制毒物的毒物罢！这样，你可以救你自己。阿珠，你能领受我的话么？”

又喘了一息，说：

“阿珠，在今天以前，我永没有起过爱你的心，你不要误会。到今天为止，我相信你是一个纯洁的人，你是天真而无瑕的。但你呢，你也曾经忘记过你自己的了。你想从我的手里讨去一点礼物，人生的秘密的意义。但你错误了！你竟完全错误了！我能给你什么呵？我除出困苦与烦闷以外，我能给你半文的礼物么？你要我的困苦与烦闷么？因此，我拒绝了，我坚决地拒绝了！这是你的错误，你以后应该洗涤。你那次或者是随便向我讨取一点，那你从此勿再转向别人讨取罢！阿珠，你能以我的话为最后的忠告么？”

他的声音破碎而低，　时又咳了一咳，说：

“我也不愿多说了，多说或者要使朋友们给我的回家的计划失败了。并非我切心要回家，这样，是对不起这几位朋友的卖力。他们要将我的身搬到死国去，我已允许他们了。阿珠，这几位朋友都是好人，都是有才干的人，都是光明磊落向上成就的人。唉，假如还有五分钟的闲暇，我可以将他们介绍给你。但没有这个闲暇了！”一边转头向伟，但眼睛还是瞧着天花板的说：“伟，这是一个将下水的女子，你能不避嫌疑的救救她么？”

伟是什么也答不出来。于是他又说道：

“哈，我是知道以你们的力量，还是不能救她的。”于是又转向清说：

“清，你能负责救一个从不知道什么的无辜的女子的堕落么？”

清却不得已地悲伤的慢慢的答：“我能。瑀哥你又为什么要说到这种地方去呢？你已允许我们，你可制止你的话了。”

“哈，”瑀接着又冷笑了一声，说：“我不多说了。阿珠，可是你还是危险，你还是可怜！”

很快的停一忽，又说：

“现在，我确实不多说了，我心很清楚，和平。我最后的话，还是希望阿珠恕我无罪，领受我祝她做一样克制毒物的毒物的愿望。”

说到这里，他息一息。四位朋友，竟迷茫的如眼前起了风暴，不知所措的。阿珠虽不懂他的话，却也微微地跳动她的心头。

房内静寂一息，瑀又说：

“现在我很想睡，不知为什么，我很想睡。但你们不容我睡了，将我的床拆了，被席掷了，不容我睡。”

这时阿珠突然开口说：“到我这里去睡一息罢，朱先生，到我这里去睡一息罢。”

“不，不要。”瑀急答，她又说：“有什么要紧呢？妈妈敢骂我么？你现在有病，又要去了，她敢骂我么？船也不会准时开的，至少要迟一点钟，很来的及，朱先生，到我这里去睡一息罢。”

“我又不想睡了，不知为什么，又真的不想睡了。”

阿珠自念似的说：

“有什么要紧，你现在有病，又要去了，妈妈敢骂我么？有什么要紧。”

于是瑀说：“不，我不要睡。我要睡，地板上也会睡的。”

阿珠默了一息，又问：

“你要茶么？”

一边又转向他们问：“你们也要茶么？”

“不要。”

“谢谢。”

伟和清的心里，同时想，“怎样奇怪的一位女子呵！”

阿珠又微笑的孩子般说：“我们不知道什么时候再见了？”

“不要再见罢！”瑀说。

这时清唯恐他又引起什么话，立刻愁着眉说：

“瑀哥，话完了么？我们再也不能不动身了。”

“是呀，我们再也不能不动身了。话呢，哪里有说完的时候。”

伟也说：“还是走了可以平安一切。”

“是呀，”瑀微笑的，“过去就是解决。进行之尾，会告诉人们到了解决之头。否则，明天是怎么用法呢？”

“那么我们走罢。”清说。

“随你们处置。”

这样，佑就去叫车子。

## 十七、到了不愿的死国

二十点钟的水路，已将他从沪埠装到家乡来了。

他们乘的是一只旧轮船，是一只旧，狭窄，龌龊的轮船。虽然他们坐的是一间小房间，可是这间小房间，一边邻厕所，一边邻厨房。也因他到船太迟，船已在起锚，所以没有较好的房间。他们在这间小房间之内，感到极不舒服，一种臭气，煤气，和香油气的酝酿，冲到他们的鼻孔里来，胸腔有一种说不出的要作呕似的难受。有时瑀竟咳嗽了一阵，连头都要晕去。

在这二十小时之内，瑀时时想避开这房内，到船头船尾去闲坐一回，徘徊一回，或眺望一回；但他的身子使他不能多动，一动就要咳嗽。而且支持无力，腰骨酸裂的。因此，他们只在当晚，得了船主的允许，叫茶房将被毯搬上最高露天的一层，他们同睡了四五点钟以外，——后来因瑀觉到微风吹来的冷，而且露大，就搬回来了。于是他们就在房中，没有走出门外一步。

瑀在这房中，他自己竟好像呆呆地莫明其妙。他只是蹙着眉仰天睡着，嗅那难闻的恶臭，好像神经也为它麻木了。他从没有想到要回家，但这次的猝然的回家，被朋友们硬装在船中的回家，他也似没有什么奇怪。过去的事情是完全过去的了！但未来，到家以后要怎样，那还待未来来告诉他，他也不愿去推究。因此，在这二十小时之内，他们除了苦痛的忍受之外，没有一丝别的想念和活动。船是辘辘的进行，拖着笨响的进行。清坐着，手里捧着一本小说，一页一页的翻过它。他没有对这极不愿说话的病人多说话，只简单的问了几句。心里也没有什么计算和预想。

到了第二天午刻，船抵埠了，客人们纷纷抢着先走。瑀才微笑的做着苦脸向清问道：

“到了死国了么？”

清也微笑地答，：

“是呀，到了生之土呵！”

接着清又问瑀要否雇一顶轿子，瑀说：

“劳什么轿子，还是一步一步的慢慢的走罢。我很想走一回，坐一回，费半天的到家里呢。”

清也就没有再说什么，行李寄托给茶房，他们就上岸。

这埠离他们的村庄只有五六里，过了一条小岭，就可望见他们的家。

瑀真是走一回，坐一回。他硬撑着两脚，向前开步。昏眩的头，看见家乡的田，山，树木，小草，都变了颜色，和三年前所见不同；它们都是憔悴，疲倦，无力，凄凉。他们走到了小山脚的一座亭子上，他们将过山岭了，瑀对清说：“你先回去罢，我很想在这亭中睡一息，慢些到家。你先回去罢，我不久就可到的。”

清说：

“我急什么呢？同道去。你走的乏了，我们可以在这里多坐一下。你要睡一趟也好，我们慢慢地过岭好了。”

“你先回去罢，让我独自盘桓，我是不会迷了路的。”

“不，我陪你，我急什么呢？我们总比太阳先到家呵！”

清微笑的说，一边他们就停下脚步。

过了约半点钟。瑀是睡在亭前的草地上，清是坐在亭边一块石上，离他约一丈远，在看他的小说。

这时瑀的外表是很恬淡，平静，身体卷伏在草地上似睡去一样。太阳微温地照着他的身子。西风在他的头上吹过，他的乱发是飘动的。蝉在远树上激烈而哀悲的叫。一切有韵的生动的进行，不能不使他起了感慨，少年时代的和这山的关系的回忆：

从八九岁到十五六岁，那时没有一天不到这山上来玩一趟的。尤是在节日和例假，那他竟终日在这山上，这山竟成了他的娱乐室、游艺场了。一花一草，一岩一石，都变作他的恩物，都变作他的伴侣。同时，他和几个小朋友们，——清也是其中之一人，不过清总是拌着手，文雅雅的。——竟跳高，赛远，练习野战，捉强盗，做种种武装的游戏。实在说，这山是他的第二家庭，他早说，死了也应当葬在这山上。他由这山知道了万物，他由这山知道了世界和宇宙，他由这山知道了家庭之外还有家庭，他由这山知道了他的村庄之外还有更大的村庄和人类之所在。而且他由这山知道了人生的悲剧，——人老了，在苦中死去了，就葬在这山的旁边。种种，他由这山认识起来。

有一回，那时他的父亲还在世。他的父亲牵他到这山上来玩。一边还来看看所谓轮船，——初次轮船到他的村庄。他先闻得远远的天边有物叫了，叫得很响很响。随后就有一物来了，从岛屿所掩映的水中出来。它望去很小，在水上动的很慢。当时这船的外壳是涂着绿油和黑色铅板，瑀竟跳起了仰着头问他的父亲：

“爸爸，轮船像金甲虫吗？”

他父亲也笑了一笑，说：

“像金甲虫？你看像金甲虫么？”

“是呀。”

“那么你有轮船了？”

“小一些我有，这样大可没有。”

这样，他父亲又笑了一笑。随着就将轮船的性质、构造、效用等讲给他听。因他的父亲在满清也是一个新派的人，而且在理化讲习所毕业的。所以这时，他连瓦特发明蒸汽的故事，也讲给他听了。他听了竟向他父亲跳着说道：“爸爸，我也要做瓦特先生。”

“那么你也会发明轮船呢！”

“嘿，我的轮船还会在天上飞；因为金甲虫会在天上飞的。”

因此，他的父亲更非常地钟爱他。回家后，他的父亲笑向他的母亲说：

“瑀儿真聪明，将来一定给他大学毕业出洋留学。”

不久，他的父亲死了。虽则，他所以能在大学毕业二年，也是他的母亲听了他父亲的遗嘱。但因为父亲之死，家庭的经济更加窘迫，收入没有，债务累积。结果，他竟失学，失业，使他的人生起了如此的变化。

“天上会飞的船在哪里呢？还是在天上飞呵！”瑀想了一想。

这样，他们过了约半点钟。清有些等待不住的样子，收了小说向瑀问：

“瑀哥，可以走么？”

瑀也就坐了起来，痴痴的说：

“走罢，走罢，我也没有方法了，实在，我还该乘这金甲虫回去，造我天上会飞的金甲虫！”

一息，又说，摇摇头：

“可是天上会飞的金甲虫，早已被人造出来了，这又有什么稀奇呢！父亲对我的误谬，会一至于此！”

清听了却莫名其妙，随口问：

“什么金甲虫？”

“呀，蜻蜓呵！”

“哪只蜻蜓？”清的眼睛向四野看。

“天上飞的蜻蜓。”

瑀慢慢的说。清急着问：

“你为什么又想到飞机呢？”

“不，想到我的父亲了。”

清听了，更莫明其妙，愁着想：

“他还是胡思乱想，为什么又会想到他早已死了的父亲呢？”

一边，仍向瑀问：

“瑀哥，你会走么？”

“走罢。”

他们同时立起身来。

这时，却早有人到他们的村庄，而且将瑀的回家的消息，报告给他的母亲了。所以当他们开始慢慢的将走上岭的时候，就望见一个十二岁的少年，气喘喘的跑下岭来，一见他们，就叫个不住：

“哥哥！哥哥！哥哥！”

他们也知道他是谁了。清微笑着说：

“璘来了。”瑀说：

“这小孩子，来做什么呢！”

“迎接你哥哥呢。”

“还是不迎接的好。”

边他心又酸楚起来。

这孩子异常可爱，脸白，眉目清秀，轮廓和瑀差不多，不过瑀瘦，颀长，他稍圆，丰满一些。他穿着一套青布校服，态度十分活泼，讲话也十分伶俐，他跑的很喘，一手牵着瑀的手，一手牵着清的手，竟一边“哥哥”，一边“清哥”，异常亲昵地叫起来。他们两人也在他的手上吻了一吻，拍了一拍他的肩。这样，是很表出他们兄弟久别的情形来。

这时璘很想三步两脚的跑到家里，可是瑀和清，还是一样慢的走。他们是看看乡村的景色，好像是旅行，并不是归家一样。瑀急了，他向清说道：

“清哥，可以走走快一些么？”

清也就笑了一笑，说：

“小弟弟，急什么？横是家已在眼前了。”

瑀又缓缓的说：

“妈妈怕等的着急呢！”

于是清又接着说：

“你不知你的哥哥身体不好么？”

瑀听了，好似恍然大悟，他眨了一眨他的圆活的眼睛，急促的态度就和平了一半。

这时，他们走过岭。一边，瑀告诉他的哥哥：

“哥哥，妈妈此刻不知怎样呢？妈妈怕还在哭着。妈妈听到王家叔说哥哥有病以后，每餐饭就少吃了一碗。妈妈常一人揩泪的。方才妈妈听说哥哥来，妈妈真要跌倒了。妈妈本来要到埠来接你，但以后对我说，‘瑀呀，我的脚也软了，走不动了，你去接你的哥哥，叫你的哥哥坐顶轿子来罢。’妈妈叫我慢慢的走，我是一直跑到这里。哥哥已经来了，哥哥为什么不坐轿子呢？”

他说话的时候，又不知不觉的跑上前面去，又退到他们的身边，看看他哥哥的脸。他的哥哥也看看他，可是没有说话。瑀又说：

“妈妈在吃中饭的时候，还说，——哥哥也不知几时会来？和伯还说，叫我再催一封信给哥哥。我很怕写信呢，可是哥哥也回来了。”

孩子又笑了一笑。他的小心对于他久别的哥哥的回来，真不知怎样的快乐。这时清插进了一句褒奖的话：

“你前信写的很好。”

“哪里，哪里，”瑀又笑了一笑，说，“前封信我连稿子都没有，因为妈妈催的紧。她说哥哥的面前是不要紧的，写去就好了。现在，清哥，被你见过了么？”

说时，脸色微红了一红。清笑答：

“见过了，很好呢！”

“真倒霉。”

“有什么？”

这样，一时没有话，各人似都难受。又略坐一息，瑯说：

“妈妈常说哥哥不知瘦到怎样。哥哥真的比以前瘦多了。假如没有清哥同道，我恐怕不认识哥哥。现在也不知道妈妈认识不认识？”

“你的妈妈一定不认识了。”

清特意说了一句，一边又留心看一看瑯，似话说错了一般。瑯沉思的说：“妈妈会不认识了？”

“认识的，哪里会不认识。你的哥哥也没有什么大改变，不过略略瘦了一点肉就是。”

他又看一看瑀，而瑀似更难受了。瑀想：

“哪里会只瘦了一点肉，我的内心真不知有怎样的大变动！”

可是他终没有说，他是仍旧微笑着愁苦着前走。

这样，他们一边说，一边走。现在，已离他们的村庄很近了。

他们这村庄的形势和风景都很好。一面依山；山不高，也没有大的树木。可是绿草满铺着山上，三数块玲珑的岩石镶嵌着。岩石旁边也伫立着小树，迎着风来，常袅袅袅袅的有韵的唱出歌声。这山的山脉，是蜿蜒的与方才所过的山岭相连接的。这村的三面是平野，——田畴。这时禾稻正青长的，含着风，一片的拂着青浪。横在这村的前面，还有一条清澈的小河。这河的水是终年清澈，河底不深，一望可见水草的依依。两岸夹着枫柳等树，倒映在水底，更姗姗可爱。

这村共约三百户，村庄虽不大，却很整齐。大半的居民都务农业。次之是读书和渔人。他们对于经商的手段似不高明，虽距海面只十数里，船到港里只五六里，可是交通仍不发达。这村的经济情形也还算均等。他们村民常自夸，他们里面的人是没有一个乞丐或盗贼。实在说，朱胜瑀的家况，要算这村中最坏的。而清呢，似要算最好的了。

现在，瑀和清都可望见他们自己的家。一个在南端，一株樟树的荫下就是。一个在北端；黑色的屋脊，盖在红色的窗户上，俨然要比一般的住宅来的高耸。

但这时的瑀，可怜的人，愈近他家，心愈跳的厉害了！他似不愿见他的母亲。他羞见他的母亲，也怕见他的母亲。璘是快乐的，他真快乐的跳起来，他很急忙地向他的哥哥问：

“哥哥，你肚子饿了么？你船里没有吃过中饭么？我要先跑去，我要先跑去告诉妈妈？”

瑀答不出话来。清说：

“你同你的哥哥一同去好了。陪着你的哥哥一同走，横是五分钟以内总到家的。”同时就走到了分路的口子，清接着说：“璘呀，我要向这条路去了。我吃了饭再到你的家里来。”

“清哥，你也到我的家里去吃饭好罢？”

一边又看了一看他的哥哥。清说：“不要客气了，小弟弟。你同着你哥哥慢慢的走。我比你们先吃饭呢，留心，同你哥哥慢慢的走。”

他们就分路了。

这时的瑀，却两脚酸软，全身无力，实在再不能向前走！他止不住地要向他的弟弟说，——弟弟，亲爱的弟弟，我不想到家去了！我不想见妈妈了！我怎样好见妈妈呢？我带了一身的病与罪恶，我怎么好见妈妈呢？弟弟，我不见妈妈了！我不到家去了！——但他看看他眼前的弱弟，天真的弱弟，他怎样说得出这话来呢？他再说出这话来伤他弟弟幼小的心么？他还要使他的弟弟流泪么？唉！他是多少苦痛呀！而他的弟弟，聪明的瑀，这时正仰着头呆呆地眼看着他的哥哥的脸上。

他们一时立住不走。清回转头来，用着奇怪的眼光，望着他们的身后。

## 十八、跪在母亲的爱之前

从不得已中推动他们的身子，这时已到了樟树底下。只要再转一个墙角，就可直望见他们家的门口。瑀不知不觉地低下头，颓伤的，脚步异常的慢。有一位邻居正从他的家里出来，遇见他，邻居是很快活的叫他一句："瑀，你回来了？"而他竟连头都不仰，只随便的答一声："吁。"好似十分怠慢。这时的瑀，实在不能跟牢他的哥哥走。一边向他的哥哥说：

"哥哥，我去告诉妈妈去。"

就跑去了。跑转了一个弯，只听他开口重叫：

"妈妈，妈妈！哥哥回来了！哥哥回来了！"

瑀在后边，不觉自己叹息一声，道：

"弟弟，我对不起你呀！我太对不起你了！"

立刻他又想，"我怎样可见我的妈妈呢？我怎样可见我的妈妈呢？我急了！叫我怎样呢！唉，我只有去跪在她的前面，长跪在她的前面！"

在这一刻的时候，他的妈妈迎了出来。——她是一位六十岁的老妇人，但精神体格似还强健，他们在大门外相遇。她一见她的儿子，竟一句话也说不出来，只发着颤音，叫一声"瑀呀！"一边她伸出了手，捻住瑀的两腕；泪不住地簌簌滚下来。而瑀呢，在这母爱如夏日一般蒸热的时候，他看着他的年老的母亲是怎样伟大而尊严，他自己是怎样渺小脆弱的一个。他被他的老母执住手时，竟不知不觉的跪下去，向他的母亲跪下去！这样，他母亲悲哀而奇异的说：

“儿呀！你起来罢！你起来罢！你为什么呢？”

这时的瑀，接着哭了！且愈哭愈悲，他实在似一个身犯重律的囚犯，现在势将临刑了，最后别一别他的母亲。他母亲也哭起来，震颤着唇说：

“儿呀！你起来罢！你真可怜！你为什么到了这个样子呢？你病到这个样子，儿呀，你不要悲伤罢！你已到了家了！”

一息又说：

“我知你在外边是这样过活的么？儿呀，你为什么不早些回家？早些回家，你不会到这个样子了，外边是委屈你，我不知道你怎样过活的！我不叫瑀写信，你或者还不会回来！儿呀！你真要在外边怎样呢？现在，你已到了家了！你不要悲伤罢！”

一息又说：

“以后可以好好地在家里过日子，无论怎样，我当使你和瑀两个，好好地过日子！我除了你们两个之外还有什么呢？你起来罢！”

苦痛之泪是怎样涌着母子们的心坎！母亲震撼着身子，向他儿子一段一段的劝慰；儿子呢，好像什么都完了！——生命也完了，事业也完了，就是悲伤也完了，苦痛也完了，从此到了一生的尽头，这是最后，只跪求着他母亲赦宥他一般。此外，各人的眼前，在母子两人之间，显然呈现着一种劳力，穷苦，压迫，摧残，为春雨，夏日，秋霜，冬雪所磨折的痕迹。瑀也痴痴的立在他母兄的身边，滴着他的泪，——小心也将为这种苦痛的景象所碎破了。他默默地看看他的母亲，又默默地看看他的哥哥，说不出一句话，只滴着他的泪，一时揉着他的眼。这样，他们在门外许久，于是母亲说：

“瑀，我昏了！哭什么？进去罢！你该休息了！”

接着向瑀说：

“瑀呀，你也为什么？扶你的哥哥进去。”

这时，瑀似再也没有方法，他趁着他的母亲牵起他，他悲伤含痛的起来。呼吸紧促，也说不出话。就脚步轻轻的，歪斜地走进屋子。

他们的住家，是一座三间相连的平屋。东向，对着一个小小的天井。南边的一间，本来是瑀的书室。里面有一口书橱，和两只书箱，还有一张写字桌子——这些都是他的父亲用下来的。现在是放着瑀的书，几幅画，和一切笔砚之类。这时，在各种书具橱桌上面，却罩着一层厚厚的灰，好似布罩一样。房的一边，西窗的一边，有一张床。床空着，在床前床后，是满堆着稻草。中央的一间是小客堂，但也是膳食之所和工作室。当中有一张黑色的方桌，两边有四把笨重的古旧的大椅，漆也都脱落了，可还是列阵室放着一样，没人坐它。北边的一间，是他的母亲和瑀的寝室。但也是他家中的一切零星物件，甚至油火酱菜的贮藏所。三间的前面是廊，廊内堆积着各种农作物的秆子，如麦，豆一类；廊下却挂着玉蜀黍，菽，一类的种子。显然，他们是农家的样子。在这三间的后面，是三间茅草盖的小屋，一间厨房，一间是猪栏和厕所，一间是一个他家里的老长工名叫和伯的卧室，各种农具也在壁上挂着。

他们的房子，显然是很古旧的了。壁是破了，壁缝很大，窗格也落了，柱子上有许多虫孔。而且他全部的房子，有一种黑色的灰尘，好像柏油一般涂着。

这时他们母子三人都集在他母亲的房里。当她迈进门的时候，一边问瑀：

“你的行李呢？”

瑀开口答：“寄在埠头。”

一边，他母亲执意要瑀睡一下，瑀也就无法的睡在他弟弟的床上。一息，他母亲又向瑈说：

“瑈呀，你到田野去叫和伯回来，说哥哥已经到家了，叫他赶快去买一斤面，再买点别的，你哥哥一定饿了。”

于是瑈向门外跑去。

这时他们母子的苦痛的浓云，好像消退许多。阳光淡淡地照着天井，全家似在幽秘里睡眠着，空气很静。时候约下午二时。

瑀，仰睡在他弟弟的床上。——这时一张小床，靠在他母亲的一张旧的大床的旁边。他睡着，全身紧贴的微温的睡着，他好像什么都没有想，什么都到止定的时候一样。他眼睛向四周随便的看看，四周的景物与陈设，还是和三年前一样，就是三年前的废物，现在也还照样放着，一些没有改变。他对于这些也没有什么感想。但无形间，他觉得生疏许多了。他觉得不十分恰合，也不十分熟识似的。环境的眼睛也瞧着他，也似不能十分吸收他进去；它们是静默的首领，不是欢声的迎接。因此，瑀有时在床上转一转，一边蹙一蹙眉，呼一口气。

可是他的这位老母亲，她真有些两样了；她对于她的儿子这次的归来，竟似寻得了已失去的宝贝一般。快乐使她全身的神经起了兴奋，快乐也使她老年的意识失了主宰。她一息到房内，一息又到厨间；一息拿柴去烧火，一息又取腌的猪肉去切。她好像愿为她的儿子卖尽力气，她也好像愿为她的儿子忠诚地牺牲一切！瑀看着似乎更为不安，他心里微微地想：

“老母呀！你真何苦呢！你大可不必啊！为了你的儿子，你何苦要这样呢？你真太苦了！老母呀！”

所以当这时，他母亲捧来了两盏茶，放在桌上。她向瑀说：

“你先喝杯茶罢。”

而瑀就立刻起来，回答他母亲说：“妈妈，你太忙碌了！我不是你家里的客人，你何必要这样忙碌呢？妈妈，你坐一息罢！你安稳的坐一息罢。”

可是他的母亲，一边虽坐下，一边却滔滔地说起来了：

“瑀呀，你哪里知道我呢！你哪里能够知道我的心呢！这样是我自己心愿的，但这样也算得忙碌么？一些不忙碌，我快乐的。可是有时候，一想到你，真不知心里怎样，你哪里能知道呢！”

息一息又说：

“有时一想到你，想到你在外边不知怎样过活，我心里真不知有怎样的难受！瑀呀，你哪里能知道呢！你是二十一岁出去的，你说到大学去读书，可是你东奔西跑，你在大学又读了几时呢？我是没有钱寄给你，这两年来，家里的景况是更坏了。你呢，你也不向我来要钱。我不知道你在外边真的怎样过活，你一定在外边受苦了！”她似又要流下眼泪，她自己收住了。“瑀呀，你一定在外边受苦了！否则，你会瘦到这样子么？我真不知你在外边怎样过活，但你为什么不早些回来？这是你自己的家，你为什么不早些回来？我也想不到你会瘦到这样！我只有时时刻刻的想你，我不会想到你竟得了一身的病！我只想你总在外边受苦，我也想不到你会在外边辗转磨折到如此！儿呀，我早知你如此，就是一切卖完，也寄一些钱来给你。但是我哪里会想到你竟到这样呢！我一想到你，心里不知怎样地难受，心头有一块什么东西塞着似的。但假如我早会想到你这样，我恐怕也要病了。瑀呀，你为什么不早些回来呢？你不到如此，你是不会回家的么？就是到如此，假如璘不写信，你还是不会回家的么？你忘记了这是你的家了！你也忘记了你的妈妈了！你哪里知道你的妈妈的时刻想念你呢？你一定忘记了你的妈妈了！否则，为什么不早些回来呢？”

说到这里，她才停一息。又说：

“几天前，从王家叔告诉我，说你有病，心不舒服，睡着一句话也没有说，脸瘦的不成样子。我听了以后，不知道心里急的怎样！我叫璘写信，璘慢慢的，我就骂了。以后，我吃饭的时候想到你，做事的时候也想到你。儿呀，我真切心地想你。”

这样，她又略停片刻。她看茶已凉了，一边捧茶给瑀，一边说：

“我忘记了，茶凉了。你喝一盏罢。这样，你可安一安心。”

瑀用两手来受去茶。她接着说：

“我这几夜来，夜夜梦里做着你！一回梦到在摸摸你的手臂，我说，还好，瘦的还好；他们说你瘦的怎样厉害，但现在瘦的还好。一回又梦你真的瘦的不成样子了！全身一副骨，比眼前还厉害的多。一回梦说你不回家了，而且从此以后，永远不回家了！我竟哭起来，我哭起来会被你的璘叫醒。但一回却又梦你很好，赚了很多的钱，身体很健的回到家里。有时，梦你竟妻也有了，子也有了。但有时梦你……梦你……唉，梦你死了！”

说到死了，竟哽咽的。一息，又接着说：

“我每回梦过你醒来以后，总好久睡不着。我想，不知道这个梦兆是吉是凶。又想你在这样夜半，不知是安安的睡呢？还是心中叫苦？还是胡乱的在外边跑？虽则我知道你的性子是拗执的，但这样的夜半总不会开出门到外边去乱跑。假如安安的睡呢，那我更放心了。假如病中叫着，叫着热，叫着要茶，又有谁来回答你？——我总这样反复地想，想了许久许久，才得睡着。有时竟自己对自己说，瑀已是廿几岁的人了，要养妻哺子了，他自己会不知道么？何必要你这样想！劳你这样想！可是自己还是要想。瑀呀，这几天来，我恐怕要为你瘦的多了！你又哪里知道呢！”

这时，衰老的语气，悠长地完结。一种悲哀的感慨，还慢慢地拖着。

母亲说着，她这样的将想念她儿子的情形，缕缕地描写给她儿子听，她凭着母性的忠实的慈爱，她凭着母性的伟大的牺牲的精神，说着，坦白而真切地，将她心内所饱受的母爱的苦痛，丝毫不选择的，一句一句悲伤地完全说尽了。

可是这久离家乡的儿子，听着眼前慈母这一番话，他心里怎样呢？他是不要母亲的，他看作母亲是他敌人之一的；现在听了这样的一番话，她想念她儿子比想念她自己要切贴千倍，万倍，这样，他心里觉得怎样呢？苦痛，伤感，又哪里能形容的出？他只是脸上有一种苦笑，苦笑！两眼不瞬地望着桌上的茶盏，苦笑只是苦笑！他一句没有说，一句没有插进嘴，好像石像一样。

而这位忠心于母爱的老妇人，却又说道：

“儿呀，幸得你妈妈身体还健，否则，我早为你生病了。我今年已经六十岁，你总不会忘记了你妈妈今年已经六十岁。我除了时常要头晕之外，我是没有毛病的。近来虽有时要腰酸，做不得事，可是经你弟弟捶了一顿，也就会好了。”

正是这时，他们的长工和伯从田野回来。他是一位忠实的仆人，帮在瑀的家里有二四十年了。他名叫和，现在瑀等都叫他和伯。他自己是没有家，现在竟以瑀的家为家。也没有妻子。他只知道无夜无日的，终年的做着，做着。稻收进了又要种麦，麦收进了又预备种稻，在这样的辗转中，他竟在瑀的家中送过三四十年的光阴。他不觉他自己的生活是空虚，单调，他倒反常说，眼前的景象真变的太快了。他说，——他看见瑀的父亲和母亲结婚，以后就养出瑀来。瑀渐渐的大了，他们也就渐渐的老了。现在瑀又将结婚呢，可是他的父亲，却死了十几年了！何况还有瑀呀，谢家的姑娘呀，在其中做配角和点缀。

这位忠实的农人，他身矮，头圆，面孔和蔼，下巴有几根须。他虽年老，精神还十分强健，身体也坚实。这时，他一进门，还不见瑀的影子，只闻他母亲向他说话的声音，他就高兴地叫起来。

“瑀，你回来了？”

他也以瑀的归来，快乐的不能自支。瑀迎着，对他苦笑了一笑。和伯接着说：

“这样瘦了！真的这样瘦了！呵，和前年大不相同了！”

这时瑀的母亲向他说：“你快去买一斤面来。还买两角钱的豆腐和肉，你快些。瑀在船上没有吃过东西，已很饿了。”

同时就向橱中拿出两角钱给他。他就受去买东西去了。

## 十九、弟弟的要求

在吃过面以后，他的母亲一边打发这位老长工到埠头去挑行李，一边嘱瑀安心地睡一觉。她自己就去整理瑀的书室，——先将床前床后的稻草搬到后边的小屋去。再用扫帚将满地的垃圾扫光了。再提了一桶水来，动手抹去橱桌上的这层厚厚的灰。她做着这些事情，实在是她自己心愿的，她不觉劳苦。她的意识恍恍惚惚似这样的说道：

“我的儿子重寻得了！他已经失去过呢，可是现在重寻得了。我要保护他周到，我要养他在暖室里面，使他不再冒险地飞出去才好。”

她几次叫瑡离开他的哥哥，而这位小孩子，却想不到他哥哥的疲劳，他只是诉说他自己要说的话。以后母亲又叫：

“瑡呀，不要向你哥哥说话，给你哥哥睡一下罢。”

瑡皱一皱眉，十二分不满足似的。于是瑀说：

“你说，我在船里睡够了，现在不想睡，你说。”

这样，瑡似得了号令，放肆的告诉他满心所要说的话。他大概所告诉的，都是关于他们的学校里的情形。教师怎么样，谁好，谁坏，谁凶，谁公正和善，谁学生要驱逐他。功课又怎样，算术是最麻烦的，体操谁也愿意去上。他喜欢音乐和图画，可是学校里的风琴太坏，图画的设备又很不完全。于是又谈到同学，谁成绩最优，被教师们称赞；谁最笨，十行书一星期也读不熟。他自己呢，有时教师却称赞他，有时教师又不称赞他。以后更谈到谁要做贼偷东西，偷了别人的墨还不算，再偷别人的笔，于是被捉着了，被先生们骂，打，可是他自己还不知道羞耻的。这样，他描写过学校里的情形以后，进而叙述到他自己的游戏上来。他每天放学以后，总到河边去钓鱼，鱼很多；所以容易钓。星期日，他去跑山，他喜欢跑上很高的山，大概是和朋友们五六人同去的，可是朋友们喜欢跑高山的人少。他更喜欢跟人家去打猎，打鹿，山鸡，兔，鹁鸪，可是他母亲总禁止他。实在说，他一切所告诉的，都是他自己觉得甜蜜而有兴趣的事。就是母亲的责骂，教师的训斥，他也向他的哥哥告诉了。他的世界是美丽的，辽阔的，意义无限的，时时使他向前，包含着无尽的兴趣和希望。在他诉说的语句之中，好像他一身所接触的地方，都是人生的真意义所存在的地方。他的自身就是蜜汁，无论什么接触他都会变成有甜味。他说了，他很有滋味地说了；最后，他想到了一件不满足的事，他说：

“可惜哥哥不在家，否则，哥哥不知有怎样的快乐，我也更不知有怎样的快乐呢！”

说完，他低下头去。这时，璘也听的昏了，他微笑地看着他的弟弟，说了一句：

“以后你的哥哥在家了。”

“呀？”璘立时高兴起来。可是一转念，又冷冷的说：“你病好了，又要去的。”

“那么你祝我的病不好便了。”

“呵！”璘骇惊似的，两眼一眨。瑀说：“璘，我老实向你说，我的病一辈子是不会好的，那我一辈子也就不会去了。”

“哥哥一时真的不去了么？”瑡又希望转机似的。

“不去了。那你要我做什么呢？”

“快乐哟，当然随便什么都可以做。”

瑡又沉思起来，一息说：

“哥哥，你第一要教我上夜课。第二呢，钓鱼。”

“你白天读了一天的书，还不够么？”

“不是啊，”瑡又慢慢的解释，“同学们很多的成绩都比我好，算术比我好，国语比我好。但是他们的好，都不是先生教的，都是从他们的哥哥、姊姊那里上夜课得去的。他们可以多读几篇书，他们又预先将问题做好，所以他们的成绩好了。我呢，连不懂的地方，问都没处去问，妈妈又不懂的。所以现在哥哥来，我要求哥哥第一给我上夜课。第二呢，钓鱼；因为他们都同他们的哥哥去钓，所以钓来的鱼特别多。”

“好的，我以后给你做罢。”

“哥哥真的不再去了么？”

“不会再去了，哥哥会不会骗你呢？”

“骗我的。”

“那么就算骗你罢。”

而瑡又以为不对，正经地向他哥哥说：

“哥哥，明天我可同你先去钓鱼么？”

“好的。”

“你会走么？”

“会走。”

“妈妈或者要骂呢？”

“妈妈由我去疏通。”

这时瑏更快乐了。一转念，他又说：“可是我那钓杆在前天弄坏了，要修呢。”

“那么等你修好再钓。”

“修是容易的。”

“钓也容易的。”

“那么明天同哥哥去。”

“好的。”

这样又停了一息，弟弟总结似的说：

“我想哥哥在外边有什么兴趣呢？还是老在家里不好么？”

瑀也无心的接着说：

“是呀，我永远在家了。”

弟弟的愿望似乎满足了。他眼看着地，默默地立在他哥哥的床前，反映着他小心的一种说不出的淡红色的欣悦。正这时，只听他们的母亲，在瑀的书室内叫：

“瑏呀，你来帮我一帮。”

瑏一边答应着：

“吖。”

一边笑着向他的哥哥说：

“哥哥，你睡。”

接着，他就跑出门外去。

可是哥哥还是睡不着。他目送他的弟弟去了以后，轻轻地叹息一声。转了一转身，面向着床内，他还是睡不着。虽这时的心波总算和平了，全身通过一种温慰的爱流，微痛的爱流。剩余的滋味，也还留在他的耳角，也还留在他的唇边，可是他自身总觉得他是创伤了，他是战败了。他的身子是疲乏不堪，医生对他施过了外科手术以后一样。他的眼前放着什么呵？他又不能不思想。他想他母亲的劳苦，这种劳苦全是为他的。又想他弟弟之可爱，天真，和他前途的重大的关系。努力的滋养的灌溉与培植，又是谁的责任呢？他很明白，他自己是这一家的重要分子，这一家的枢纽，这一家的幸福与苦痛，和他有直接的关联。回想他自己又是怎样呢？他负得起这种责任么？他气喘，他力弱，他自己是堕落了！过去给他的证明，过去给他的响号，过去给他的种种方案与色彩，他已无法自救了！现在，他还能救人么？他汗颜，他苦痛呀！他在喉下骂他自己了：

“该死的我！该死的我！”

他想要向他的母亲和弟弟忏悔，忏悔以后，他总可两脚踏在实地上做人。他可在这份家庭里旋转，他也可到社会去应付。但他想，他还不能：

“我为什么要忏悔？我犯罪么？没有！罪恶不是我自己制造出来的，是社会制造好分给我的。我没有反抗的能力，将罪恶接受了。我又为什么要忏悔？我宁可死，不愿忏悔！”

这样想的时候，他的心反而微微安慰。

一时他又眼看看天外，天空蓝色，白云水浪一般的皱着不动，阳光西去了。一种乡村的草药的气味，有时扑进他的窗内来。他觉到他自己好似展卧在深山绿草的丛中，看无边的宇宙的力推动他，他默默地等待那死神之惠眼的光顾。

如此过了一点钟。一边他母亲已收拾好他的房间，一边和伯也挑行李回来了。

和伯帮着他母亲拆铺盖，铺床。

他半清半醒的在床上，以后就没有关心到随便什么事，弟弟的，或母亲的。而且他模糊的知道，母亲是走到他床前三四次，弟弟是走到他床前五六次，他们没有说过一句话。她轻轻的用被盖在他胸上，他身子稍稍的动了一动。此外，就一切平宁地笼罩着他和四周。

## 二十、晚餐席上的苦口

黄昏报告它就职的消息，夜色又来施行它的职务。

瑀这时倒有些咳嗽，母亲着急的问他，他自己说，这或者是一个小小的“着凉”病症呢，他到现在还是瞒着，而且决计永远不告诉他的母亲。

于是他的母亲又只得预备吃饭。在这张旧方桌的上面，放着几样菜，豆腐、蛋与腌肉等。他们坐在一桌上。这时清进门来，他们又让坐。清又用“吃过了”三字回答他们的要他吃饭。清坐下壁边的椅上，于是他们就动起筷来，静静的。

桌上放着一盏火油灯，灯光幽闪的照着各人的脸，显出各人不同的脸色。

清呆呆的坐着没有说话，他好似要看这一幕的戏剧要怎样演法似的。桌上的四人，和伯是照常的样子，认真吃饭，瑀好像快活一些，举动比往常快。在瑀的脸上，显然可以知道，一种新的刺激，又在击着他的心头。虽则他这时没有什么恶的系念，可是他的对于母性的爱的积量，和陷在物质的困苦中的弟弟，他是十二分的激荡着一种同情，——不，与其说是同情，还是说是反感切贴些。他是低着头看他自己的饭碗。他们的母亲是显然吃不下饭，不过还是硬嚼着，好似敷衍她儿子的面子。当然，她的吃不下饭，不是因她的面前只有一碗菜根。她所想的，却正是她的自身，她的自身的历史的苦痛！

她想她当年出阁时的情形。这自然是一回光荣的事，最少，那时的家庭的热闹，以及用人与田产，在这村内要算中等人家的形势。但自从瑀的父亲，名场失利以后，于是家势就衰落了。当然，瑀的父亲是一个不解谋生的儒生，他以做诗与喝酒为人生无上的事业。更在戊戌政变以后，存心排满，在外和革命党人结连一契，到处鼓吹与宣传革命的行动。在这上面，他更亏空了不少的债。不幸，在革命成功后一年，他也随着满清政府到了缥缈之乡去了！瑀的父亲死了以后，在家庭只留着两个儿子与一笔债务。她是太平世界里生长的，从不惯受这样的苦痛，她也不惯经理家务。她开始真不知道怎样度日，天天牵着瑀，抱着璘，流泪的过活。到现在，总算，——她想到这里，插进一句“祖宗保佑”。——两个儿子都给她养大了，债务呢，也还去了不少。虽则，她不知吃了多少苦楚，在惊慌与忧虑之中，流过了多少眼泪，继续着十数年。

想到这里，她不知不觉的又流出泪。口里嚼着淡饭，而肚里已装满了各种浓味似的。

这时，璘将吃好了饭，他不住的对他母亲看，他看他母亲的脸上，别具着一种深邃的悲伤，他奇怪了，忍止不住的向他母亲问：“妈妈，你为什么不吃饭呢？”

瑀也抬头瞧一瞧她，但仍垂下头去。一边听他的母亲说：“我想到你们的爸爸了！”

璘也就没有再说，息下饭碗，好像也悠悠地深思起来。这时这小孩子的脸上，不是活泼，倒变了庄重。瑀早就不想吃，这时也算完了，和伯也吃好。他们都是无声的秘密似的息下来，于是这位母亲说：

“收了罢，我也吃不下了。”一边将未吃完的饭碗放下。

璘又说：“妈妈，你只吃半碗呢！”

“吃不下了，一想到你们的爸爸，就吃不下了。”

清坐着，清还是一动不动地坐着。他眼看看母子们脸上这种表情，现在又听说这种话，他很有些吃惊。他一边想：“怎么有这样一个神经质的母亲呢？”

一边就轻轻的说：“不必想到过去了。”

在清以为儿子初到家的时候，应该有一种愉快的表情。为什么竟提起过去的悲哀的感觉，来刺激她儿子已受伤的心呢？可是这位神经质的老妇人，也止不住她悲哀的泪流，她竟不顾到什么的说：

“我总要想。唉，怎的能使我不想呢？”

又停了一息。瑀、清、和伯，他们的眼睛都瞧着她的脸上，——只有瑀是低头的。听着这位母亲说：

“他们的爸爸死了足足十多年了。在这十多年中，我养他两个，真不知受了多少的苦。眼前呢，我以为这两只野兽总可以算是度过关口，不要我再记念了。谁知不然，我还不能放心。你看他在外边跑了三年，今天回来，竟样样变样了，脸孔瘦的变样了，说话也讲的变样了。以前他是怎样的一个人，现在竟完全两样！唉，这才叫我怎样放心呢，因此，我想起他们的爸爸有福。”

清觉得不能不插一句嘴，他说：

“何必想，事情统过去了。”

老母亲竟没有听进，接着道：

“瑀从小就多病，而且都是厉害的病，生起来总是几月。有一回，夏天，他们的爸爸死了不久。瑀那时还和璘现在一般大，却突然犯了急症，死了！我那时简直不知怎样，唉，我自己也昏去！一面，我叫遍了医生，医生个个说，无法可救了，死了，抛了算了。但我哪里忍的就葬呢？我哭，我抱着他的尸哭。心想，他们的爸爸已经死了，假如这样大的儿子又死去，那我还做什么人？抱在手里的小东西，就算得是人么？而且债务又纷积，债主每天总有一两个踏进门来。因此，我想假如瑀真的要葬了，那我也同他一块地方葬罢！一边呢，我用手拍着他的心头，在喉边咬着他的气管。实在他全身冷了，甚至手臂和脸也青了，看样子，实在可以葬了。我呆，我还是不肯就葬，除非我同他一块地方葬去。这样，忽然他会动了一动，喉咙也格的响了一响，我立刻摸他的心头，心头也极微的跳起来。我立刻叫人去请医生来，医生说，不妨，可以救了。但当他死去的时候，清呀，我真不知怎样，好像天已压到头顶。我简直昏了！这小东西，我任着他哭，将他抛在床上，也不给他奶吃，任着他哭。难为他，他倒哭了一天。以后，瑀的病渐渐好起，在床上睡了两个月，仍旧会到学校里去读书。这一次，我的心也吓坏了，钱竟不知用掉多少。"

她一边说，有时提起衣襟来揩她的眼泪，过去的悲剧完全复现了。而和伯更推波助澜的接着说：

"是呀，做母亲的人真太辛苦！那时我是亲眼看见的，瑀健了以后，瑀的母亲竟瘦了。"

瑀也听的呆了，瑀反微微的笑。这位母亲又说："这次以后，幸得都是好的时候多。五六年前的冬天，虽患过一次腹痛，但也只病了半月就好了。一直到现在，我以为瑀总可以抛掉一片心，在外边三年，我也任他怎样。谁知他竟将身子弄到这样。不是瑀写一封信，他还是不回家。还是没有主意，还是和小孩时一样。唉，叫我怎样放心呢！"

她悲凉的息了一息，瑀苦笑的开口说：

"我若十年前的夏天，真的就死去了，断不至今天还为我担心，还为我忧念。我想那时真的还是不活转来的好。何况我自己一生的烦恼，从那时起也就一笔勾消。"

"你说什么话？"他母亲急的没等他说完就说了，"你还没有听到么？那时你若真死了，我恐怕也活不成！"

"就是母亲那时与我一同死了，葬了，我想还是好的。至少，母亲的什么担心，什么劳苦，也早就没有了，也早就消灭了。"

瑀慢慢的苦楚的说。母亲大叫，“儿呀，你真变的两样了，你为什么竟这样疯呢？”

“妈妈，我不疯，我还是聪明的。我总想，像我这样的活着有什么意思？就是像妈妈这样的活着，亦有什么意思？妈妈那时的未死，就是妈妈的劳苦，担心，那时还没有完结；我那时没有死，就是我的孽障，苦闷烦恼罪恶等，那时还没有开始。妈妈，此外还有什么意义呢？”

瑀苦笑的说完。他母亲又揩泪的说：

“儿呀，你错了！那时假如真的你也死了，我也死了，那你的弟弟呢？瑀恐怕也活不成了！瑀，你一定也活不成了！”一边向瑀，又回转头，“岂不是我们一家都灭绝了？瑀呀，你为什么说这些话，你有些疯了！”

清实在听的忍耐不住，他急的气也喘不出来，这时他着重地说：

“不必说了，说这些话做什么呢？”

瑀立刻向他警告地说：

“你听，这是我们一家的谈话，让我们说罢。”

很快的停一忽，又说：

“妈妈以为那时我和妈妈统死了，弟弟就不能活，那倒未必。弟弟的能活与不能活，还在弟弟的自身，未见得就没有人会去收养弟弟。何况我在什么时候死，我自已还是不晓得的。明天，后天，妈妈又哪里知道呢？死神是时时刻刻都站在身边的，只要它一伸出手来，我们就会被它拉去。妈妈会知道十年以前未死，十年以后就一定不死了？再说一句，我那时真的死了，妈妈也未见得一定死。妈妈对于我和瑀是一样的，妈妈爱我，要同我一块死；那妈妈也爱弟弟，又要同弟弟一块活的。妈妈同我死去是没有理由，妈妈同弟弟活下，实在是有意义的。妈妈会抛掉有意义的事，做没有理由的事么？我想妈妈还是活的。”

他一边口里这么说，一边心里另外这样想：

“我现在死了，一切当与我没有关系。我是有了死的方法，只等待死的时候！”

他的母亲又说：“活呢，我总是活的，现在也还是活着。否则，你们的爸爸死的时候，我也就死了。你们的爸爸死了的时候，我真是怎样的过日呵？实在，我舍不得你们两个，我还是吞声忍气的活着。”

于是瑀想，“是呀。”一面又说：

“妈妈是不该死的，我希望妈妈活一百岁。我自己呢，我真觉得倒是死了，可以还了一笔债似的。所以我劝妈妈，假如我万一死了，妈妈不要为我悲伤。”

“儿呀，你真有些疯了！”母亲又流泪的说道，“你为什么竟变作这样呢？你今天是初到家，你为什么竟变作这样呢？”

泣了一息，继续说：

“我今年是六十岁了！我只有你们两个。璘还少，璘还一步不能离开我，也没有定婚。我想这次叫你回来，先将你的身体养好，再将你的婚事办成，我是可以抛掉对付你的一片心！谁知你样样和以前不同了！在外边究竟有谁欺侮你？你究竟病到怎样？瑀呀，你为什么竟变作这样了呢？”

“妈妈，我没有什么；一点也没有什么。”

“那么你为什么惯讲这些话呢？”

“我想讲就讲了。”

“你为什么想讲呢？”

“我以为自己的病，恐怕要负妈妈的恩爱！”

“儿呀，你究竟什么病？我倒忘了问你，我见你一到，也自己失了主意了！我倒忘了问你，你究竟什么病呢？王家叔说你心不舒服，你心又为什么这样不舒服呢？你总还有别的病的，你告诉我！”

“没有病，妈妈，实在没有病。”

“唉，对你的妈妈又为什么不肯说呢？”

一边转过头向清：“清，好孩子，你告诉我罢！你一定知道他的，他患什么病？”

清也呆了，一时也答不出话来。她又说：

“好孩子，你也为我们弄昏了！你告诉我，瑀究竟是什么病？”

“他……”

清一时还答不出来，而瑀立刻向他使一眼色说：“什么病？一些没有什么！”

一边又转脸笑起来，说：

“就是心不舒服，现在心也舒服了；见着妈妈，心还会不舒服么？”

“你真没有别的病么？你的心真也舒服了么！”

“我好了，什么也舒服了！”

“是呀，我希望你不要乱想，你要体帖我的意思。你在家好好的吃几帖药，休养几月的身体。身体健了，再预备婚姻的事，因为谢家是时常来催促的。那边的姑娘，也说忧郁的很，不知什么缘故。你们倒真成了一对！”

问题好似要转换了，也好似告了一个段落。清是呆呆的坐着，梦一般，说不出一句话。不过有时仿佛重复的想，“怎么有这样一对神经质的母子？”但话是一句也没有说。灯光是暗淡的，弟弟的眼睛，却一回红，一回白，一回看看他的哥哥，一回又看看他的母亲。老长工，他口里有时呢呢唔唔的，但也没有说成功一句好话。悲哀凝结着，夜意也浓聚的不能宣泄一般。

这时，却从门外走进一个人，手里提着一盏灯。

## 二十一、否认与反动

“王家叔！”

瑀一见那人进门就叫。这人就是沪上到过瑀的寓里访谒的那人。那人一跳进门，也就开始说：

“瑀来了？好……”

一边将灯挂在壁上。又说：

“还在吃夜饭？我是早已吃了。”

他们的母亲说：“夜饭早已吃，天还亮就吃起。我们是一面吃，一面说话，所以一直到此刻。大家也吃好了。”

又命令瑀说：“瑀呀，你和和伯将饭碗统收去。”

瑀立起说：“妈妈，你只吃半碗呢！”

“不吃了，饭也冷了，你收了罢。”

于是瑀和和伯就动手收拾饭碗。来客坐下，和清对面，说道：“你们母子的话，当然是说不完；何况还两三年没有见面了！不过那也慢慢好说的，何必趁在今天吃晚饭的时候呢？”

瑀却余恨未完的说：

“我是没有说什么话。”

“哪里会没有什么话？你这两三年在外边，吃了许多的辛苦，连身子都这样瘦，你当然有一番苦况可述。你的妈妈在家里，也时刻记念你。她连烧饭缝针的时候，都见你的影子在身边。母亲的爱，真是和路一般长。哪里会没有话说？”

瑀没有答。他的母亲说：

“我们倒是不说好，一说，就说到悲伤的话上来。他的性格，和三年前变的两样了！”

这时和伯将桌上收拾好，她又吩咐和伯去烧茶，说：

“清也还没有喝过茶，我们全为这些话弄的昏了！”

来客说：

“怎样会这样呢？今夜你们的谈话，当然是带着笑声喊出来的。瑀的脸色也比我在上海见的时候好，现在是有些红色，滋润。”

对面的清辩护地说：

“此刻是灯光之下的看法呢！瑀哥现在似乎涨上了一点虚火。”

来客突然跳起似的，转了方向说：“李子清先生，你也回家了么？”

“是，我是送瑀哥来的。”

“也是今天到的？”

“是。”

“你俩人真好，”来客又慨叹的，“可以说是生死之交了！像你们两人这样要好，真是难得。我每回见到瑀，一边总也见到你。你们可算管仲与鲍叔。”

清似乎不要听，来客又问：

“你的令尊等都好？”

“托福。”

清自己觉得这是勉强说的。来客又说：“我长久没有见到令尊和令兄了，我也长久没有踏到贵府的门口过。不是因府上的狗凶，实在不知道为什么事竟很忙。请你回去的时候，代为我叱名问安。”

清还没有说出“好的”，瑀的母亲插进了一句：“生意人总是忙的。”

于是来客又喜形于色的说：“生意倒也不忙。因我喜欢做媒，所以忙。今天我又做成功了一场好事，——就是前村杨家的那位二十九岁的老姑娘，已经说好嫁给她的邻舍方秀才做二房太太。方秀才今年五十五岁了，还没有儿子。这件喜事一成，保管各方美满。而且他们两人，实在也早已觊觎。”

这时清嘲笑似的接着问：

“你看婚姻，和买卖差不多么？”

这位媒人答：“差不多呀！不过贩卖货物是为金钱，做媒却为功德。”

“功德？是呀，”清奇怪地叫了，“没有媒人，我们青年和一班小姐姑娘们，岂不是都要孤独到老么？这很危险，谢谢媒人！”

清似要笑出来。来客又自得地说：

“对咯！李子清先生，你真是一位聪明人。”

停一忽，又说：“不过媒是不会没有人做的，也因做媒有趣。你看，譬如那位姑娘给那位青年可配，相貌都还好，门户又相当，于是跑去说合。到男的那面说，又到女的那面说。假如两边的父母都允许了，那件婚事就算成就。于是他们就择日，送礼，结婚。青年与姑娘，多半平素都不曾见过面，但一到结婚以后，都能生出子女来，竟非常的要好，虽结成一世的怨家也有，那很少的，也是前世注定。”

清不觉又议论道：

“你们做媒的买卖真便宜！做好的，却自己居功；做坏的，又推到前世注定；而自己也还似一样的有做坏的功。做媒的买卖真便宜呢！”

停一息。又说：

“总之，你们媒人的心里我是知道的，你们要看看青年男女的结合，要看看青年男女的欢爱，你们是首当其冲了。恐怕你们还想，假使没有媒人，或者媒人罢起工来，岂不是青年男女，无论爱与仇敌，都不成功了么？人种也就有灭绝的祸！”

来客动着唇很想说，这时和伯从里边捧出茶来。于是他们一时又为喝茶的事所占据。

瑀的母亲竟靠着头默默不说，好像饭前一番的悲感所绕的疲倦了。璘听的不十分懂，不过还是坐着，看看他们。瑀却对这位来客阵阵地起了恶感，现在似到了不能容受的蓄积。清的嘲笑，永远不能使这位来客明了。清的话要算尖酸了，刻毒了，来客稍稍智机一点，他可不将瑀的婚事，在这晚餐席后，各人的沉痛还郁结着的时候提出来。可是这位笨驴一般的来客，竟一些不知道讥讽，只要成就他媒人的冤缘的职务似的，当他一边捧起茶来喝了一碗以后，一边就向瑀的母亲宣布了：

"瑀的婚事，我今天又到谢家去过一趟。恰好又碰着姑娘，不久就要变作你的贤慧的媳妇的人。她坐在窗前，她真是美丽，她一见我就溜进去了。我就向她的父母谈起，我不知道瑀今天就回家，我还是向他们说，我到上海，去看过朱先生，朱先生形容很憔悴，说是心不舒服。现在璘已信去，不久就能回家。瑀的岳父母都很担忧，又再三问我是什么病，他们也说别人告诉他们，瑀是瘦的异样。我又哪里说的出病来？我说，读书过分，身体单弱，病的不过是伤风咳嗽。——伤风咳嗽是实在的，瑀岂不是此刻还要咳嗽么？不是我撒谎。不过瑀的岳父母，总代瑀很担忧。他们说，正是青年，身体就这样坏，以后怎么好呢？我说，未结婚以前身体坏，结了婚以后，身体会好起来的。因为你家的姑娘，可以劝他不要操心，读书不要过度。这样我们就商量结婚的时期。谢家是说愈早愈好，今年冬季都可以。他们是什么都预备好了，衣服，妆奁。只要你们送去聘礼，就可将姑娘迎过来。他们也说，女儿近来有些忧愁，常是饭不吃，天气冷，衣服也不穿，呆头呆脑的坐在房内。为什么呢？这都是年龄大了，还没有结婚的缘故。总之，那边是再三嘱咐，请你们早些拣日子。现在瑀是回来了，你们母子可以商量，你们打算怎样办呢？这是一件要紧的好事，我想瑀的妈也要打个主意。"

他滔滔的讲下来，屋内的声音，完全被他一个人占领去。他说完了又提起别人的茶杯来喝茶。

瑀的母亲，一时很悲感的说不出话。而来客竟点火似的说：

“姑娘实在难得，和瑀真正相配。”

于是瑀叫起来：“不配！请你不必再说！”

来客突然呆着，一时不知所措。其余的人也谁都惊愕一下。以后来客慢慢的问：

“不配？”

“自然！”

“怎么不配呢？”

“是我和她不配，不是她和我不配。”

“怎么说法？嫌她没有到外边读过书么？”

“你的姑娘太难得了，我不配她。”

“你不配她？”

“是！”

于是这位母亲忍不住地说，“还有什么配不配，儿呀，这都是你爸爸做的事。现在你为什么惯说些奇怪的话？我现在正要同你商量，究竟什么时候结婚，使王家叔可以到那边去回复。”

“我全不知道。”

“你为什么竟变成这样呢？”

“没有什么。”

“那么还说什么配不配呢？”

“我堕落了！有负你母亲的心！”

他气喘悲急的，而不自知的来客又插嘴说：“你只要依你的妈就够了。”

“不要你说，我不愿再听你这无意识的话！”

“呀？”

“儿呀，你怎么竟这样呢？王家叔对你是很好意的，他时常记念着你的事，也帮我们打算，你为什么这样呢？”

“妈妈，我没有什么，你可安心。因为这些媒人，好像杀人的机器似的，他搬弄青年的命运，断送青年的一生，不知杀害了多少个男女青年。因此，我一见他，我就恨他。”

“你说什么话呢？儿呀，媒人是从古就有的，不是他一个人做起的，没有媒人，有谁的女儿送到你家里来？你是愈读书愈发昏了！儿呀，你说什么话呢？况且你的爸爸也喜欢的，作主的，你为什么会怪起王家叔来呢？”

“你有这样的妻子还不够好么？”来客又插嘴说。

“我说过太好了，配不上她，所以恨你！”

“怎么说，我简直不懂。”

“你哪里会懂，你闭着嘴好了。”

“好，我媒不做就算了。”

来客勉强地说轻起来。

“还不能够！”

“那么依你怎样呢？”

自然有对付你的方法！”

“呀？”

来客又睁大眼睛。而他母亲掩泣说：

“儿呀，少讲一句罢！你今夜为什么这样无礼！”

来客于是又和缓似的说：

“瑡的妈，你不要难受，我并不恼他。我知道他的意思了，不错的。现在一班在外边读过书的人，所谓新潮流，父母给他娶来的妻，他是不要的，媒人是可恨的。他们讲自由恋爱的，今天男的要同这个女的好，就去同这个女的一道；明天这个女的要同别个男的好，就同别个男的去一道。叫做自由恋爱，喜欢不喜欢，都跟各人自由的。你的瑀，大概也入了这一派！”

停一忽，又说：

“所以我到上海的时候，他睡着不睬我；今天，又这样骂我。我是不生气的，因为他入了自由恋爱这一派，根本不要父母给他娶的妻。所以他倒讲不配她，其实，他是不要谢家的姑娘了。一定的，我明白了；你做母亲的人，可问一问他的意思。”

来客用狡滑的语气，勉强夹笑的说完，好像什么隐秘，都被他猜透似的。他对着这老妇人说话，一边常偷着圆小的眼向瑀瞧。瑀是仰着头看着屋栋，母亲忠实地说，“我也说不来什么话，不过儿呀，这件事是你父亲做的，你不能够忘记了你的父亲。我老了，瑀还少，家里景况又不好。假如你的婚事不解决，我是不能做你弟弟的。你年纪不小，当然晓得些事理。你应该想想我，也应该想想你的弟弟和家里。你为什么一味的固执，惯说些奇怪的话？你的父亲是有福了，他现在平安地睡着；而我呢，如你说的，受罪未满。但你也应该想想我。王家叔对你有什么坏？你为什么对他这样无礼？唉，你有些疯了！你现在完全是两样了！”一面又含泪的向来客抱歉，“王家叔，你不要生气，他完全有病的样子，他现在连我也怪怨的！你万不可生气，我当向你陪罪。”这样，来客是答，“我不，我不。”反而得意。她接着说，“现在呢，我想先请医生来给他吃药，把他的病除了。像这样的疯癫，有什么用呢？至于婚事，以后慢慢再商量。我是不放心他再到外边去跑，以后我们再告诉你。”

这时，瑀是听的十分不耐烦，但也不愿再加入战团，他将他自己的愤恨压制了。一边，他立起来，睁着眼球向清说，——清竟似将他自己忘记了一样。

“清，这么呆坐着做什么？你可以回去了。什么事情总有它的最后会得解决的！”

于是清也恍惚地说道：“回去，我回去。不过在未回去以前，还想同你说几句话。”

瑀一边又向瑀说：

“瑀，你这个小孩子也为我们弄昏了！——拿一盏灯给我。”

这样，清和他们兄弟两人，就很快的走进了那间刚从稻秆堆里救回来的书室里去。

时，这位倒霉的来客，受了一肚皮的气，也知道应该走了。立起来向他的母亲说，“时候不早，我也要走了。”

她接着说：

“请再坐一下。——你千万不要生气，瑀的话全是胡说，你不要相信他。他现在什么话都是乱说，对我也乱说。这个人我很担忧，不知道怎样好，他全有些病的样子。请你不要生气。”

于是来客说：

“我不生气。现在一班青年，大都是这样的，他们说话是一点不顾到什么的，不过你的瑀更厉害罢了。我不生气，我要走了。”

接着，就向壁上拿灯；点着头，含着恶意的走出去。

## 二十二、重迁

在乡村的秋夜环抱中，凉气和虫声时送进他们的书室内。空气是幽谧而柔软的，照着灯光，房内现出凄凉的浅红的灰色。瑀卧在床上，他呼吸着这带着稻草香的余气，似换了一个新的境界，这境界是疲劳而若有若无的。瑀坐在他哥哥的床边，这小孩子是正经的像煞有介事的坐着。清坐在靠窗的桌边，心里觉到平和了，同时又不平和似的；他已将他要对瑀说的话忘记去。他们三人，这时都被一种温柔而相爱的锁链联结着，恍惚，似在秋天夜色里面飘荡。

“我觉得在家里是住不下去，”这时瑀说，“妈妈的态度，我实在忍受不住。妈妈以我回来，她老年的神经起了震动，她太关切我了！她自己是过度的劳苦，对我是过度的用力，我实在忍受不住。她太爱我，刺激我痛苦；同时她太爱我，我又感不到恩惠似的。这是第一个原因，使我不能在家里住下去。”

说了一段，停止一息，又说：

“我对于家庭的环境似乎不满，不是说房屋龌龊，是我觉得各种太复杂，空气要窒死人似的；我要避开各个来客的面目，这是第二个原因。”

又停一息，又说：

“第三个原因，清，这对于弟弟是很要紧的。我病的是 T.B. 我虽血已止，可是还咳嗽。我自己知道我的 T.B. 已到了第二期，恐怕对于瑀弟有些不利。瑀已要求我给他上夜课，但我身体与精神，两样都有极深的病的人，能够允许他的要求么？恐怕夜课没有上成，我的种种损害的病菌，已传给他了。因此，我仍旧想离开这家，搬到什么寺，庵，或祠堂里去住。我很想修养一下，很想将自己来分析一下，判别一下，认清一下。所谓人生之路，我也想努力去跑一条；虽则社会之正道，已不能让破衣儿去横行。因此，祠堂或寺庙是我需要的。”

语气低弱含悲。清说：

“住在家里，对于你的身体本来没有意思。不过一面有母亲在旁边，一面煎汤药方便些，所以不能不在家里。”

“不，我想离开它。”

“住几天再说罢。”

“明天就去找地方。”

“四近也没有好的寺院。”

“不要好，——你看广华寺怎样？”

“广华寺是连大殿都倒坍了。”

瑀插进说。瑀又问，“里面有妙相庵，怎样？”

瑀答，“妙相庵住着一位尼姑。”

“随他尼姑和尚，只要清静好住就好了。”

“妈妈会充许么？”

“妈妈只得充许的。”

停一息，瑀又问：

“明天去走一趟怎样？”

“好的，”清答。

弟弟的心似乎不愿意。以后就继续些空话了。

九点钟的时候，瑀的母亲因为瑀少吃晚饭，又弄了一次蛋的点心。在这餐点心里面，他们却得到些小小的意外的快乐。清也是加入的。清吃好，就回家去。他们也就预备睡觉。

瑀是很想睡，但睡不着。他大半所想的，仍是自己怎样，家庭怎样，前途怎样，一类永远不能解决的陈腐的思想。不过他似想自己再挣扎一下，如有挣扎的机会。最后在睡熟之前，他模糊地这样念：

时代已当作我是已出售的货物。

死神也用它惯会谄媚的脸向我微笑。

我是在怎样苦痛而又不苦痛中逃避呀，

美丽对我处处都似古墓的颜色。

母亲，弟弟，环着用爱光看我的人，

他们的灰黯，比起灰黯还要灰黯了！

何处何处是光，又何处何处是火？

灿烂和青春同样地告一段落了。

弟弟与母亲呀，你们牵我到哪里去？

我又牵你们到哪里去呵？

白昼会不会欢欣地再来，

梦又会不会欢欣地跑进白昼里去？

谁猜得破这个大谜呀？我，

等待那安息之空空地落到身上，

睡神驾着轻车载我前去的时候了。

一边，睡神果驾着轻便的快车，载他前去了。

第二天早晨，他起来很早。但他开了房门，只见他母亲和长工已经在做事。他母亲一见他便说：

“为什么不多睡一息？你这样早起来做什么呢？”

“够睡了，我想到田野去走一回，呼吸呼吸新鲜空气。”

“有冷气，你身体又坏，容易受寒，不要出去罢。”

他没有方法，只得听了他母亲的话。一边洗过脸，仍坐在房内。

他觉得母亲压迫他，叫他不要到田野去散步是没有理由。他无聊，坐着还是没有事做。桌上乱放着他外边带回来的书籍，他稍稍的整理了几本，又抛开了；随手又拿了一本，翻了几页，觉得毫无兴味，又抛开了。他于是仍假寐在床上。

一时以后，璘也起来了。他起来的第一个念头是：

“今天校里没有课，我打算同哥哥去钓鱼。”

他一边还揉着眼，一边就跑到他哥哥的房里。

“你起来了？”瑀问。

“似乎早已醒了，但梦里很热闹，所以到此刻才起来。”

“梦什么？”

“许许多多人，好像……”“好像什么？”

瑀无意义的问。微笑的答：

“哥哥……”

“我什么？”

“同嫂嫂结婚。”

瑀似乎吃一惊，心想：

“弟弟的不祥的梦。”

一边又转念，

“我岂信迷信么？”

于是一边又命令他弟弟，

“你去洗脸罢。”

出去了。一息，又回来。

“今天是星期几？”瑀问。

“星期五。”

“你读书去么？”

“想不去。”

“为什么？”

“同学未到齐，先生也随随便便的。”

“那么你打算做什么事？”

可是弟弟一时答不出来，踌躕了一息，说：

“钓鱼。”

一息，又转问：

“哥哥去么？”

“我不去。”

“哥哥做什么呢？”

“也不做什么。”

“呵，广华寺不去了么？”

“是呀，去的。”

“上午呢，下午？”

“我想上午就去，你的清哥就会来的。”

“那么下午呢？”

“陪你钓鱼去好么？”

“好的，好的。”

弟弟几乎跳起来，又说，“我们早些吃早饭，吃了就到广华寺去。”

这样，又出去了。他去催他的母亲，要吃早饭了。当他们吃过早餐，向门外走出去的时候，他们的母亲说：

“在家里休息罢，不要出去了。假如有亲戚来呢，也同他们谈谈。”

瑀说：

“到广华寺去走一回，就回来的。亲戚来，我横是没有什么话。”

一边，他们就走出门了。母亲在后面叫：

“慢慢走，一息就回来。瑀呀，不要带你的哥哥到很远去！”

“吁！”瑀在门外应着。

到那樟树下，果见清又来。于是三人就依田岸向离他们的村庄约三里的广华寺走去。

秋色颇佳。阳光金黄的照着原野，原野反映着绿色。微风吹来，带着一种稻的香味。这时清微笑说：

“家乡的清风，也特别可爱。在都市，是永远呼吸不到这一种清风的。”

瑀看了他一眼，没有说话。

广华寺是在村北山麓。在他们的眼里，这寺实在和颓唐的老哲学家差不多。大门已没有，大雄宝殿也倒坍了，“大雄宝殿”四字的匾额，正被人们当作椅子坐了。一片都是没膝的青草，门前的两株松树与两株柏树，已老旧凋零，让给鸦雀为巢，黄昏时枭鸟高唱之所。菩萨虽然还是笑的像笑，哭的像哭，但他们身上，都被风雨剥落与蹂躏的不堪。三尊庄严慈静的立像，释迦牟尼与文殊普贤，他们金色的佛衣，变做褴褛的灰布。两厢的破碎的屋瓦上，也长满各样的乱草。这寺是久已没人来敬献与礼拜了，只两三根残香，有时还在佛脚的旁边歪斜着，似绕着它荒凉的余烟。

在寺的左边，还有五间的小厢房，修理的也还算幽雅整齐。在中央的一间的上方，挂着一方小匾，这就是“妙相庵”了。当他们三人走到这庵的时候，里面走出一位妇人来。这是一位中年的妇人，脸黄瘦，但态度慈和，亲蔼，且有知识的样子。她见他们，就招呼道：

“三位来客，请进坐罢，这是一座荒凉的所在。”

“好，好，”清答，接着走进去，就问：

“师父是住在这里的么？”

“是的，”她殷诚地答，“现在只有我一人住在这里了。两位先生是从前村来的么？这位小弟弟似乎有些认识。”

“是的，”清答，

“他们两人是兄弟。”

“那请坐罢。”

于是妇人就进内去了。他们也就在这五间屋内盘桓起来。

这五间屋是南向的。中央的一间是佛堂，供奉着一座白瓷的长一尺又半的观世音，在玻璃的佛橱之内。佛像的前面，放着一只花瓶，上插着几个荷蓬。香炉上有香烟，盘碟上也有清供的果子。在一壁，挂着一张不知谁画的佛像，这佛像是质朴，尊严，古劲的。在一壁，是挂着一张木版印的六道轮回图。中央有一张香案，案上放着木鱼，磬，并几卷经。

两边的两间是卧室，但再过去的两间，就没人住。五间的前面是天井，天井里有缭乱的花枝和浅草，这时秋海棠，月季都开着。五间的后面是园地，菜与瓜满园地栽着。总之，这座妙相庵的全部是荒凉，幽静，偏僻，纯粹的地方。他们走着，他们觉到有一种甘露的滋味，回复了古代的质朴的心。虽则树木是秃唐的，花草是没有修剪的，但全部仍没有凌乱，仍有一种绿色的和谐，仍有一种半兴感的美的姿势。这时瑀心里想道：

"决计再向这里来，我总算可以说找到一所适合于我的所在了。无论是活人的坟墓，或是可死之一片土，但我决计重迁了。"

一边他向清说：

"你以为这庵怎样呢？你不以为这是死人住的地方么？我因为身体的缘故，请求你们原谅一点，我要到这里来做一个隐士。"

说完，又勉强笑了一笑。清说，"我是同意的，最少，你可以修养一下。不过太荒凉了，太阴僻了，买东西不方便。"

"问题不是这个。"瑀说，"我问，这位带发的师父，会不会允许呀？她岂不是说，只有她一人住在这里？"

"这恐怕可以的。"

于是璘在旁说，"妈妈怎样呵？"

"你以为妈妈怎样？"瑀问。

"离家这么远，妈妈会允许么？"

“妈妈只得允许的。”

于是瑽又没精打采的说：

“我在星期日到这里来走走，妈妈跟在后面说，不要独自去，寺里是有斗大的蛇的！”

“但是我的年龄比你大。妈妈会允许我到离家千里以外的地方去呢！”

忠挚的弟弟又说，“那么哥哥，我同你来住。横是从这里到学校，还不过是两里路。”

转一息又说：

“那么妈妈又独自了！”

“是呀，你还是陪着妈妈。”

他们一边说，一边又回到中央的一间里来。

这时这位妇人，从里面捧出三杯茶，请他们喝。

瑀就问：

“我想借这里一间房子，师父会可以么？”

她慢慢答，“这里是荒凉的所在，房屋也简陋，先生来做什么呢？”

“不，我正喜欢荒凉的所在。我因为自己的精神不好，身体又有病，我想离开人们，到这里来修养一下，不，——就算是修养一下罢！无论如何，望你允许我。”

“允许有什么，做人横是为方便。不过太荒凉了，对于你们青年恐怕是没有好处的。”

“可是比沙漠总不荒凉的多了！沙漠我还想去呢！”

这样，妇人说：

“青年们会到这里来住，你有稀奇的性子。可是饮食呢？”

“妈妈不送来，我就动手自烧。”

妇人微笑地沉默一息，又问他姓名，瑀告诉姓朱。她说：

“那么朱先生；假如你要试试，也可以的。”

瑀接着说，“请你给我试试罢。”

妇人就问，“你喜欢哪一间房？”

“就是那最东的一间罢。”

妇人说，“那间不好，长久没有人住，地恐怕有湿气。要住，还是这一间罢。”指着佛堂的西一间说，“这间有地板，不过我堆着一些东西就是。”

“不，还是那间，那间有三面的窗，好的。”

妇人就允许了。瑀最后说：

“决计下半天就将被铺拿来，我想很快的开始我新的活动。”

这样，他们就没有再多说话。他们又离开佛堂。这时瑀想：

“钓鱼的事情，下半天不成功了。”

一边，他们又走了一程路。

## 二十三、佛力感化的一夜

果然，他们的母亲是没有权力阻止他，使他不叫和伯在当天下午就将铺盖搬到妙相庵里去。她也料定她的儿子，不能在这庵里住的长久。所以她含泪的想：

“让他去住几天，他的偏执，使他处处不能安心，他好像没处可以着落。让他去住几天。他一定会回来的。”

不过困难的问题是吃药。饭呢，决定每餐叫和伯或瑀送去给他吃。

在这庵里是简单的。瑀已将他的床铺好了；房不大，但房内只有一床，一桌，一椅，此外空空无所有，就是桌上也平面的没有放着东西，所以也觉得还空阔。房内光线还亮，但一种久无人住的灰色的阴气，却是不能避免的缭绕着。瑀好像代他的哥哥觉到寂寞，他好几次说，“哥哥，太冷静了。”但小孩的心，还似庆贺他哥哥乔迁了一个新环境似的快乐。清当铺床的时候是在的，他也说不出瑀这次的搬移是好，是坏；他想，无论好，坏，还在瑀的自身，看他以后的行动怎样。清坐了半点钟就走了，因为他家中有事。而且临走的时候，更向瑀说，瑀假如不需要他，他只能在家住三天，就要回上海去。

瑀向东窗立了一回，望着一片绿色的禾稻。又向南窗立了一回，看看天井边的几株芭蕉树。又向北窗立了一回，窗外是一半菜园，一半种竹，竹枝也弯到他的窗上。稍望去就是山，山上多松，樵夫在松下坐着。

这时，他清楚地想，所谓生活到这样，似乎穷极而止定了。而他正要趁此机会，将他自己的生命与前途，仔细地思考一下。黑夜的风雨，似乎一阵一阵地过去几阵；但黎明未到以前，又有谁知道从此会雨消云散，星光满天，恐魔的风暴呀，是不会再来了呢？到此，他定要仔细的思考，详密的估量，白天，他要多在阳光底下坐，多在树林底下走；晚上，他要多在草地上睡，多在窗前立。一边，他决绝地自誓说：

“无论怎样，我这样的生活要继续到决定了新的方针以后才得改变！否则，我这个矛盾的动物，还是死在这里罢！”

这样到了五时，他又同瑀回家一次，在家里吃了晚饭。

晚间，在这所四野无人的荒庵内，一位苦闷的青年和一位豁达的妇人，却谈的很有兴味：

“我呢，不幸的妇人，”她坐在瑀的桌边，温和而稍悲哀的说，“没有家，也没有姊妹亲戚。我今年四十岁，我的丈夫已死了十九年，他在我们结婚后两年就死去。不过那时我还留着一个儿子，唉，可爱的宝贝，假如现在还活，也和朱先生差不多了。我是不爱我的丈夫的，我的丈夫是一个浪荡子，不务正业，专讲嫖赌吃喝四事；一不满意，还要殴我，所以我的丈夫死了，我虽立刻成了一个寡妇，我也莫明其妙，没有流过多少眼泪。我呆子一样的不想到悲伤，也不想到自己前途命运的蹇促。但当儿子死时，——他是十三岁的一年春天，犯流行喉症，两天两夜就死掉。那时我真似割去了自己的心肝一样！我很想自己吊死。但绳索也拿出来了，挂在床前，要跳上去，一时竟昏晕倒地。邻家的婆婆扶醒我，救我。这样，死不成了！我想，我的罪孽是命运注定的，若不赶紧忏悔，修行，来世又是这样一个。我本来在丈夫死了以后就吃素，因此，到儿子死了以后竟出家了。我住到这庵里来已七年，在这七年之内，我也受过了多少惊慌与苦楚，而我时刻念着'佛'。实在，朱先生勿笑，西方路上哪里是我这样的一个罪孽重重的妇人所能走的上，不过我总在苦苦地修行。"

停了一息，又说：

"这庵本来是我的师父住的，我的师父是有名的和尚，曾在杭州某寺做过方丈；但师父不愿做方丈，愿到这小庵来苦过。师父还是今年春天死的，他寿八十三岁。我当初到这庵里来，想侍奉他；谁知他很康健，什么事他都要自己做。他说，一个人自己的事，要一个人自己做的。他真康健，到这么老，眼睛还会看字很细的经，墙角有虫叫，他也听的很清楚。但他春间有一天，从外边回来，神色大变，据他自己说是走路不小心，跌了一跤；此后三天，他就死了。他是一边念着佛，一边死的。不，师父没有死，师父是到西方极乐国里去了。师父临终的时候向我说，——再苦修几年，到西方极乐国相会。"

这样又停了一息说：

"从我师父到西方去以后，我还没有离开过庵外。师父传给我三样宝贝，那幅佛堂上供奉着的罗汉，一部《莲华经》，一根拐杖。他说，这都是五百年的古物。我呢，拐杖是给他带到西方去了；留着做什么用呢？罗汉依旧供奉着，这部《莲华经》，我却收藏在一只楠木的箱子里。朱先生假使要看，明天我可以拿出来，我也要晒它一晒。”

瑀正襟地坐在床上，用他似洗净的耳，听她一句一句的说，话是沁入到他肺腑的。他眼看看这黄瘦的妇人，想象她是理想的化身。在年青，她一定是美丽的，她的慈悲而慧秀的眼，她的清和而婉转的声调，她的全脸上所有的温良端详而微笑的轮廓，无处不表示出她是一个女性中的多情多感的优秀来。现在，她老了，她从风尘中老去，她从困苦与折挫的逆运中老去；但她却有高超的毅力，伟大的精神，不畏一切，向她自己所认定的路上艰苦地走。他见她当晚所吃的晚餐，是极粗黑的麦糕，和一碗的黄菜叶烧南瓜；但她把持她的信念，会这样的坚固，他要叫她“精神的母亲”了！他这时十二分的觉得他是空虚，颠倒，一边他说出一句：

“我真是一个可怜的人！”

于是她又说，“朱先生又何必这样悲哀呢？我们误落在尘网中的人，大概是不自知觉的。昏昏地生，昏昏地活过了几十年，什么妻子呀，衣食呀，功名呀，迷魂汤一般的给他喝下去，于是他又昏昏地老去，死去。他不知道为什么生，也不知道为什么死；病了，他诅咒他的病，老了，他怨恨他的老；他又不知道为什么病，为什么老。这种人，世界上大概都是。我以前，因为儿子死了，我哭；因为命运太苦，我要自杀，这都是昏昏地无所知觉。我们做人，根本就是罪孽，那儿子死了，是自然地死去。而且我只有生他养他的力量，我是没有可以使他不死的力量的。朱先生是一个聪明的青年，对于什么都很知觉，又何必这样悲哀呢？”

瑀凄凉的答：

“我的知觉是错误的，我根本还没有知觉。”

“那朱先生太客气了。”

于是瑀又说：

“我觉得做人根本就没有意义。而且像我这样的做人，更是没有意义里面的拿手！这个社会呢，终究是罪恶的一团。”

她立刻说：

“是呀，所以朱先生还是知觉的。朱先生的知觉并没有错误，不过朱先生没有解脱的方法就是！”

“也可以说，不过我的命运终将使我不能解脱了！”

瑀悲哀的。她又问，“那又怎样说法呢？”

“我的命运太蹇促了！我无法可以冲破这铁壁一般的我四周的围绕。虽有心挣扎，恐怕终究无效了！”

这位可敬的妇人又说了：

“说到命运的蹇促呢，那我的命运比起你来，不知要相差多少倍。虽则我是妇人，而且像我这样的妇人，还是什么都谈不到；可是我总还苦苦的在做人！假如朱先生不以我的话为哀怨的话，我是可以再告诉一点，我的命运是怎样的蹇促的！我的母亲生下我就死去了，父亲在我三岁的时候又死去了。幸得叔父和婶婶养育我，且教我念几句书；但我十五岁的一年，叔父与婶婶又相继死去！十九岁就做了人家的妻，丈夫又不好，简直是我的冤家。但丈夫又夭死了，只留得一点小种子，也被天夺去！朱先生，我的命运比起你来怎样？我的眼泪应当比你流的多！但不然，我是一个硬心肠的人，我是痴子，虽则我也自杀过，终究从无常的手里逃回来。现在，我还是活着在做人，假如朱先生勿笑我的话，我还要说，我现在的做人，像煞还是有意义的，也是有兴味的呢！”

瑀转了一转他眸子，低看他自己的身前说：

“可是我总觉没有方法。”

“我想，”这位智慧的妇人，略略深思了一忽，说，“我想朱先生根本是太执著自己了。朱先生看人看得非常神圣，看眼前又非常着实。对自己呢，也有种种的雄心，希望，幸福的追求。于是一不遂心，一不满意，就叹息起来，悲伤起来，同时也就怨恨起来。请朱先生恕我，朱先生即使不是这种人，也定有这种人里面的一件，或一时有之。这都是为什么呢？都是太执著自己，根本认定一个我，是无可限量的，也无可非议的。这实在有些贪，痴；这实在太着迷了。我本是无知识的妇人，从小念几句诗书，是很有限量的；以后跟师父念了几部经，也是一知半解。说什么做人的理论？不过饭后余暇，我看朱先生老是眉头打结，谈着玩罢了。”一边她又微笑了一下，“本来这无量世界中，一切都是空的。我们人，我们呼吸着的这个躯体，也是空的，所谓幻相。而且我们这个幻相，在这裟婆世界里面，根本还为点是造孽。为什么要做人？就是罪孽未尽，苦痛未满，所以我们要继续地受苦！于是佛也来救我们了。佛是救众生的，佛是自己受苦救着众生的！所以佛说，‘我不入地狱，谁入地狱？’又说，‘众生不成佛，誓不成佛。’所以佛是自己受苦救众生的。我们人呢，一边佛来救我们，一边我们也要去救别的。同是这个娑婆世界里面的人，有的是醉生梦死，有的是不知不觉，有的是恶贯满盈，有的是罪孽昭著，这种人，也要去救起他们。此外，六道当中，有修罗道，畜生道，饿鬼道，地狱道，它们都比人的阶级来的低。佛也同样的救起它们。佛的境界是宽阔的，哪里是我们人所能猜想的到。我们人岂不是以理想国为不得了么？在佛的眼中，还是要救起他们。六道中的第一道是天道，这天道里面，真不得了。吃的是珍馐肴馔，住的是雕栏玉砌，穿的是锦绣绫罗，要什么就有什么，想什么就得什么，他们个个是人间的君王，或者比起人间的君王还要舒服。那朱先生以为怎样呢？在佛的眼中，还是要救起他们，他们也还是要受轮回之苦。”接着就变更语气地说，“这些道理，我知道有限，不多说。朱先生是学校出身的人，还要笑我是迷信！不过我却了解，我们做人根本要将自己忘了，我们要刻苦，忍耐，去做些救人的事业。这样，我们是解脱了，我们也有解脱的方法！近年来，这个世界是怎样？听说外边处处都打仗，匪劫。我想像朱先生这样的青年，正要挺身出去，去做救世的事业，怎么好自己时时叹息怨恨呢？”

这样的一席话，却说的瑀呆坐着似一尊菩萨了。

瑀听着，开始是微微地愁拢眉宇，好像声是从远方来。次之到第二段，他就严肃起来，屏着他的呼吸了。以后，竟心如止水，似一位已彻悟的和尚，耳听着她说的上句，心却早已明白她未说的下句了。他一动不动地坐着，已经没有丝毫的怀疑和杂念，苦痛也不知到何处去。这时他很明了自己，明了自己的堕落——堕落，这是无可讳言的。不是堕落，他还可算是向上升华么？不过他却并不以堕落来悲吊自己，他反有无限的乐愿，似乎眼前有了救他的人了！

他听完了她的话以后，他决定，他要在今夜完全忏悔他的过去，而且也要在今夜从她的手里，讨了一条新生的路。这时，他想象他自己是一个婴儿，他几乎要将他过去的全部的罪恶的秘密，都向她告诉出来。但他自己止住，用清楚的选择，这样说，全部的语气是和平的。

“我是堕落的！我的身体似烙遍了犯罪的印章，我只配独自坐在冷静的屋角去低头深思，我已不能在大庭广众的前面高声谈笑了，我是堕落的。不过我的堕落并不是先天的。父母赋我的身体是纯洁，清白，高尚，无疵。我的堕落开始于最近。因为自身使我不满，社会又使我不满，我于是就放纵了，胡乱了；一边我也就酗酒，踏了种种刑罚。这样的结果，我要自杀！我徘徊河岸上，从夜半到天明；我也昏倒，但还是清醒转来，因为我念想到母亲，我终究从死神的手里脱漏出来。可是我并没有从此得到新生，我还是想利用我的巧妙的技术，来掩过别人对于我的死的悲哀！死是有方法的，我还想选择这种方法。我恐怕活不久长了！虽则我听了你的话，精神的母亲，——我可以这样叫你么？你的话是使我怎样感动，你真有拯救我的力量！可是自己的病的无期徒刑，三天前我还吐了几口血，咳嗽此刻还忘不了我，我恐怕终要代表某一部分死去了！精神的母亲呀，说到这里，我差不多要流出眼泪来。我的心是快乐的，恬静的，我已有了救我的人。”

于是他精神的母亲又镇静地说：

“你还是悲哀么？我呢，曾经死过的人。所以我现在的做人，就是做我死了以后的人一样。你呢，你也是死过的人。那你以后的做人，也要似新生了的做法。我们都譬如有过一回的死，现在呢，我们已经没有我们自己了！眼前所活着的，不过为了某一种关系，做一个空虚的另外的代表的自己好了！我们作过去的一切罪孽，和自己那次的死同时死去，我们不再记念它。我们看未来的一切希望，和自己这次的生同时生了。我们要尊重它，引起淡泊的兴味来。假如朱先生以今夜为再生的一夜，那应以此刻为再生的一刻；过了此刻，就不得再有一分悲念！朱先生能这样做去么？”

“能，”瑀笑答，“我今夜是归依于你了。不过还没有具体的方法。”

“什么呢？我不是劝朱先生去做和尚，从此出家念佛。朱先生要认定眼前。第一要修养身体，再去扶助你的弟弟，同人间的一切人。”

房内一时静寂。瑀又自念：

“过去就是死亡，成就了的事似飞过头的云。此从呢，就从摊在眼前的真实，真实做去。”

“是呀，如此再生了！”她欢呼起来。一息，说：

“朱先生身体不好，应该早睡。我呢，也破例的谈到此刻了。”

这样，睡眠就隔开了他们。

## 二十四、再生着的死后

第二天晨六时，他醒来，当他的两眼睁开一看，只见东方的阳光，从东向的窗中射进来，满照在他的被上。青灰色的被，变做镀上了赤金似的闪烁。这时，他不觉漏口地说了一句：

“世界与我再生了！”

他的脑子也似异常冷静，清晰；似乎极细微的细胞，他都能将它们的个数算出来；极紊乱的丝，他都能将它整理出有条理来一样。他的身体虽还无力，可是四肢伸展在席上，有一种蘼蘼的滋味。这时，他睡在床上想念：

我的厌倦的狂乱的热病，

会从此冰一般地消解了！

苏醒如夜莺的婉啭的清晰，

世界也重新的辽阔地展开了。

我愿跌在空虚的无我的怀中，

做了一个我的手算是别人的工具。

在我的唇舌上永尝着淡泊与清冷，

我将认明白自己的幸运的颜色了。

无边的法力之厚恩；感谢呵，

我永忘不了这荒凉的寺内的一夜。

他这样的念了一下以后，又静默了两分钟。接着，从那佛堂中，来了两声，“咯，咯，”的木鱼声。一边，呢喃的念经声就起了。木鱼声是联续的细密的敲着，再有一二声的钟磬声。这种和谐的恬静的韵调，清楚的刺入他的耳中，使他现出一种非常飘渺，甜蜜，幽美，离奇的意像来，——好似这时他是架着一只白鹤，护着一朵青云，前有一位执幡的玉女，引他向蓬莱之宫中飞升一样。一时，他又似卧在秋夜的月色如春水一般的清明澄澈的海滨的沙石上，听那夜潮涨落的微波的呜咽。一时，他又似立在万山朝仰的高峰上，听那无限的长空中在回旋飞舞的雪花的嘶嘶缕缕的妙响。在这净洁如圣水的早晨，万有与一切，同时甜蜜地被吸进到这木鱼钟磬的声音的里面。瑀呢，是怎样的能在这声音中，照出他自己的面貌来。这样，他听了一回他精神的母亲的早课，他不觉昏昏迷迷的沉醉了一时。

约一点钟，声音停止了，一切又陷入沉寂。他也想到他的自身，——一个青年，因为无路可走，偶然地搬到寺院里，但从此得救了！

这样，他又想到他前次的未成功的自杀。他微微一笑，这是真正的唯一的笑。一边他想：

“假如我上次真的跳河了，现在不知道怎样？完了，完了！什么也完了！”

于是他就幻想起死后的情形来：

一张黑色的寿字的棺材，把我的尸静静的卧在其中。大红色的绫被身上盖着。葬仪举行了，朋友们手执着香悲哀的在我身后相送。到了山，于是地被掘了一个坑，棺放下这坑内。再用专与石灰上面封着，带青草的泥土上面盖着，这就是坟墓了！尸在这坟墓中，渐渐地朽腐。皮朽腐了，肉也朽腐了，整百千万的蛆虫，用它们如快剪的口子，来咀嚼我的身体。咀嚼我的头，咀嚼我的腹。它们在我的每一小小的部分上宴会，它们将大声欢唱了：

（一）

一个死尸呀为我们寿，

一个死尸呀为我们寿。

他是我们的宫室，

他是我们的华筵；

航空于宇宙的无边，

还不如我们小小之一穴。

欢乐乎，谁是永在？

一个死尸呀为我们寿。

（二）

过去可莫恋。

未来可莫惜。

我们眼前的一脔，

我们眼前的一滴。

幸福呀眼前，

酒肉送到我唇边，

我们不费一丝力。

这样，它们欢唱完结的时候，也就是我身到了完结的时候！什么皮肤，肌肉，肺腑，都完结了，完结了！

这时，他举起他瘦削的手臂，呆呆的注视了一下。

“一边呢，”他又想，“在我的墓上。春天呀，野花开了。杜鹃花血一般红，在墓边静立着。东风吹来的时候，香气散布于四周，于是蜂也来了，蝶也来了。墓边的歌蜂舞蝶，成了一种与死作对比的和谐。这时，黄雀，相思鸟，也吱吱唧唧的唱起《招魂歌》来：

长眠的人呀，

醒来罢！

东风酿成了美酒，

春色令人迷恋哟。

再不可睡了，

绿杨已暖，

绿水潺湲，

渡头有马有船，

你醒来罢！

但一边唤不醒我魂的时候，一边另唱起《送魂曲》：

长眠的人呀，

你安然去罢！

清风可作舆，

白云可作马，

你安然去罢！

黄昏等待在西林，

夜色窥望于东隅，

你安然去罢！

无须回头了，

也无须想念了。

一个不可知的世界，

华丽而极乐的在邀请你，

你应忘了人世间的苦闷，

从此天长而地久。

你安然去罢，

长眠的人呀！

正是这个时候，我的亲爱的小弟弟，扶着我头发斑白的母亲来了。母亲的手里有篮，篮内有纸钱，纸幡，香烛之类。他们走到我的坟前，眼泪先滴在我的坟土上，纸幡悬在我的坟头，纸钱烧在我的坟边，香烟缭绕的上升，烛油摇摇的下滴，于是他们就相抱着呜呜咽咽地哭了起来。一回，哭声渐渐低了；于是他们收拾起篮儿，他们慢慢地走去，他们的影子渐渐远逝了。春也从此完了。

这样，他一直想到这里，心头就不似先前这么平宁了。他要再想下去，想夏天，烈日晒焦他坟上的黄土。想秋天，野花凋残，绿草枯萎，四际长空是辽阔地在他墓之四周。冬天呀，朔风如箭，冷雪积着坟头！这样，冬过去，春天来。——但他还没有想，窗外有人温和的叫他：

“朱先生！”

这是他精神的母亲。他的思路也止了，听她说：

“还睡着么？时候不早了。”

他答，“醒了，已早醒了，还听完你的早课。”

“为什么不起来？”

“睡着想！”

“想什么呢？”

“想着一个人死后的情形。”

“没有意思。还是起来罢，起来是真实的。”

他们隔着窗这样说完，她就走开。

阳光已经离开他的被上，被仍是青灰色的。

“真的不早了，我却又想了一个无意义的！我再生了，死后的情形，离开我很远。”

一边就走起。

他见她在庵后的园中，这时用锄锄着地。一面收拾老的瓜藤，一面摘下几只大的瓜放在一边。她头戴着一顶破签帽，很像一位农妇，做这些事也做的很熟手。她的脸上温和，没有一些劳怨之念。阳光照她满身，有如金色的外氅，蝉在桑枝上叫。所有在她身边的色彩，声调，这时都很幽韵，质朴而古代的。

## 二十五、枭在房中叫呀！

时候约九点钟，阳光和他的身子成四十五度的锐角。他从庵里出来，想回到家里去吃点早餐。在回家的路上，他和他的影子都走的很快。一边，他这样清朗的想：

他所认识的和他亲信的人们，他们都有伟大的精神，都是勇敢地坚毅地向着生的活泼的一方面走。他们没有苦痛么？呵有，他们的苦痛正比他大！可是他们都用严厉的手段，将他们自己的不幸封藏起来；反而微笑地做着他们日常应做的工作。他的母亲是不要说了！她是什么都可以牺牲，精神也可以牺牲，肉体也可以牺牲，只求她家庭的安全，赐她的儿子以幸福。艰难，困苦，劳疲，她是很从容的同它们奋斗，她没有一分的畏惧心。他的两位朋友，清和伟呢，他们是有肯定的人生观，深挚的同情。他们忍着气喘的一步步的跑上山岭，他们不愿意向后回顾，他们对准前线的目标，静待着冲锋的命令的发落。一个还有美的感化的调和；一个更富有强韧的实际性，这实在不能不使他佩服了。至于他这位精神的母亲，她更高于一切。她有超脱的人生观，她也有深奥的自我的见地；她能够将她过去的一段足以代表人生最苦一方面的命运，作已死的僵物来埋葬了，整理地再开拓她新的境界，——新的怀抱与新的要求。艰难孤苦地独自生活。自己亲手在园里种瓜，又自己亲手去摘。这种古代的又艺术的生活，里面是含着怎样的不可窥测的勇敢与真理。

再想他自己呢，唉！他真要惭愧死了！他想他的精神上没有一点美质，没有一点可称赞的荣誉的优点。他除出对于他自身是无聊，乏味，空想，浮燥，烦恼，叹息；对于社会是怨恨，诅咒，嫉妒，猜疑，攻击，讥笑之外，他就一点什么也没有。只将他自己全部的人生陷在昏暗，胡乱，恍惚，莽闯的阱中。他好像他的过去，没有见过一天清朗的太阳，没有见过一夜澄澈的月亮；他好像钻在黑暗的潮湿的山洞里渡过了几时的生活。在他是没有劳力，也没有忍耐与刻苦。他除了流泪之外，似竟没有流过汗。真理一到他的身上就飘忽而不可捉摸，美丽一到他的身上就模糊而不能明显。狭义的善，他又不愿做去，新的向上性的罪恶，他又无力去做。唉，他简直是一个古怪的魔鬼！惶恐，惭愧。他这样想，

我算是什么东西呢？

人么？似乎不相象。

兽么？又不愿相象了！

那我是什么东西呢？

好罢，暂且自己假定，

我是旧时代里的可怜虫！

但忽然转念，他到底得救了，昨夜，他得到了新生的转机。他已送过了过去的一团的如死，他又迎来了此后他解脱他自身的新的方法，他得到

再生了！

这时他走到他家里的那株樟树的荫下，他举起两拳向空中扬，一边他喊，

“努力！努力！

“重新！起来！

“勇敢！努力！”

但不幸，——听，

枭在房中叫呀！

枭拼命地叫呀！

当他走进了大门，将要跳进屋内去的一刻，他忽然听得他母亲的哭声，呜呜咽咽的哭声，一边说：

“总是我的瑀坏！瑀会这样颠倒，竟害了她！”

他突然大惊。两脚立刻呆住，他想：

“什么事？我害了谁？”

房里又有一位陌生的妇人的声音，很重的说：

“千错万错，总是我家的错！为什么要跑到谢家去说，说瑀要离婚呢？”

母亲是继续的哭泣，陌生的妇人是继续的诉说：“前夜从你这里回家，他的脸孔气的铁青，两脚气的笔直。我问他什么事，他又不说，我以为路里和别人吵过嘴，随他去了。不料他昨天吃过中饭，会跑到谢家去告诉。他说并没有说几句，不过说瑀要不结婚，说不配她，还骂了他一顿。不料这几句话恰被这位烈性的姑娘听去！”

停一息，又听她说：

“这位姑娘也太烈性。她家里一位烧饭的说，她听到这几句话以后，脸孔就变青了。当夜就没有吃饭。她父母是不晓得这情形。她在别人都吃过饭以后，还同邻舍的姑娘们同道坐一回。邻舍的姑娘们还向她说笑了一回。问

她愁什么，担什么忧？而她总是冷冷淡淡的，好像失了魂。以后，她也向她们说，——这时房内的妇人，假装起姑娘的各种声调来——她说：

‘女人是依靠丈夫，丈夫不要她了，活着还有什么趣味呢！’

她又念，‘莫非一个不要了，再去嫁一个不成么？’

当时邻舍的姑娘们，向她说：

‘愁什么呀？谁不要你？莫非他是一个呆子！愁什么呀。你生的这样好看，你又聪明又有钱，朱先生会不要你？他要谁去？他总不是一个呆子！’

姑娘一时没有答，以后她又这么说：

‘他哪里会是呆子，他是异样的聪明能干的！不过我听别人讲，现在在外边读过书的人，无论男女，都讲自由恋爱。自己喜欢的就要她，父母代定的就不要。我终究是他父母代定的！’

‘不会，不会’，她们急连的说，‘喜欢总是喜欢好看的，聪明的，莫非他会喜欢呆子，麻子，癞子，不成？’

以后，她又说：

‘我终究没有到外边读过书。’

她们又说：

‘不会，不会。女子到外边读书，究竟是摆摆架子，说说空话的。或者呢，学些时髦，会穿几件新式的衣裳。这又谁都会穿的。’

这时，她邻舍还有一个姑娘说：

‘是呀，不过学会了会穿高跟皮鞋就是咯！高跟皮鞋我们乡下人穿不惯，穿上是要跌死的。说到她们在外边是读书，骗骗人。啊，你去叫一个中学校的毕业生来，和我背诵诵《孟子》看，看谁背的快？’

接着，这位姑娘背了一段《孟子》，她和她们都笑了一下。

以后她又说：

‘男人的心理是奇怪的，他看见的总是好的，没有看见的总是不好的。’

她们又说：

‘你不要愁呀。你的好看是有名的。朱先生不过口子说说，心里一定很想早些同你结婚呢！’

那她又问：‘为什么要口子说说呢？’

她们答：

‘吁，对着媒人，媒人是可恶的，就口子随便地说说。’

她们还是劝她不要愁。

可是在半夜，大概半夜，她竟下了这样的狠心，“抛了父母兄弟，会自己上吊！只有一索白线，吊死在她自己的床后！这真是一个太急性的姑娘，太急性的姑娘！”

声音停顿了一息，一时又起来：“她的父亲也多事，当临睡的时候，大声向她的母亲说：

‘假如他真要离婚，那就离婚好了！像我们这样的女儿，莫非嫁不到人么？一定还比他好一点！我不过看他父亲的情谊。离婚，离婚有什么要紧！’

虽则当时她的母亲劝，‘不要说，我们再慢慢的另差人去打听，问去，究竟有没有这个意思。恐怕青年人一时动火，——他是有病的人更容易动火，动火了说出错话来也说不定。媒人的嘴是靠不住的。’

她的母亲说的很是，不料她父亲又说：

‘离婚就离婚，还打听什么？媒人总是喜欢你们合，莫非喜欢你们离？还打听什么？莫非嫁不到第二个？’

这几句话，姑娘竟很清楚的听去。所以她在拿灯去睡的时候，也含含糊糊的自念：

‘总是我的命运，莫非真的再去嫁第二个么？’

她的话也听不清楚，所以也没有人去留心她。也断想不到她会这样下狠心！真是一个可怜的姑娘！”

停一息，又说：

“事情也真太冤家，凑巧！她房里本来有一个十四岁的小姑娘陪她睡的。而这个小姑娘，恰恰会在前天因家里有事回家去了。她独自在房里睡的时候很少，偏偏这两夜会独自睡。所以白线拿出来，挂上去，竟没有一个人听到！这是前世注定的！他，死后总要落割舌地狱！你也不要哭，前世注定的。”

他的母亲带哭的结尾说，“这样的媳妇，叫我哪里去讨到第二个？”

这时，瑀立着；他用全副的神经，丝毫不爽地听进这妇人的每个发音。初起，他的心脏是强烈地跳动；随后，就有一股热气，从他的头顶到背脊，一直溜到两腿，两腿就战抖起来。额上，背上，流出如雨的汗来，他几乎要昏倒。最后，他好像他自己落在熔解炉中，眼前是一片昏暗，四周是非常蒸热，他的身体是熔解了，熔解了，由最小到一个零。

他不想进房去，他想找寻她的死！他不知不觉地转过身子，仍向门外跑出去。还竟不知向哪里去！

## 二十六、冰冷冷的接吻

假如不知道他的妻的家是在哪里的话，这时简直不知道他向什么地方走。而且还一定要代他恐慌，因为非特他的身子就好像被狂风吸去一样；他跳过田径，跑过桥，简直不是他自己的身子。

他一直向东，两脚动的非常快，头并不略将左右看一看。他从这块石跳到那块石，从这条路转到那条路，石呀，路呀，它们是一直引诱着他到他妻的那里去！

离他家东七里，正是他的妻的家的村庄。这村庄比他的村庄小些，但这村庄是比他的村庄富裕。何况他的妻的家是这村的上等人家之一。瑀，从小是到过她的家里的。这是一出旧剧的老把戏，因为父亲是朋友，女儿就做作夫妻了。

这个时候，瑀将十年前的印象，迅速地银幕上的影戏一般的记起了：

——一位额前披短发的小姑娘，立在她自己的房的门口中，身掩着门幕，当他走去，就跑开了。——

——这样一次，——

——这样二次，——

——这样三次，——

一转又想：

——现在，她死了，——

——她在昨夜吊死！——

——她死的悲惨，——

——但死的荣耀，——

——为了我的缘故，——

——她死的荣耀！——

她尊视她的身体，不愿谁去鄙夷她，——

——她的死一定是微笑的，——

——微笑，——

——微笑，——

——我要在她微笑的额上吻一吻，——

——甜蜜的吻一吻，——

——我也微笑，——

——我是带着微笑和忠心去的。——

——或者会在她微笑的额上有泪痕，——

——死的难受，有泪痕。——

——我去舐了她的泪痕，——

——忠心地去舐，——

——她一定在等待我，——

——她是用怨和欢欣等待我，——

——我去，——

——快去，——

走了一程，又想：

——我还有什么？——

——没有。——

——还要我怎样做？——

——也没有。——

——她或得这最后的一吻，——

——她趁够了！——

——吻，吻，——

——她希望于我的，——

——微笑地去，——

——作惟一的吻，——

——她够了，——

——她会永远安心了！——

他竟似被一个不可见的魔鬼在前面领着。他跑完了这七里路，他只喘过一口气，他似全没有费多少力，就跑到了他的妻的村。他也一些不疑惑，没有多转一个弯，也没有多跑一丈路；虽则他到过他的妻的家已在十年以前，但他还是非常熟识，比她村里的人还要熟识，竟似魔鬼在前面领着一样。向着最短的距离，用着最快的速度，一溜烟跑进了他的妻的家。

他稍微一怔，因为这时她的家会鸦雀无声！好似古庙。但他稍微两脚一立之后，仍用同样的速度，目不转瞬地跑进了十年前她所立过的门口的房内。

她的尸睡着！

微笑地睡着。

微怨地睡着。

他立刻用他两手捧住她的可怕的青而美丽的两颊，他在她的额上如决斗一般严肃地吻将起来。

吻，

再吻，

三吻！

他又看着她的唇，全身的火焰冲到他的两眼，唇是雪的飞舞一般白。接着他又混乱地：

吻，

再吻，

三吻！

一忽，他又看着她的眼。她的迷迷如酒微醉般闭着的眼，如夜之星的微笑的眼，清晨的露的含泪的眼，一对苦的永不再见人间的光的眼。他又凛冽地向她的脸上——

吻，

再吻，

三吻！

但是这个吻是冷的，冰一般地冷的！而且这个冷竟如电流一样，从她的唇传到他的唇，再从他的唇传到他的遍体，他的肌肤，他的毛发，他的每一小小的纤维与细胞，这时都感到冷，冷，冰一般地冷！

他在她的房内约有五分钟。

她的房内没有火！

她的房内没有光！

她的房内没有色！

她是一动不曾动，只是微笑而又微怨地睡着！

但一切同时战抖；太阳，空气，甚至地面和房屋，一切围着他颤抖！

忽然，一阵噪声起来，浪一般的起来，好像由遥远到了眼前。

他这时才觉得不能再立足，用子弹离开枪口一般的速度跑出去了。

她的尸是在早晨发觉的。当发觉了她的尸以后，她的父亲是气坏了，她的母亲是哭昏了！她的家里的什么人，都为这突来的变故所吓的呆住了。她的家虽有一座大屋，本来人口不多，当是冷清清的。她有一个哥哥，却也守着一间布店，这时又办她的死后的事宜去。所以他跑进去，一时竟没有人知道。等到一位烧饭的走过尸房，只见一个陌生的男子，——当时她还看的他是很长很黑的东西，立在她的姑娘的尸边，又抱住姑娘的头吻着，她吓的说不出话，急忙跑到她母亲的房内，——在这间房内是有四五位妇人坐着。——她大叫起来，一边这四五人也惊呼起来。但当她们跑出来看，他已跑出门外了。她们只一见他的后影。这时，她的父亲也出来，含着泪；她们拥到大门口，他问：

“什么？是朱胜瑀么？”

“是呀，她看见的。”她母亲答。

“做什么呀？”

“她说他抱着女儿的脸！”

“什么！你说？”

“在姑娘的嘴上亲；一息又站着，两只眼睛碧绿的向着姑娘的脸上看，我慌了！”

烧饭的这样说。他又问：

“是朱胜瑀么？”

她们都答：

“背后很像。”

“什么时候跑进来的？”

“谁知道！”她母亲半哭的说。

“他哭么？”

“又没有。”烧饭的答。

“莫非他疯了？”

“一定的！”

“一定的！”

谁都这样说。

“否则决不会跑到这里来！”

恰好这时，他们的儿子和一位用人回来，手里拿着丝棉、白布等。她们立刻问：

“你看见过门外的人么？”

“谁呀？”

“朱胜瑀。”

“没有，什么时候？”

“方才，他到这里来过。”

“做什么？”

“疯疯癫癫的抱着你妹子的脸！”

“呀？”

“连影子都没有看见过么？”

“没有，方才的事？”

“我们还刚刚追出来的！”

“奇怪，奇怪！假如刚刚，我们一定碰着的，我们竟连影子都没有看见过。他向哪一条路去呢？”

“你，你赶快去追他一回罢！”他父亲结论地说。

这样，这位哥和用人立刻放下东西，追出去了。

她们等在门外，带着各人的害怕的心。一时，两人气喘的回来，她们接着问：

“有人么？”

“没有，没有，什么都没有！”

“你们跑到哪里？”

“过了桥！”

她的哥答，接着又说：

“我碰着他们的村庄里来的一个人，我问他一路来有没有见过姓朱的；他也说，没有，没有！”

这时他们个个的心里想：

“莫非是鬼么？”

## 二十七、最后的悲歌

时候近日中，约十一点左右。寺里的妇人，这时已从菜园里回来，将举行她中昼的经课。她方举起木鱼的棰儿将敲第一下，而瑀突然颠跌冲撞地从外面跑进来。他的脸孔极青，两眼极大，无光。她一见惊骇，立刻抛了棰儿，跑去扶他，一边立刻问：

“朱先生，你怎样了？”

而他不问犹可；一问了，立刻向她冲来，一边大叫，“唉！”

他跌在她的怀中，几乎将她压倒。她用两手将他抱住，一边又问：

“朱先生，你究竟怎样了？”

他又闭着眼，“唉！”的一声，什么没有答。

这时，他精神的母亲将他全身扶住，他的头倚在她的肩上，慢慢的扶他到了房内。房内一切的静默地迎着他，床给他睡下，被给他盖上。她又将他的鞋子脱了，坐在他的床边，静静地看守他。一边又轻轻地问他：“朱先生，你到底怎样了？”

这时他才开一开眼，极轻地说：

“死了！”

她非常疑惑，又问：

“什么死了呢？”

他又答：

“什么都死了！”

“什么？”

“什么！”

她的两眉深锁，惊骇又悲哀地问：

“清楚些说罢，你要吓哪一个呵？”

于是他又开了一开眼，喘不上气地说：

“清楚些说啦，她已经死了！”

她这时稍稍明白，不知道哪个同他有关系的人死去。剧烈的发生，会使他这样变态。一边她蹙着额想：

“变故真多呀！人间的变故真多呀！”

接着又极轻的说：

“恐怕又要一个人成了废物！”

这样约十五分钟。他在床上，却是辗转反侧，好似遍体疼痛。他一息叫一声“唷！”一息又叫一声“哟！”

一时，却又乱七八糟地念起：

红色也死了，

绿色也死了，

光也死了，

速度也死了，

她已死了，

你也要死了，

我正将死了！

接着，他又叫，

妈妈，你来罢！

于是她又向他陆续问：

“你说些什么呀？

“叫你妈妈来好么？

“你究竟哪里痛呢？

“清醒一下罢！”

但他没有答一句。停一息，又念：

一切同她同死了，

菩萨也同死了，

灵魂也同死了，

空气也同死了，

火力也同死了，

活的同死了，死的亦同死了，

看见的同死了，

看不见的也同死了，

微笑同死了，

苦也同死了，

一切同死了，

一切与她同死了！

她听不清楚他究竟说点什么话，但她已经明白了这多少个“同死了”的所含的意思。这时她用手摸着他的脸，他的脸是冰冷的；再捻他的手，他的手也是冰冷的。她还是静静地看守他，没有办法。

一时，他又这样的向他自己念，呓唔一般的：

我为什么这样？唉！

我杀了一个无罪的人！

虽则她是自愿地死去，

微笑而尊贵地死去。

我见她的脸上有笑窝，

可是同时脸上有泪痕！

冰冷冷地接过吻了，

到底还留着什么？

什么也没有，空了！

唯一的死与爱的混合的滋味，

谁相信你口头在尝着！

从外边走进三个人来，清，璘，和他的母亲。瑀的中饭在他们的手里。他们走进他的房内，立时起一种极深的惊骇，各人的脸色变了，一个变青！一个变红！一个变白！他们似乎手足无措，围到瑀的床边来，一边简单而急促地问：

“怎样了？”

寺里的妇人答：

“我也不知道，方才他从外边跑回来，病竟这样厉害！此刻是不住地讲乱话呢。”

她极力想镇静她自己，可是凄凉的语气夹着流出来。

谁的心里都有一种苦痛的纠结，个个都茫然若失。

寺里的妇人就问他母亲，约九时瑀有没有到家过。而他的母亲带哭的嚷：

“有谁见他到家过？天呀，王家婶告诉我的消息他听去了！正是这个时候！但又为什么变了这样？”

接着她又将他的妻的死耗，诉说了几句。他们竟听得呆呆地，好像人间什么东西都凝作一团了！

瑀还是昏沉地不醒，一时又胡乱地说。他不说时眼睛是闭着的，一说，他又睁开眼睛——

死不是谣言，死不是传说，

她的死更不是——

一回的梦呵！

这是千真万确的，

你们又何必狐疑。

且我已去见她过，

见过她的眼，

见过她的唇，

见过她一切美丽的。

还在她冰冷的各部上，

吻，吻，吻，吻，吻，

吻，吻，吻，吻，

听清楚，不要记错了。

唉！微笑的人儿呀，

她现在已经去了！

于是这寺里的妇人说：

“是呀，他一定为了他的妻的死。但他莫非到了他的妻的那边去过么？李先生，你听他说的话？”

“是，还像去吻过他的妻的死唇了！”

清恍怫的说。一息，他又问：

“瑀哥！你哪里去过？你又见过了谁？”

这样，瑀又叫，

见过了一位高贵的灵魂，

见过了一个勇敢的心，

也见过了一切紧握着的她自己的手，

无数的眼中都含着她的泪！

可怕呀，人间世的脸孔会到了如此。

但她始终还是微笑的，

用她微笑的脸，

向着微笑的国去了！

这时清说：

“他确曾到他的妻的那里去过。”

但他的母亲说：

“什么时候去的呢？他又不会飞，来回的这样快！”

停一息，又说：

“他又去做什么呢？像他这样的人，也可以去见那边不成呀？而且姑娘的死，正因他要离婚的缘故。他又去做什么呢！”

可是房内静寂的没有人说。

一时他又高声叫了，

谁知道天上有几多星？

谁知道人间有几回死？

自然的首接着自然的脚，

你们又何苦要如此？

你们又何苦要如此？

什么都用不到疑惑，

也用不到来猜想我，

终究都有他最后的一回，

我们知道就是了。

“我的儿子疯了！”

他母亲哭泣的说。

“朱先生，你到底怎样了？你假如还有一分知觉，你不该拿这九分的糊涂来吓死人？瑀呀，你知道眼前是谁站着呢？”

他的精神的母亲这样说。

可是瑀什么都不响。清又愁着似怒的说：

“瑀哥！你为什么要这样？死不过死了一个女子，你自己承认有什么关系？你要这样的为了她？”

接着，瑀又和缓些说：

一个寻常的女子，

要羞死偷活的丈夫呀！

踏到死门之国又回来了，

她是怎样高贵而勇敢呀！

她的死可以使日沉，

她的死可以使海沸，

虽则她永远不是我的——

可是她的死是我的，

我的永远理想的名词。

景仰！景仰！景仰！

我现在是怎样地爱她了，

这个使我狂醉的暴动！

天地也为她而掀翻了！

一个寻常的女子，

要羞死偷活的丈夫。

他们个个眼内含着泪，他们不知怎样做好。以后，他们议论要请医生，一回又议论要去卜课，甚至又议论先问一问菩萨。但都不是完全的议论。一种苦痛压住他们的心头，喉上，使他们什么都表不出肯定的意见来。他们有时说不完全的句子，有时竟半句都没有说。瑀却不时的含着眼泪叫：

“哥哥！”

“哥哥！”

## 二十八、打罢，人类的醒钟

这样又过去了多少时。

瑀在床上又转一身，极不舒服地叫了一声，“妈妈！”

他妈妈立刻向他问：

“儿呀，我在这里，你为什么呢？”

“没有什么。”

这才他答，他母亲又立刻问：

“那儿呀，你为什么这样了？”

“没有什么。”

“你醒来一下罢！”

“妈妈，我是醒的，没醒的只是那在睡梦中的世界。”

他一边说一边身体时常在辗转。他母亲又问：

“你为什么要讲这些话？你知道我们么？”

“我知道的，妈妈，我很明白呢！”

“那你应该告诉我，你究竟为什么得到了这病了？”

“我有什么病？我的身体还是好的！”

这样，他转了语气又问：

“妈妈，她真的死了罢？”

“死是真的死了。儿呀，死了就算了！”

“她为谁死的？”

“她是她自己愿意死去呢！”

“那么，妈妈，你再告诉我，她为什么会自己愿意死去的呢？”

“也是命运注定她愿意的。”

“妈妈，你错了，是我杀死她的！她自己是愿意活，可是我将她杀死了！”一边又转向问清，

“清，我却无意中杀了一个无力的女子呢！”

于是清说：

“瑀哥，你为什么要这样想去？那不是你杀的。”

“又是谁杀的呢？”

“是制度杀死她的！是社会在杀人呵！”

“是呀，清，你真是一个聪明人。可是制度又为什么不将你的妻杀死呢？又不将谁的妻杀死呢？妻虽则不是我的，可为什么偏将我的杀死呢？”

“我们都是跪在旧制度前求庇护的人。”

“所以她的死的责任应当在我的身上，这个女子是我杀死她的。”

“瑀哥你不必想她罢；人已死，这种问题想它做什么？”

“可是清，你又错了。她没有死呢！她的死是骗人的，骗妈妈，骗弟弟们的，她还是活的，没有死，所以我要想她了！”

清觉得没有话好说。这时他精神的母亲，郑重地向他说：

“朱先生，你睡一睡，不要说了，我们已很清楚地知道你的话了。”

“不，请你恕我，我不想睡；我不到睡的时候，我不要睡。我的话没有完，蓄积着是使我肚皮膨胀的，我想说它一个干净！”

“还有明天，明天再说罢，此刻睡对你比什么都要好，还是睡一下罢。”

“不，现在正是讲话的时候。”

“我们还不知道你心里要讲的话么？你自己是太疲乏了。”

“单是疲乏算的什么？何况现在我正兴奋的厉害！我简直会飞上天去，

会飞上天去！”

接着又问清：

“清呀，你听着我的话么？”

“听着的。”清答。

“哈哈！”他又假笑。一息说：

“清呀，你能照我命令你的做么？”

“瑀哥，什么都可以的。”

“你真是一个我的好友。在我的四周有许多好的人。可是我要将我的好人杀完了！你不怕我杀你么？”

清没有答，他又疯疯的叫，“清呀，你给我打罢，打罢，打那云间挂着的人类的醒钟！我的周围的好人们不久都将来了！”

“谁呀？”

清又愁急的问。

“你不知道么？是我们的十万青年同志们。他们不久就将来了，我要对他们说话。清，你打罢，打罢，先打起人类的醒钟来。”

“我打了。”

清顺从地说。三人互相愁道，“又不知道他说什么话呢！”

“可是你看，你看，他们岂不是来了？他们排着队伍整队的来，你们看着窗外哟！”又说，“我要去了。”

一边就要走起的样子。三人立刻又阻止地问：

“你要到哪里去呢？”

“我要对他们讲话，我要对他们讲话。他们人有十万呢，他们等在前面那块平原上，我要对他们讲话。”

“你就睡着讲好了。”清说。

“不，我要跑上那座高台上去讲！”

“你身体有病，谁都能原谅你的。”

“呵！”

他又仰睡在床上。一息说：

“清呀，你又给我打起钟来。那高悬在云间的人类的醒钟，你必须要努力地打哟，打哟！”

“是的，我努力地打了。”

“他们十万人的眼睛一齐向我看，我现在要向他们讲话了！”

这时清向他母亲说：

“他发昏的厉害，怎样好？他的话全是呓语。”

他的精神的母亲寂寞的说：

“他全身发烧，他的热度高极了。”

“天哟，叫我怎么办呢！天哟，叫我怎么办呢！”

老母只有流泪。瑀又起劲的喊道，“没有什么怎么办，你们还是冲锋罢。冲锋！冲锋！你们是适宜于冲锋的。我的十万的同志们，你们听着，此外是没有什么办法！”

停止一息，又说：

“我是我自己错误的俘虏，我的错误要沉我到深黑的海底去，我不必将我的错误尽数地报告出来，我只要报告我错误的一件，趁够你们来骂我是地狱中的魔王了！但错误在你们是肤浅的，你们很可以将一切过去的旧的洗刷了，向着未来的新的美景冲锋去。”

无力的又息一息说：

“旧的时代，他正兴高采烈的谈着他与罪恶恋爱的历史。残暴与武装，也正在大排其错误的筵席，邀请这个世界的蒙脸的阔人。你们不可太大意了；

你们要看的清楚，你们要听的明白，用你们的脑与腕，给它打个粉碎！给它打个稀烂！社会的混乱，是社会全部混乱了，单靠一个人的力量是不够的，要团结你们的血，要联合你们的火，整个地去进攻。我曾经信任无限的自己，此刻，我受伤了！青年同志们，你们要一，二，三的向前冲锋，不要步我后尘罢！”

接着，眸子又向房内溜了一圈，几乎似歌唱一般的说道：

而且——

谁不爱红花？

谁不爱绿草？

谁不爱锦绣的山河？

谁不爱理想的世界？

那么你们向前罢，

向前罢：

涅槃里，

一个已去了，

一个还将去呵！

假如没有真理，

也就不会留着芬芳。

什么都破碎了，

仍旧什么都是丑恶！

成就是在努力。

你们勇敢冲锋罢！

这样，他停止了。而且他的母亲也忍不住再听下去。清凄凉的说：

“瑀哥，你说完了么？不必再说了，你应当休息。”

“好，”瑀说，“意思是没有了。话当完结于此了。而且我的眼前所讲的都是代人家讲的，于自己是没有关系。就不说罢，清呀，你再打起那人类的醒钟来，我的十万青年同志们，他们要回去了。他们是聚集拢来，又分散了去的。清，打罢，打罢，那人类的醒钟。”

“是，我打了。”清说。

于是瑀又用指指着窗外，可是声音是低弱了。

“看，清，你看！他们是去了，他们又分散的去了。他们真可敬，他们是低着头，沉思地认着他们各人自己的路，他们的脚步是轻而有力的，他们在青草地上走的非常地温祥。现在他们散了，向四方分散了！”

一息，又说，——可是声音几乎没有。

“清呀，你再给我打一次最后的人类的醒……钟……！”

清也哽咽地答不出来。

一缕郑重的气，将瑀重重地压住。他母亲竟一边颤抖，一边哭道，“我的儿子将不中用了！他病了，疯了，他专说些疯癫的话，什么也完了，你看他的两眼已没有光，不过动着一点火！唉，人为什么会到了这样一个？叫我怎样好呀？”

“你也不要悲伤。”寺里的妇人说，“这因他全身发热，才话乱讲的。他的全身的热度高极了，或者他的心内的热度还要高！你按一按他的脉搏，血好像沸着！我们要趁早设法请医生。现在他又似乎睡去。”

又轻轻的向他耳边叫了两声。瑀没有答。她又说：

“他睡去了。那么我们让他睡一睡，你们到我的房里去商量一下罢。这里是连坐位都没有，你们也太疲乏了。”

他的母亲又将他拉了一拉棉被。

房内十二分静寂，再比这样的静寂是没有了。一种可怕的冷风从北窗吹进来，虽则天气并不冷，倒反郁闷。这是下大雨以前的天气。四个人，个个低下头，同意的都向佛堂那边去。他们都苦愁着没有方法。

## 二十九、暴雨之下

实际，瑀是没有睡熟，不过并不清醒。他一半被一种不可知的力所束缚，一半又用他过剩的想象在构成他的残景；世界，似乎在他的认识而又不认识中。

于是就有一个人到他的前面来了。这是一个姑娘，年轻而貌美的他的妻。但这时她的脸色非常憔悴，青白；头发很长的披在肩膀上，似一位颓废派的女诗人。她立在他的床前，一双柔媚的眼，不住地注视他。以后就慢慢地微笑起来，但当这笑声一高的时候，她随即说一声“哼！”十分轻视他的样子转过头，沉着了脸孔。

一息，似又恍惚的变了模样。她的全身穿着艳丽的时髦的衣服，脸上也非常娇嫩，润彩。一种骄傲的媚态，眼冷冷地斜视他。以后，竟轻步的走到他的床前，俯下头似要吻他的唇边，但当两唇接触的一忽，她又“唉！”的一声，似骇极跑走了。

但一息，景象又换了。她似一个抱病的女子，脸色非常黄黑，眉宇间有一缕深深的愁痕。衣服也破碎，精神十分萎靡，眼帘上挂着泪珠，倦倦地对他。以后，竟似痛苦逼她要向他拥抱。但当她两手抱着他身的时候，又长叹了一声，“呵！”两臂宽松了，人又不见。

瑀立刻睁开他的眼睛，向房内一看，可是房内又有什么？一个人也没有。竟连一个人的影子也没有。

他遍身似受着一种刺芒的激刺，筋肉不时的麻木，痉挛，收缩。一息，似更有人向他的脑袋重重地一击，他不觉大声叫了一声：

“唉！”

于是他的母亲们又慌乱地跑来，挤着问：

“什么？”

“儿呀，什么？”

他的两眼仍闭着似睡去。他们又慢慢的回到那边去。他们互相说：

“可怜的，又不知他做着什么梦！”

一边，还没有一刻钟，他突然从床上坐起来，像有人在他耳边很重的叫了他一声。现在这人似向着窗外跑去，他眼不瞬地向着窗外望他。他望见这人跑过山，跑过水，跑过稻田的平野，跑到那天地相接的一线间，又向他回头轻盈的笑，于是化作一朵灰色的云，飘去，飘去，不见了。

他的两眼还是不瞬地望着辽远，一边他念，声音极轻，哈，究竟是什么一回事？

叫我到哪里去呢？

在那辽远辽远的境边，

天温抱着地的中间，

究竟还是一种哭呢？

还是一种无声的笑？

叫我怎样会懂得？

又叫我怎样去呢？

请谁来告诉我，

你这个不可知的人呀！

他又停止一息，又悲伤的念，

没有人，究竟谁也没有。

她岂不是已经去了？
飞一般轻快地去了？
眼前是什么都没有呵，
只留着灰色的空虚，
只剩着凄凉的无力。
景色也没有，
韵调也没有，
我要离此去追踪了。

这样，他就很敏捷的穿好鞋，一边又念：

什么也没有方法。
再也不能制止！
经典，——佛法，
科学，——真理，
无法拿来应用了！
我要单身独自去看个明白，
问个究竟！
或者在那处可寄放我的生命，
作我永远的存在！

接着，趁他们的眼光所不及，箭一般地将他自身射出去了。勇气如鹰鸷的翼一般拥着他前去。

他只一心想到天地衔接的那边去，但他没有辨别清楚目的。他虽走的很快，但一时又很慢的走，五分钟也还没有走上三步，看去和站着一样。而且他随路转弯，并没有一定的方向。他口子呢喃私语，但说什么呢？他自己也不知道确切。他仰头看看云，又低头看看草，这样又走了许多路。

天气很蒸热，黑云是四面密布拢来。云好像海上的浪涛，有时带来一二阵的冷风的卷闪。他觉着这风似能够一直吹进到他的心坎，他心坎上的黄叶，似纷纷地飘落起来。这样，他似更要狂舞。

他走上了寺北的山岭，岭边有成行的老松，枝叶苍老，受着风，呼呼的响。他一直向山巅望，似乎松一直长上天，和天相接，岭是一条通到天的路似的。这时林中很阴森，空气也紧张，潮湿。他不畏惧，大声叫起来，“我要踏上青天去！”

一边，他想要在路边树下坐一息。接着，头上就落下很大的雨点来。他不觉仰头一看，粗暴的雨，已箭一般地射下。虽则这时已经来不及躲避，他也一点不着急，坦然，自得地。雨是倒珠一般地滚下来，他的两手向空中乱舞，似欢迎这大雨的落到他的身上！他也高声对这暴雨喊唱：

雨呀，你下的大罢！

你给我洗去了身上的尘埃！

你给我洗去了胸中的苦闷！

雨呀，你下的大罢！

你给我洗去了人间的污垢！

你给我洗去了世界的恶浊！

大地久不见清新的面目，

山河长流它呜咽的酸泪，

雨呀，你给他洗净了罢！

一切都用人工涂上了黑色，

美丽也竟化作蝴蝶的毒粉，

雨呀，你给他洗净了罢！

从此空气会得到了清凉，

自然也还了他锦绣的大氅。

雨呀，你下的大罢！

我心也会有一片的温良，

身明媚如山高而水长。

雨呀，你下的大罢！

雨势来的更汹涌，一种暴猛的声音，竟似要吞蚀了这时的山，森林。四际已披上了一层茫茫的雨色，什么也在这雨声中号叫着，颤声着。松也没有美籁，只作一种可怕的摇动，悲啸。雨很猛烈的向他身上攻打，要将他全身打个稀烂似的。他喘不出气，全身淋的好似一只没有羽毛的老鹞，衣服已没有一寸半寸的干燥。水在他的头上成了河流，从他的头发，流到他的眼，耳，两肩，一直流向他的背，腿，两脚。他的身子也变作一条河，一条溪，水在他的身上作波浪。但他还从紧迫的呼吸中发出歌声，他还是两手在空中乱舞，一边高唱。虽则这时他的歌声是很快地被雨吸收去，放在雨声中变作雨声，可是他还是用力地唱着：

雨呀，你下的大罢！

你严厉的怒号的声音，

可以唤醒人们的午梦。

雨呀，你下的大罢！

你净洁的清明的美质，

可以给人类做洗礼。

愿你净化了我的体！

雨呀，你下的大罢。

愿你滋生了我的心！

雨呀，你下的大罢。

这样，等到他外表的周身的热，被雨淋的消退完尽，而且遍体几乎有一种雨的冷。内心也感到寒肃的刺激，心又如浸在冰里，心也冻了，他这才垂下他的两手，低他歌声，他才向一株松树下坐了下去，好像神挤下他坐下，昏昏地。雨仍很大的打着山，仍很大的打着他的身体。雨的光芒刺激他眼，山更反映出灰色的光芒。四际是灰色，他似无路可走。以后，他竟看眼前是一片汪洋的大海，他是坐在这无边的洋海的岸上。一时，他又似乘着一只将破的小船，在这汪洋的海浪里掀翻着。这时，他昏沉的无力的低念：

雨，你勇敢的化身者，

神龙正驾着在空中翱翔呵；

从地球之最高处下落，

将作地面一个泛滥的痛快呀！

我而今苦楚了，

我只是一个寻常的缓步！

凡人呵！凡人呵—

新生回到了旧死矣，

我当清楚地悬着自己的心，

向另一个国土的彼岸来渡。

这时有许多人走上岭来的声音；这使他惊骇，——一种雨点打在伞上的声响，和许多走路的脚步，夹着他听熟悉了的语言，很快的接近到他的耳朵里。他窘急地站起来，他的心清楚了，他想：

莫非妈妈来了么？

莫非弟弟来了么？

莫非人们都来了么？

该死！唉，该死！

我的头上在哪里？

我的脚下在哪里？

叫我躲避到何处去？

声音来的更接近了，

我不久就要被捉捕，

叫我躲避到何处去？

雨呀，你应赶快为我想出方法来！

可是雨的方法还没有想出，他们已经赶到了。他们拥上来将他围住。他还是立在松下，动他带雨的眸子向他们看看。他们三人，清，瑀，和伯，一时说不出话，心被这雨的粗大的绳索缠缚的紧紧，他们用悲伤的强度的眼光，注视他全身的湿。这样一分钟，和伯上前将他拉着，他还嚷道：

“你们跑开罢，跑开罢！天呀！不要近到我的身边来！”

于是这忠憨的和伯说：

“瑀，你来淋这样大的雨，你昏了，你身上有病，你不知道你自己么？”

瑀又立刻说：

“救救我，你们跑开罢！让我独自在这里。这里是我自己愿意来的，我冲进大雨中来，还想冲出大雨中去，到那我所要追寻的地方。”

璘在旁流泪叫，“哥哥，回去罢！快回去罢！妈妈已经哭了一点钟了！”

瑀长叹一声说：

“弟弟，你算我死在这里，也葬在这里了罢！”

清没有话，就将他带来的衣服递给他，向他说，“快将你的衣服脱下，换上这个。”

瑀似被围困一样，叫道，“天呀，为什么我一分自由也没有！”

什么都是苦味，雨稍小了。

## 三十、无常穿好芒鞋了

他们扶着他回家，跄跄踉踉地在泞泥的田塍上走。他到此已无力反抗。他们没有话，只是各人系着嵌紧的愁苦的心。稀疏而幽晦的空气送着他，惨淡的光领着他，各种老弱的存在物冷眼看他。这时，他慨叹地想：

"唉，他们挟我回去，事情正不可知！梦一般地飘渺，太古一般的神秘呵！"

他母亲立在樟树下，——这时天下落着细很疏的小雨。她未见儿子时，老泪已不住地流；现在一见她儿子，泪真是和前一阵的暴雨差不多！她不觉对她儿子仰天高呼起来：

"儿呀！你要到哪里去呀？你在我死过以后跑罢！你在我死过以后跑罢！你疯了么？"

他们一齐红起眼圈来。瑀到此，更不能不酸软他的心肠。他只觉得他的自身正在溶解。

他母亲似乎还要说，她心里的悲哀，也似和雨未下透的天气一样。但清接着就说道：

"妈妈，快给瑀哥烧点收湿的药罢。"

于是老人就转了语气：

"烧什么呢？儿呀，你真生事！你何苦，要跑出去淋雨，方才的雨是怎样的大，你也知道你自己么？"

这时瑀说，态度温和起来，声音低沉的，"妈妈，我心很清楚，我是喜欢跑出去就跑出去的。我也爱这阵大雨，现在大雨已给我净化了，滋生了。妈妈，你以后可以安心，我再不像从前一样了！你可以快乐。"

老母又说：

“儿呀，你身上有病呢！你晓得你自己身上有病么？你为什么病了？你方才全身发烧很厉害，你满口讲乱话。你为什么一忽又跑出去，我们简直没处找你！你此刻身子是凉了，被这阵大雨淋的凉了，但你知道你的病，又要闷到心里去么？”

“没有，妈妈，我没有病了！这阵大雨对我是好的，我什么病都被这阵大雨冲去了！这阵大雨痛快啊，从明天起，我就完全平安了。妈妈，你听我的话，便可以知道我是没有病了。”

和伯插进说：

“淋雨有这样好？我在田里做工，像这样的雨，每年至少要淋五六回哩！”

清说：

“我们进去罢，雨又淋到身上了。”

他们就好似悲剧闭幕了一般的走进了家。

瑀睡上他的床不到一刻钟，就大声咳嗽起来。他的母亲急忙说：

“你听，又咳嗽了！”

咳嗽以后还有血。瑀看见这第二次的血，已经满不在意，他向人们苦苦的做笑。他的母亲，简直说不出话。就说一二句，也和诅咒差不多。老人的心已经一半碎了。弟弟是呆呆地立在床边看着，清坐在窗边，他想，——死神的请帖，已经递到门口了！

血陆续不断地来，他母亲是无洞可钻地急。这时瑀的全身早已揩燥，又换上衣服，且喝了一盏收湿的土药，睡在被里。清和他的母亲商量要请医生，但医生要到哪里去请呢？最少要走十五里路去请。于是他母亲吩咐和伯去庵里挑铺盖，同时想另雇一人去请医生，瑀睡在床上和平的说：

“妈妈，不要去请医生。假如你一定要请，那么明天去请罢。今天已将晚，多不便呀？”

“那么你的血怎么止呢？”

他母亲悲苦地问，他说：

“先给我漱一漱盐汤，我的喉内稍不舒服的。再去给我买半两鸦片来，鸦片！吃了鸦片，血就会止了。清呀，你赶快为我设法罢，这是救我目前的唯一的法子。”

和伯在旁说，“鸦片确是医病最好的，比什么医生都灵验。”清问：

“谁会做枪呢？”

“我会，”和伯又说，“瑀的爹临死前吃了一个月，都是我做的。”

老农的直率的心，就这样说了出来。清向他看了一眼，接着说：

“那么我去设法来。”

一边就走了。他母亲叫，“带钱去罢！”

他答不要。而瑀这时心想：

“好友呀！你只知道救我，却不知道正将从你手里送来使我死去的宝物！”

清跑出门外，老母亲也跟至门外，流着泪轻叫，“清呀！”

“什么？妈妈！”

清回过头来，止了脚步。

“你看瑀怎样？恐怕没有希望了，他要死……了……！”

“妈妈，你为什么说这话呢？你放心！你放心！瑀哥的病根虽然深，但看他此刻的样子，他很要身体好。只要他自己有心医，有心养，不再任自己的性做，病是很快会好去的。”

清也知道他自己是在几分说谎。

“要好总为难！”老人失望地说，“他这样的性子，变化也就莫测呢！他一息像明白，一息又糊涂，到家仅三天，事情是怎样的多呀！”

“你也不要忧心，你老人家的身体也要紧。瑀哥，总有他自己的命运！”

“我也这样想，急也没法。不过我家是没有风水的，瑀有些呆态，单想玩；他从小就聪明，又肯用心读书。可是一变这样，恐怕活不长久了！”一边呜呜咽咽地哭泣起来。

“这是贫弱的国的现象！好人总该短——”可是清没有将“命”字说出，急改变了语气说，“妈妈，你进去罢！瑀哥又要叫了，你进去罢，你也勿用担心，我们等他血止了，再为他根本想方法。”

“你们朋友真好！可惜……”

她说不清楚地揩着泪，回进屋子里去。

清回到了家里，就叫人去买一元钱的鸦片，并借灯，烟筒等送到瑀的家里。他自己却写了一封长信，寄给在沪上的叶伟。信的上段是述瑀的妻的自杀，中段是述瑀的疯态，大雨下淋了发热的身，并告诉目前的病状。末尾说：

“伟哥！你若要和他作最后的一别，请于三日内来我家走一趟！鸦片已买好送去，他的血或者今夜会一时止了。可是他这样的思想与行动，人间断不容许他久留！而且我们也想不出更好一步的对他这病的补救方法！伟哥，你有方法，请带点来！假如能救他的生命，还该用飞的速度！”

黄昏又来，天霁。

瑀吸了三盅鸦片，果然血和咳嗽都暂时相安。不过这时，他感得全身酸痛，似被重刑拷打以后一样。一时，他似忍止不住，闭着眼轻轻地叫一声：

“妈！”

他母亲坐在床边，问：

“儿呀，什么？”

他又睁开眼看了一看说：

“没有什么。”

他见他的母亲，弟弟，清，——这时清又坐在窗边。——他们都同一的低着头，打着眉结，没有说话。一边就转了一身，心里想：

“无论我的寿命还有多少时候可以延长，无论我的疾病是在几天以内断送我，我总应敏捷地施行我自己的策略了！我的生命之处决已经没有问题，现在，我非特可以解脱了我自己，我简直可以解脱了我亲爱的人们！他们都为我忧，他们都为我愁，他们为了我不吃饭，他们为了我个个憔悴。我还能希望辗转几十天的病，以待自然之神来执行我，使家里多破了几亩田的产，使他们多尝几十天的苦味么？我不行了！我还是严厉地采用我自己的非常手段！”

想到这里，他脑里狠狠地一痛。停一息又想：

“我这次的应自杀，正不知有多少条的理由，我简直数都数不清楚。我的病症报告我死的警钟已经敲的很响，我应当有免除我自己和人们的病的苦痛的方法。妻的突然的死，更反证我不能再有三天的太无意义的拖长的活了！我应当立即死去，我应当就在今夜。”

又停一息，又想，“总之，什么母弟，什么家庭，现在都不能用来解释我的生命之应再活下的一方向的理由了！生命对于我竟会成了一个空幻的残象，这不是圣贤们所能料想的罢？昨夜，我对于自己的生命的信念，还何等坚实，着力！而现在，我竟不能说一句‘我不愿死！’的轻轻的话了！唉！我是何等可怜！为什么呢？自己简直答不出来。生命成了一团无用的渣滓，造物竟为什么要养出我来？　　妈妈！”

想到这里，他又叫“妈妈！”于是他母亲又急忙问：

“儿呀，什么？”

“没有什么。”他又睁开眼看了一看答。

接着，他又瞑目的想：

“我至今却有一个小小的领悟，就是从我这颠倒混乱的生活中，尝出一些苦味来了！以前，我只觉得无味，现在，我倒觉得有些苦味了！在我是无所谓美丽与甜蜜，——好像上帝赠我的字典中，没有这两个字一样！——就是母亲坐在我的身边，还有人用精神之药来援救我，但我从她们唇上所尝到的滋味还是极苦的！唉，我真是一个不幸的胜利者呀！我生是为这样而活，我死又将为这样而死！活了二十几年，竟带了一身的苦味而去，做一个浸在苦汁中的不腐的模型，我真太苦了！”

这时他觉得心非常悲痛，但已没有泪了！

一边，和伯挑被铺回来。在和伯的后面，他精神的母亲也聚着眉头跟了来。

她走进房，他们一齐苦笑一下脸。她坐在瑀的床边。瑀又用他泪流完了的眼，向她看了一看。这一看，不过表示他生命力的消失，没有昨晚这般欣爱而有精神了。

房里十二分沉寂，她来了也没有多说话。当时他母亲告诉她，——已吸了几盅鸦片，现在安静一些。以外，没有提到别的。她看见床前的痰盂中的血，也骇的什么都说不出来。

过去约二十分钟，天色更暗下来，房内异样凄惨。他母亲说：

“点灯罢！”

“不要，我憎恶灯光。”

瑀低声说。他母亲又问：

“你也要吃点稀粥么？你已一天没有吃东西了！”

“我不想吃，我也厌弃吃！”

“怎么好呢？你这样憎恶，那样厌弃，怎么好呢？”

“妈妈，你放心，瑀我自然有不憎恨不厌弃的在。不过你假如不愿，那就点灯和烧粥好了。”一边命瑀说：

“瑀，你点起灯来罢。”

一边璘就点起灯来，可是照的房内更加惨淡。

这时清说，“我要回去，吃过饭再来。”瑀说：

“你也不必再来，横是我也没有紧要的事。这样守望着我像个什么呢？你也太苦痛，我也太苦痛，还是甩开手罢！”

清模糊的没有答。他停一息又说：

“我要到门外去坐一息，房里太气闷了。”

他母亲说：

“外边有风呵，你要咳嗽呢！你这样的身子，怎么还好行动呀？”

实际，房里也还清凉，可是瑀总说：

“妈妈，依我一次罢！”

他母亲又不能不依。搬一把眠椅，扶他去眠在门外。这时，看他的行走呼吸之间，显然病象很深了。

清去了，寺里的妇人和璘陪在他旁边。当他们一坐好，他就向他精神的母亲苦笑地说道：

“哈，我不会长久，无常已经穿好他的芒鞋了！”

于是她说：

“你何苦要这样想？这种想念对于你是无益的。”

“没有什么有益无益，不过闲着，想想就是了。”

“你还是不想，静静地养着你自己的心要紧。”

“似不必再想了！”

他慢慢的说了这句，就眼望着太空。太空一片灰黑的，星光一颗颗的明显而繁多起来。

但他能够不想么？除非砍了他的脑袋。他一边眼望太空，一边就想起宇宙的无穷和伟大来，又联想到人类历史的短促，又联想到人类无谓的自扰。

这样，他又不觉开口说了：

“你看，科学告诉我们，这一圈的天河星，它的光射到地球，要经过四千年，光一秒钟会走十八万哩，这其间的遥阔，真不能想象。可是现在的天文家还说短的呢，有的星的光射地球，要有一万年以上才能到！宇宙真是无穷和伟大。而我们的人呀，活着不过数十年，就好似光阴享用不尽似的，作恶呀，造孽呀，种种祸患都自己拼命地制造出来。人类真昏愚之极！为什么呢？为这点兽性！”

这样，他精神的母亲说：

“你又何必说他？这是无法可想的。”

她有意要打断他的思路，可是他偏引伸出来，抢着说：

“无法可想，你也说无法可想么？假如真的无法可想，那我们之死竟变作毫无意义的了！”

“因为大部分的人，生来就为造孽的。”

“这就为点兽性的关系呵！人是从猿类变化出来，变化了几万年，有人类的历史也有四千多年了，但还逃不出兽性的范围！它的力量真大哟，不知何日，人类能够驱逐了兽性，只是玩弄它像人类驱逐了猴子只拿它一两只来玩弄一样。你想，也会有这种时候么？”

“有的。可是你不必说他了，你身子有病。”

“正因为我身子有病，或者今夜明天要死了，我才这样的谈呢！否则，我也跟着兽性活去就是，何必说他呢？”

她听了更悲感地说：

“你还是这样的胡思乱想，你太自苦了！你应看看你的弟弟，你应看看你的母亲才是。他们所希望者是谁？他们所等待者是谁？他们所依赖者又是谁呀？你不看看眼前的事实，倒想那些空的做什么呢？”

“哈！”他冷笑了一声，接着说，“不想，不想。”

“你应当为他们努力修养你自己的病。”静寂了一息，又慰劝，

“做人原是无味的，不过要从无味中尝出美味来。好似嚼淡饭，多嚼自然会甜起来。”

“可是事实告诉我已不能这样做！我对于昨夜的忏悔和新生，应向你深深地抱歉，抱歉我自己的不忠实！事实逼我非如此不可，我又奈何它？第一，妻的死；我不是赞美她的死，我是赞美她的纯洁。第二，我的病，——”但他突然转了方向说，“那些不要说罢，我总还是在医病呵。否则，我为什么买鸦片来止血？至于说到生命的滋味，我此刻也有些尝出了。不过我尝出的正和你相反，我觉得是些苦味的！但是我并不怎样对于自己的苦味怀着怨恨，诅咒。我倒反记念它，尊视它，还想从此继续下去，留之于永远！”

同时，他的老母从里边出来说道：

“说什么呵？不要说了！太费力气呢！”

这样，她也觉得恍恍惚惚，话全是荒唐的。璘也坐在旁边听的呆去。

天有几分暗，两人的脸孔也看不清楚。她想，——再坐下去，路不好走，又是湿的，话也说过最后的了，还是走罢。她就立起来，忠恳的向瑀婉和地说：

“我极力望你不要胡思乱想，静养身体要紧。古来大英雄大豪杰，都是从艰难困苦，疾病忧患中修养出来，磨练出来的。”

瑀也没有说，只点了一点头。

她去了，瑀也领受了他母亲的催促，回进房内。

## 三十一、送到另一个国土

一时他又咳嗽，他的母亲又着急。他向他母亲说：

“再给我吃一次鸦片罢，这一次以后不再吃了。”

他母亲当然又依他。不过他母亲说：

“单靠鸦片是怎么好呢！”

于是他又吃了两盅鸦片。这样，他预备将烟筒，灯，盘等送去还清。

到九时，他又咳出一两口的血来。周身又渐渐发热，以后热度竟很高，冷汗也向背，手心涌渗。他的母亲竟急的流出泪来，他却安慰他的母亲道，——语气是十分凄凉，镇静。

“妈妈，你去睡罢！我虽然还有点小咳，但咳的很稀，岂不是很久很久才咳一声么？我已经很无妨碍了！而且我的心里非常平静，和服，我倒很觉得自己快乐，病不久定会好了，妈妈，你为什么这样不快活呢？你也一天没有吃饭，怎么使我安心？妈妈，这个儿子是无用你这样担忧，我是一个二十几岁的人了，我并不同弟弟一样小，我对于自己的病的好坏，当然很明白的，何劳你老人家这样忧心呢！妈妈，我实在没有什么，你放心罢！”这时又轻轻的咳了一咳，接着说，“而且我这次的病好了以后，我当听你的话了！依你的意思做事！以前我是由自己的，我真不孝！以后，我当顺从妈妈了！妈妈叫我怎样我就怎样，妈妈叫我在家也好，妈妈叫我教书也好，——妈妈岂不是常常叫我去教书的么？甚至妈妈叫我种田，我以后也听妈妈的话！妈妈，你不要忧愁罢！像我这样长大的儿子，还要你老人家担这样深的忧，我的罪孽太沉重。妈妈，你听我讲的话，就可以知道我的病已经好了一大半，你还愁什么呢？”

他无力的说完。他母亲插着说：

“你终究病很深呵！你说话要气喘，身体又发热，叫我怎么可不愁呢？而且家景又坏，不能尽量设法医你，我怎么可不愁呵？一块钱的鸦片，钱还是清付的。这孩子也太好，给他他也不要。不过我们天天要他付钱么？”

这样，瑀又说，——声音稍稍严重一点。

“妈妈，明天起我就不吃鸦片了！至于清，我们是好朋友，他决不计较这一点。”

于是他母亲又叹息地说：

“那也还是一样的！你不吃鸦片，你还得请医生来医。请一趟医生，也非要三四元钱不可。来回的轿资就要一元半，医金又要一元，还要买菜蔬接他吃饭。莫非我抛了你不医不成？不过钱实在难设法！我方才向林家叔婆想借十元来，可以医你的病，但林家叔婆说没有钱呵，只借给我两元。她哪里没有钱？不过因我们债多了，一时还不完，不肯借就是。儿呀，我本不该将这件事告诉你，不过你想想这种地方，妈又怎么可不愁呵？”

瑀忍住他震破的心说道，“妈妈！明天医生不要请，我的病的确会好了！我要和病战斗一下，看病能缠绕我几时？而且，妈妈！”语气又变重起来，“一个人都有他的命运，无论生，死，都被命运注定的！虽则我不相信命运，医有什么用？”

他母亲说：

“不要说这话了！莫非妈忍心看你血吐下去么？至于钱，妈总还有法子的！你也不要想，你好了以后，只要肯安心教书，一年也可以还完。”

瑀睁大他已无泪的眼，向他母亲叫一声，“妈妈！”

“什么？儿呀！”

当他母亲问他，他又转去悲哀的念想，换说道，“明天清来，我当叫清借三十元来给妈妈！”

“也不要这许多。他也为难，有父兄作主。”

“也叫他转去借来，假如他父兄不肯。有钱的人容易借到，钱是要看钱的面孔的！”

她说：

“儿呀，有十五元，眼前也就够了。”

瑀似骂的说：

“三十元！少一元就和他绝交！妈妈，你明天向他说罢！”

但一边心内悲痛的想：

“这是我的丧葬费！”

接着，气喘的紧，大声咳嗽了一阵。

于是他母亲说：

“儿呀，你睡罢！你静静地睡罢！你还是一心养病要紧，其余什么，都有我在，不要你用心！你睡罢。”

一息，又说：

“儿呀，你为什么气这样喘呢？妈害你了，要将林家叔婆的事告诉你。但你不要想她罢！”

瑀就制止他的气急说：

“妈妈，我好了，我不是。因我没有吃东西，不过不想吃。明天一早，妈，你烧好粥；我起来就吃！妈妈，你也去睡罢。我，你毋用担心，忧愁，我好了。弟弟正依赖你，你带他去睡罢。”

他母亲说：

“他也不小了，自己会去睡的。你不要再说话，说话实在太费力。你睡，你静静的睡。我还想铺一张床到这边来，陪你，惟恐你半夜要叫什么。”

而瑀半怒的说：

“妈妈，你又何苦！这样我更不安心了。你睡到这间里，璘又要跟你到这间来，——他会独自在那间睡么？他而且很爱我的，不愿离开我一步。但一房三人睡着，空气太坏！妈妈，你还是那边睡罢！时候恐怕有十点钟了，不早了，我也没有什么话再说，我要睡了。”

“好的，”他母亲说，“你睡，我那边去睡。假如你半夜后肚饿，你叫我好了。”

“听妈妈话。”

他答着，一边就转身向床里。

于是他母亲和弟弟也就低着头，含着泪，走出房门。

他们一边出去，一边秋天的刑具，已经放在这位可怜的青年的面前了！毒的血色的刑具呵，他碎裂地心里呼喊了起来：

“到了！我最后的一刻到了！”

就坐了起来。这时他并不怎样苦痛，他从容地走向那橱边，轻轻地将橱门开了，伸他魔鬼给他换上的鹰爪的毛手，攫取那一大块剩余的鸦片。

“唉！鸦片！你送我到另一个国土去罢！这是一个微笑的安宁与甜蜜的国土，与天地悠悠而同在的国土！唉！你送我去罢！”

一边他想，一边就从那桌上的茶，将它吞下去了！好像吞下一块微苦的软糖，并不怎样困难。

到这时，他又滴了一二颗最后的泪，似想到他母亲弟弟，但已经没有方法，……

一边仍回到床上，闭上两眼，态度从容的。不过头渐昏，腹部微痛。一边他想：

“最后了！谢谢一切！时间与我同止！”

一个生命热烈的青年，就如此终结了。

次日早晨很早，他母亲在床上对瑀说：

“我听你哥哥昨夜一夜没有咳嗽过。”

“哥哥已完全好了。”瑀揉着眼答。

于是这老妇人似快活的接着说：

"鸦片的力量真好呀！"

一边她起来。

时候七时，她不敢推她儿子的房门，惟恐惊扰他的安眠。八时到了，还不敢推进。九时了，太阳金色的在东方照耀的很高，于是她不得不推门进去看一看这病已完全好了的儿子。但，唉！老妇人尽力地喊了起来：

"瑀呀！瑀呀！瑀呀！我的儿！你死了？瑀呀！你死了？瑀呀！你怎么竟……死……了……"老妇人一边哭，一边喊，顿着两脚。而瑀是永远不再醒来了！

瑀和和伯也急忙跑来，带着他们失色的脸！接着，他们也放声大哭了！

怎样悲伤的房内的一团的哭声，阳光一时都为它阴沉。

几位邻舍也跑来，他们滴着泪，互相悲哀的说：

"一定鸦片吃的过多了！一定鸦片吃的过多了！"

"鸦片，时候大概是在半夜。"

"没有办法了！指甲也黑，胸膛也冰一样！"

"究竟为了什么呢？到家还不过三天？"

"他咳嗽的难过，他想咳嗽好，就整块地吞下去了！"

"可怜的人，他很好，竟这样的死！"

"没有法子，不能救了！"

"……"

"……"

死尸的形状是这样，他平直的展卧在床上，头微微向右，脸色变黑，微含愁思，两眼闭着，口略开，齿亦黑。两手宽松的放着指。腹稍膨胀，两腿直，赤脚。

但悲哀，苦痛，在于老母的号哭，弱弟的涕泪，旁人们的红眼睛与酸鼻。

这样过了的一点钟。老妇人已哭的气息奄奄，瑀也哭的晕去。旁人们再三劝慰，于是母亲搂着瑀说，神经昏乱地，

“儿呀，瑀，你不要哭！你为什么哭他？他是短命的。我早知道他是要短命。回家的当夜，他说的话全是短命的话！瑀呀，你不要哭！不要再哭坏了你！这个短命的随他去！我也不葬他了！随他的尸去烂！他这三天来，时时刻刻颠倒，发昏！口口声声说做人没有意味！他现在是有意味了，让他的尸给狗吃！瑀，你不要哭！你再哭坏了，叫我怎样活呢？我还有你，我不心痛！你这个狠心短命的哥哥，他有这样的一副硬心肠，会抛了我和你去，随他去好了！你不要哭！你为什么哭他？昨天可以不要寻他回来，寻他回来做什么？正可以使他倒路尸死！给狼吃了就完！我真错了！儿呀！你不要哭！……”

一边，和伯和几位邻人，就筹备他的后事。

消息倏忽地传遍了一村，于是清眼红的跑来！

清一见他的尸，——二十年的朋友，一旦由病又自杀；他不觉放声号哭了一顿。但转想，他的死是无可避免的，像他这个环境。

一边，清又回到家里，向他父亲拿了五十元钱，预备给他的故友筑一座浩大的墓。

下午，消息传到了谢家，于是他岳父派人到瑀的母亲的面前来说，——两个短命的偏见的人应当合葬。他们生前的脸是各视一方，死后应给他们在一块。而且他们的心是永远结联着，关照着，在同一种意义之下死的。

清怂恿着，瑀的母亲也就同意。

地点就在埠头过来的小山的这边的山脚，一块大草地上。葬的时候就在下午四时。因为两家都不愿这死多留一刻钟在家内。

丧事完全预备好，几乎是清一手包办。这位老妇人也身体发热，卧倒床上。但当瑀的棺放在门口的时候，她又出来大哭了一顿，几乎哭的死去。两位邻妇在旁慰劝着。

瑀睡在棺内十分恬静。他的衣裤穿的很整齐，几乎一生少有的整齐。身上一条红被盖着，从眉到脚。清更在他头边放两叠书，凑一种说不出的幽雅。

四时，瑀和他的妻就举行合葬仪式。在那村北山脚的草地上有十数位泥水匠掘着地。她的棺先到。他的棺后到一刻，清和璘两人送着，两人倒没有哭。于是两口棺就同时从锣声中被放在这个墓内。

## 三十二、余音

第三日日中，伟到清的家里。清一见伟，就含起泪说：

“瑀哥已死了！”

“已死了？”

伟大骇地问。清答：

“前夜，用鸦片自杀的！”

“自杀的？”

伟几乎疑作梦中。清低声答：

“血已吐的很厉害，还要自杀！”

伟气喘，两人呆立着。五分钟，伟说：

“我接到你的信，立刻动身，我以为总能和他诀别几句话，谁知死的这样快！现在只好去见他变样的脸孔了！”

清说：

“而且已经葬了，和他的妻合葬的。你来所走过的那条岭的这边山脚，你没有看见一圹很大的新坟么？就是他们俩人长眠之所。”

“急急忙忙的走来，谁留心看新坟。唉！想一见朋友的面，竟不可能！现在只好去拜谒他俩的墓。”

“先吃了饭。”

“不，先去看一看他俩的墓。”

于是两位青年，就低头，向着村北小山走去。

路里，清又将他的妻的死的大概，重新报告了一些。接着，又说到他，“俩人都太激烈。我是料到他的死，但没有说完最后的话。”

伟接着说：

“在被压迫于现代的精神和物质的两重苦痛之下，加之像他这样的急烈，奔放，又有过分的感受性的人，自杀实在是一回注定的事。否则只有，——，此外别无路可走！”

伟没有说清楚，清问，“否则只有什么呢？”

“吁！”伟苦笑一笑，着重地说：

“只有杀人！”

停一忽又说：

“他为什么不去杀人！以他的这副精神，热血，一定能成就一些铁血牺牲的功绩！”

“他的妻的死耗，实在震破他的耳朵！竟使他逃避都来不及！”

两人静默了一息。清说：

“我对他的死应当负几分责任。”

“为什么？”

伟抬头向清，清含泪答：

“他自杀的鸦片，是我买来送他的。竟由我的手送他致死的礼物，我非常苦痛！”

“那么他妻的自杀的线是谁送给她的呢？”

很快的停一息说：

“你又发痴，要自杀，会没有方法么？”

两人又默然。

他们走近这黄色新坟约小半里。清说：

“前面那株大枫树的左边，那座大墓就是。在那墓内是卧着我们的好友和他的妻两人。”

“好，”伟说，“我也不愿再走近去！”

一转，又说：

“不，还是到他俩的墓边去绕一周罢。”

清向他做笑的看了一眼，似说：

“你直冲的人，现在也会转起圆圈来。”

伟向他问：

“什么？”

清却又没有直说，只说：

“是的，我们到他俩的墓边去绕一周。”

两人依仍走。伟说：

“我们未满青年期的人，竟将好友的夫妻的墓，来作凭吊，真是稀奇的事！”

两人走到了新坟，又默默地在墓周绕走了两圈。墓很大，周围约八十步，顶圆，竟似一座小丘。

两人就坐在墓边的一株老枫树下。伟说：

“你想起那天上海他骂我们的一番话么？”

“想起的，”清答，“骂的很对呢！我们的生活，实在太庸俗了！”

“所以，我们应该将我们这种社会化的生活，根本改变一下才是。”

“我也这样想，”清语句慢慢的，“我们应以他俩的死为纪元。开始我们新的有力的生活。”

“我已打定了主意。”

伟说，清问，“怎样呢？”

“上海的职辞了。迷恋都市有什么意思？家乡的人们，嘱我去办家乡的小学，我已承受。同时，我想和乡村的农民携手，做点乡村的理想的工作。”

“职已辞了么？”

“没有，等这月完。不过他们倒很奇怪。我说要辞职，他们就说下月起每月加薪十元。我岂又为这十元来抛弃自己的决定么？我拒绝了。”

“好的。”清说，“我也要告诉你！”

“你又怎样？”

伟问。清苦痛的说：

“这几天我的哥哥竟对我很不满意，不知为什么缘故，家中是时常要吵闹。昨夜父亲向我说，——你兄弟两个应当分家了！年龄都大，应当各人谋自己的生活去。免得意见太多，使邻里也看不惯。——我的家产你也知道的，别人说我是有钱，实际一共不到六万的样子。假如分的话，我只有得三分之一，那二万元钱，依我心也不能怎样可以分配。你想，我莫非还要依靠遗产来生活么？因此，我很想将它分散了。我的家产的大半是田地，我当对农民减租，减到很少。第二，我决计给瑀弟三千元。一千元给他还了债，二千元给他做教育基金。我已对瑀的母亲说明了。——当说的时候，这位老母竟对我紧紧的搂着大哭起来。至于我自己呢，我要到外国读书去，德国，或俄国，去研究政治或社会。这样，我也有新的目的，我也有新的路。你以为这怎么样？”

“好的，这是完全对的。”伟答。

“我想，思想学问当然很重要，单靠我们脑袋的这点知识，是不能应付我们的环境的复杂和伟大的。”

“是的，我想我国不久总要开展新的严重的局面。我们青年个个应当磨练着，积蓄着，研究着，等待着。”

两人苦笑一下。一息，伟又说：

“假如你真分了家，那我办的小学，先向你捐一千元的基金。”

“好的。”

“你的父母怕不能如你所做么？”

“以后我是我自己的人。”

两人又静默一息。

风是呼呼地摇着柏树，秋阳温暖地落在瑀俩的墓上。

于是两人又换了意景，清说：

“他俩是永远休息了！倒一些没有人间的牵挂与烦虑！我们呢，我们的身受，正还没有穷尽！”

“但我们应以他俩的死，加重了人生的意义和责任。”

“死的本身实在是甜蜜的。”

“意义也就在生者的身上。”

“但他俩究竟完全了结了么？”

清奇怪的问，伟答：

“还有什么呵！”

“我倒还有一事。”一息以后清说。

“什么呢？”伟问。

“我想在他俩的墓上，做一块石的纪念碑。因为他俩的死，是值得我们去纪念的。但想不出刻上什么几个字好。”

“你有想过么？总就他俩的事实上讲。”

“太麻烦了又讨厌。仅仅买得后人的一声喟叹也没有意思。”

“那么做首简短的诗罢。”

停一息，清说：

“我想简简单单的题上五个大字，‘旧时代之死！’上款题着他俩的名字，下款题着我们的名字。”

“好的，”伟立时赞成，“很有意思。他俩是我们这个时代的牺牲品，他俩的生下来，好像全为这个时代作牺牲用的。否则，他俩活了二十几年有什么意思呢？他俩自己没有得到一丝的人生幸福，也没有贡献一丝的幸福给人类，他们的短期间的旅行，有什么意思呢？而且他俩的本身，简直可算这个时代的象征！所以还有一个解释，我们希望这旧时代，同他俩一同死了！”

伟大发牢骚，清向他苦笑的一看说：

“就是这样决定罢。下午去请一位石匠来，最好明天就将这块石碑在他俩的墓边竖起来。”

一边，两人也从草地上牵结着手，立起身来。

# 后记·关于柔石

# 生平：坚定而温柔的教育革命家

柔石是我国近代著名的作家、翻译家和革命家，也是“左联”五烈士之一。他留下了关于新文学的思考和记录自己思考的文字，留下了诸多的翻译作品，也留下了自己对当时未能改造社会的遗憾。他像一颗稍纵即逝的流星，划过民国的天空。

柔石原名赵平复，又名少雄，1902 年出生于浙江省宁海县，其笔名来源于他家门前有一座石桥，上刻“金桥柔石”。自小贫寒的家境导致他 9 岁才开始接受启蒙教育，进入宁海县正学小学堂读书。他努力学习，于 1917 年考入台州省立第六中学，但中途辍学。这并没有阻止柔石积极求学的心，他在返家自学了一段时间后，又于第二年春天考入了浙江省立第一师范学校。

考入浙江省立第一师范学校，开启了柔石崭新的人生。这所学校位于杭州，众多支持新文学的学者、作家，诸如叶圣陶、朱自清等人均在此任职。柔石在校学习期间，接受了他们对于文化社会方面新的思想，同时也摸索属于自己的人生道路。1921 年 10 月，他参加了学校的新文学团体——晨光文学社，开始了与大师交流的新文学运动。

虽然参加了新文学运动，但柔石也只是把创作当作一种业余生活。他当时的志向仍在“教育救国”上，因此，毕业后他在杭州当过一段时间的家庭教师后，他就返回家乡，在慈溪县普迪小学任教。这期间，他在宁波出版了他的第一部短篇小说集《疯人》。

为了汲取更为先进的文化知识和思想理念，1925 年 2 月，柔石再次辞教北上，到北京大学旁听。当时鲁迅在北京大学任教，柔石选修了他的中国小说史。但后来生活所迫，柔石负担不起他在北京的日常开销，旁听生涯就此结束。次年春日，为了维持生计，他往来于上海和杭州之间。

1927 年，柔石终于结束了自己的漂泊生涯，经人介绍进入镇海中学任教，随后便被提拔，担任教务主任一职。后来应当时的中学部教务主任吴文钦邀请，教授国文，兼任小学部的英语和音乐教师。他在教育上的功劳被认可，到了 1928 年 1 月底，柔石又被任命为宁海县教育局局长。

长期的教学活动和文学创作活动让这个青年积累了足够深厚的革命资本，这也让他有机会接触到一些党内的革命活动。为此，柔石也在各方面都积极努力。一方面在思想上，他深受新文化和进步思想的影响，理解了革命应前进的方向，也积极寻求教育进步的措施，希图把新文化运动带入中学。另一方面在行动上，他创办宁海中学，并立下“开展宁地之文化”的愿望。同时,利用职务之便,柔石经常参与营救本地参与爱国运动的进步学生和青年。

之后，中共在宁海县的起义失败，宁海中学被迫解散，柔石帮助在宁海中学的党员和教师逃脱后，才赴上海谋生，他的“教育救国”的理想也就此告破。

## 创作：被鲁迅开启的创作之门

起义失败后，到达上海的柔石便将全部身心都放在了新文学的战线上。他听闻鲁迅也在上海，便委托友人转达，在鲁迅学生王方仁的引荐下，终于认识了鲁迅先生。两人相谈甚欢，柔石还把自己创作的小说《旧时代之死》交给鲁迅审阅。后来，在鲁迅的推荐下成功发表。

随着与鲁迅的深入交往，柔石成了鲁迅很好的革命文学创作助手。这期间，由鲁迅牵头，柔石等人筹办了朝花社，创办了《朝花》杂志，同时还创办了美术丛刊《艺苑朝华》。以翻译和介绍外国文学为主，兼输入外国版画。这些具体事务均是由柔石负责。到新文学运动后期，鲁迅还把《语丝》杂志交给柔石打理。两人的关系也愈加亲密，在文学上的共同语言让二人更加无话不谈。

同时，这也是他文学创作日趋成熟的一个时间节点。这段时间他翻译创作兼顾，不仅翻译了大量的东欧、北欧的文学作品，如卢那卡尔斯基的《浮士德与城》，戈理基的《阿尔泰莫诺夫氏之事业》及《丹麦短篇小说集》等，中篇小说《三姊妹》《二月》及短篇集《希望》也是在此期间诞生的。除了上述翻译创作作品外，柔石还负责编辑并出版了《语丝》26 期、《朝花周刊》20 期、《朝花旬刊》12 期，这些都为我国的新文学运动增添了一笔笔不一样的色彩。

1930 年是柔石为文学运动相当努力的一年：这一年，自由运动大同盟和左翼作家联盟成立，他均为发起人和基本构成成员之一。后又担任“左联”

执行委员、常务委员、编辑部主任等。后又以“左联”代表的身份参加了在上海召开的全国苏维埃区域代表大会，并作《一个伟大的印象》用热情的笔触描写了这次大会的盛况，并把自己的感受写了进去。

# 艺术成就：自我救赎——现实而残酷的文风

柔石所接触的进步思想与他的传统家庭教育格格不入。早在 1920 年，他 17 岁那年，家里就给他找了一位名叫吴素瑛的姑娘结婚。她是一个典型的农村姑娘，踏实淳朴，勤劳肯干，唯独没有读过书。所以，柔石在排斥这种传统婚姻的同时，也排斥了这位质朴的农村姑娘。

1930 年是柔石在革命文学创作的道路上奋发前进的时候，也是他邂逅美好爱情的时候。这一年，他认识了当时著名的女作家冯铿。两人在革命与文学创作上的共同志向让他们很快走到了一起，并定下了终身。对于这件事，柔石在给友人的信上如是说：“我是一个青年，我当然需要女友，但我的主旨是这样想，若于事业有帮助，有鼓励，我接受，否则，拒绝！”

其后，果然如他所言，他与冯铿相互扶持，相互鼓励。在文学创作方面，冯铿曾经建议柔石转变其作品题材和风格，柔石对此欣然接受。鲁迅先生在得知此事后，曾颇为疑惑：“譬如使惯了刀的，这回要他耍棒，怎么能行呢？”但柔石认为，只要学，就可以学会的。足见其对冯铿的重视与尊敬程度。

随着对文学运动的深入了解，柔石开始逐步接触到了更高层次的无产阶级运动。1930 年 5 月，柔石还与鲁迅一起参加了“左联”第二次大会。

然而，就在 1931 年，他在上海参加东方饭店举行的关于王明路线问题时，遭到叛徒出卖，包括柔石在内的“左联”同志以及殷夫、冯铿在内的三十几名代表被抓进了龙华警备司令部。后遭国民党军警的折磨，被残酷杀害，年仅 28 岁。

听闻柔石牺牲，鲁迅在悲痛和震惊之余，发出了“中国失掉了很好的青年”这样的感慨。同时在“左联”的机关刊物《前哨》上先后发表了《柔石小传》和《中国无产者革命文学和前驱的血》来纪念柔石等一批牺牲的“左联”烈士。此后很长一段时间里，鲁迅以写文来纪念柔石等人。

柔石是一位进步的文学运动青年，他的作品思想、风格与他个人的人生经历是密切关联的。早年的他希图以教育兴国，怎奈当时的社会并没有给他这个机会。于是在鲁迅的影响下，他撰写的小说作品从早期单纯地表达对国家未来的失望与个人在面对未知时的迷惘逐步过渡到对社会现状的反思和对生活在这种环境中的底层人民表达出一种同情。

读柔石的小说，总是会被其文中传递出的一种嵌进骨子里的悲哀感染。在《为奴隶的母亲》中，他寥寥几句话，一个刚生产完无力保护自己孩子的母亲和一个狠心的父亲形象便跃然纸上。“沸水的溅声和皮肉吸收沸水的嘶声……”这样的描写读来让人更有种无力的心痛感。同时，这段回忆也为这位弱小的母亲因无力反抗凶狠的丈夫而被迫要离家弃子，去往未知的地方，继续为人奴隶。

而这时，柔石对人物形象多面的刻画也更得心应手。那位母亲到了典她的秀才家里，初始秀才的正妻对她很是客气，亲切地同她说话。到后来，秀才对她好了一点，甚至开始宠她的时候，那位大娘就表现出了人性最丑恶的一面：先训斥秀才，再对她两面做派，一边说着不好意思让她给自己洗衣服，一边却又把所有衣服都丢给她洗。秀才则是在得知她要回去，并把自己送她的玉典当给家里的丈夫治病后，立马把她扫出了门，甚至连一顶轿子也不给她租。

在《刽子手的故事》中，他又通过一个刽子手讲述了那个时代对人命的漠视。开场便是刽子手的自白：在杀过头之前，只觉得这是一件极其可怕的事情。而在杀了无数头后，他又把自己杀过头的经验当作一件资本来炫耀。与人讲述的口气中充满了得意之情，甚至用“杀头最出奇得意的一回”来描述自己的感受，而那杀人的过程也变成了杀鸭、杀鸡，乃至于杀猪这样的经验之谈了。

末尾，有人弱弱地问了一句：“你看杀人时的人，不是人吗？”只听那位刽子手颇为不屑地回了一句：“什么人不人的，和猪羊差不多的。”冷漠程度鲜活跃然纸上。

最后，作者借围观之人的口，评价道：“当杀人是件游戏，世界是没法变善了。”足见柔石对当时那个时代的惋惜与迫切希望改变之情。

柔石第一篇，也是唯一一篇长篇小说《旧时代之死》虽然文辞慷慨激昂，但其所要表达的思想内核是悲伤而绝望的，压抑感让人觉得没有一丝生机。在这种压抑的氛围中还透露出一丝人性的光辉。文中这个生活在那个社会的文人看到了社会黑暗面之后，没有做出正面的反抗，而是像蜗牛一样把自己缩进了壳子，做出一系列在旁人看来消极无比的举动：比如身体生了病拒绝吃药，辞掉工作拒绝入世，甚至半夜徘徊在河边要跳河自杀。在这些压垮他的稻草中，还有一棵是来自他的母亲。他对这种包办婚姻是极度抵抗的，因此即使答应回家养病后，其母提出婚约时他也是一口回绝的，态度十分坚决。而在得知“未婚妻”因自己拒绝自杀的时候，他却飞奔去了姑娘家，送出了一个“冷冰冰的吻”。这不是对婚约的后悔与懊恼，而是对一个无辜生命逝去的尊重。作者借男主人公的行为表达了对托尔斯泰所宣扬的人道主义的坚持与推崇之情，也让朱胜瑀这个角色闪耀了最后一点人性的光辉。

这种对托尔斯泰人道主义的推崇还表现在《三姊妹》中。柔石用了将近一半的篇幅刻画了一个看似深情却滥情又极不负责的章先生的形象，到后面剧情急转直下的时候，章先生意识到了这三个姑娘的悲剧是自己一手造成的。

彼时他拿出了自己的全部身家来弥补这三个姑娘，即使这三人最后并不愿意与他一起生活，也没有接受他的弥补。这是属于章先生的“自我救赎”，他希图从这种弥补中获得一种救赎。这就是托尔斯泰式的人道主义精神。

在柔石所有的作品中，虽然有多篇文章刻画底层人民的苦难生活。但作为一个文人，描写最多的还是他日常最熟悉的知识分子，他笔下的知识分子也不是以往刻画的那种热血青年，一味给革命喊口号，而是有着不同的形象。如《二月》中，柔石便描写了一群有着不同思想和诉求的年轻的知识分子，他们中有的赞成三民主义，认为只有三民主义才是救国主义，有的要求大力发展商业，有的却觉得人才教育才能兴国。不管是什么“主义”，他们的诉求都是要求救国的。也有李志浩这种积极投身革命的热血青年，置自己的小家的幸福于不顾，最后英勇牺牲的知识分子形象。也有稍微反面一些的旧式知识分子，如《为奴隶的母亲》中典妻的秀才，虽然思想守旧，但也会流露出对底层人民的一点同情，是一个“温良和善”的人。《二月》中的钱正兴是一个彻头彻尾的纨绔子弟，却也没有做出很伤天害理的事情。更难得的是，柔石还在《二月》里塑造了一个受过新式教育，但又处于对未来迷惘的一种状态的女子形象。

若就此认为柔石的文学中缺乏那种充满昂扬斗志的思想，则可以去看一看他的诗歌。他的诗歌虽然现存只有寥寥几首，却表现出与小说截然相反的爆发感，这是一种将那种对革命和白色恐怖的激情和愤怒直接宣泄于笔下的情感。

“血在沸！心在烧！地球在震动！火山在爆发！”他用相当直白的词汇来描写自己在得知同志们牺牲后的心情，仿佛整个世界都在为之震颤，用直接的词汇来表达自己对运动压迫的反抗之情，读来令人振奋，且激情澎湃。在《血在烧》这首诗中，你还可以看到“疯狂的夜，白色恐怖的夜。鼾卧的人们是——豪绅，买办，资产阶级。你们从此没有天明，你们从此不能见晨星，——“微笑你们自己底罢，黑暗！在临死的时候！”这样的笔锋，那种声嘶力竭的呐喊，向广大人民群众发出的警告，沉重而又赤裸裸。

“真的男儿呀，醒来罢，炸弹！手枪！匕首！毒箭！古今武器，罗列在面前。天上的恶魔与神兵，也齐来助人类战，战！”这是柔石的诗歌《战！》中的倾诉，既是对当时人民的呐喊，也是对渴望革命胜利的一种直白表达。

柔石作为“左联”最重要的青年作家，其文章所表现的风格与思想内核同其他作家大相径庭，他写讽刺，轻描淡写的几句，读后却令人感到可怖。而对知识分子的描写也大多集中在对他们处于当时那个时代的迷惘及痛苦的心理，极少有特别热情和慷慨激昂的演讲。但透过这些知识分子身上所展现的迷惘与痛苦，又能看出柔石文学作品的思想是站在了沉思家国未来的一种高度上，具有较深层次的家国情怀。

他的这些作品也先后被编入各类作家文选，并被翻译成多种文字，被当时国际上许多读者喜爱。著名作家罗曼 · 罗兰在读过《为奴隶的母亲》这篇文章后，曾对当时刊登它的杂志《国际文学》编辑感叹：“这篇故事使我深深地感动。”而在 1936 年埃德加 · 斯诺所编著的《活的中国——现代中国短篇小说》中称其为“除鲁迅以外的其他中国作家小说的首篇”。

在柔石短暂的一生中，文学运动占了大半，其间创作出的不同风格的作品，仿佛一道道珍馐美味。让后世读者品到了一种截然不同的左翼作家的文采，也尝到了他苦涩又后味十足的思想品格。

张逸尘

2020 年 5 月